项 目 支 持

本书受西北民族大学双一流和特色发展引导专项资金资助项目

"中国语言文学"（项目编号：10018701），

西北民族大学西北少数民族文学研究中心项目

"新世纪西部少数民族文学的地方书写"（项目编号：2018004Y）

的共同资助

历史祛魅、乡土怀旧与诗性建构

——新世纪西部长篇小说研究

李小红 ◎ 著

中国社会科学出版社

图书在版编目(CIP)数据

历史祛魅、乡土怀旧与诗性建构：新世纪西部长篇小说研究／李小红著.
—北京：中国社会科学出版社，2019.9
ISBN 978-7-5203-5241-3

Ⅰ.①历…　Ⅱ.①李…　Ⅲ.①长篇小说-当代文学-小说研究-中国
Ⅳ.①I207.425

中国版本图书馆 CIP 数据核字（2019）第 216339 号

出 版 人	赵剑英	
责任编辑	任　明	
责任校对	王　龙	
责任印制	郝美娜	

出　　版	中国社会科学出版社
社　　址	北京鼓楼西大街甲 158 号
邮　　编	100720
网　　址	http://www.csspw.cn
发 行 部	010-84083685
门 市 部	010-84029450
经　　销	新华书店及其他书店

印刷装订	北京君升印刷有限公司
版　　次	2019 年 9 月第 1 版
印　　次	2019 年 9 月第 1 次印刷

开　　本	710×1000　1/16
印　　张	14.5
插　　页	2
字　　数	238 千字
定　　价	88.00 元

西部高地文学的追索与探颐

本书的作者李小红是我招收的第一届硕士研究生，她本科毕业后在兰州的一所中学任教两年，2004 年毅然辞职又来学校深造。读研期间，她就对地域文化、地域文学表现出异乎寻常的兴趣，硕士论文选题是《地域文化视野中的秦地小说——以路遥、陈忠实、贾平凹为例》，硕士毕业后到一所高校就业，过了几年又来读博。读博三年，她把主要精力还是投入地域文化与文学关系的研读与思考上，博士学位论文以《新世纪西部长篇小说研究》为题，可以看成是她在这样一个学术领域继续追索与探颐的结果。

西部文学是 20 世纪 80 年代初学界提出的一个新概念，它是对新时期之初文学创作地域化现象的理论化表述。西部文学作为地域文学的一种，在那样一个特殊的时段确实掀起了一股研究的热潮，作家和学者们从不同的角度出发，对西部文学的内涵和外延进行了相关界定和说明，对西部文学的主题意蕴、美学追求、精神品质有过广泛而深入地探讨。但对西部文学是否存在、西部文学的地理界限、西部文学的时间跨度、西部文学的精神风貌、西部文学的诗性特质等方面，却始终是众说纷纭。在评论界的理论话语逐渐沉寂下来的新世纪，西部文学的创作却异军突起，西部小说尤其是西部长篇小说的创作取得了引人注目的实绩，大量具有代表性的优秀作品先后问世。究其原因，这既与西部社会现代转型期间的文化思考有关联，又与全国性的"井喷式"长篇小说创作热相衔接。因此，选择从长篇小说这一重要文体来切入对新世纪以来的西部文学进行研究，从某种程度上来说，就显示出作者独到的理论视野和学术眼光。

应当承认，西部文学是在深厚的西部文化土壤上生长出来的文学样式。广袤而辽阔的西部高地，为西部文学尤其是西部长篇小说创作提供了丰饶的精神资源。西部这片地处欧亚大陆之间的高原，平均海拔在两到三千米以上，拱起的喜马拉雅、昆仑、天山、祁连、秦岭等山脉，和隆起的青藏高原、黄土高原、内蒙古高原、云贵高原，使中国西部成为名副其实的自然地理意义上的高地。西部又处在世界四大古代文明的过渡地带，是东西方文明的交流融汇之地，民族之间的交往和文化的融合，又使西部成为人文地理意义上的高地。在中国西部的各文化圈层之间，有四条非常重要的连接亚欧大陆的文化线路，即丝绸之路、麝香之路、博南古道、草原之路，从中国腹地出发，向正西、西南、南、北辐射，不仅承载着亚欧物质交流的重任，而且也是亚欧文化交流的孔道。再加上西部地区历史上形成的多个民族走廊，如河西走廊、藏羌彝走廊、唐蕃古道、茶马古道等，使生息于各区域的民族文化发生着频繁的碰撞和交流，也使西部成为多种文化的结合部和融汇区。这里的文化，是大陆文化区内各种板块非常典型的结合：从地理环境看，是亚欧大陆文化的结合部；从生产方式看，是农耕文化和游牧文化的结合部；从宗教和哲学看，是儒道释互补、藏传佛教、伊斯兰教和多神崇拜的结合部，这都充分说明西部是一个具有文化兼容性的地理区域。由于历史悠久和民族众多，西部文化最明显的特征就是多姿多彩，地理单元的独特性和相对封闭性，造就了一方天地生生不息的文化品格；历史的连贯性和延续性，又承继了区域性薪火相传的文化传统。可见，具有文化多样性的西部高地所沉积的精神资源是丰富葳蕤的，但这些资源能否为西部作家所汲取和利用，则完全取决于作家个人的文化意向和整合能力。进入新世纪，西部文学有了明显的拓展趋势，这既表现在西部所涵括地域的扩展，也表现在文学探查的领域有所拓宽。西部长篇小说创作更是以其体量和容量，成为浸透了西部意识和西部精神的文学载体，李小红正是捕捉到这一文学创作的脉动，试图通过散点透视的方式，解析新世纪十来年的西部长篇小说的审美趋向和艺术价值。

在系统阅读了新世纪以来西部长篇小说文本的基础上，作者侧重从历史祛魅、乡土怀旧、诗性建构三个关键词入手对西部长篇小说进行梳理与研究，既有微观层面上对西部小说写作资源、艺术源流、主题呈现、表现对象、创作技巧、文体形式、叙述结构、语言类型、精神气质、美感神韵等诸多方面的分析，也试图在宏观层面上对西部长篇小说的发展脉络、整体创作风貌和文学史意义进行勾勒、归纳和总结，由此预测西部长篇小说的未来发展路向。

论著在一开始就将西部小说放置在世纪之交的文学转型的社会背景中去考察，从而也为论述的有序展开奠定了的论述基调。在世纪之交中国社会进入现代化全面发展的时间段，西部社会的发展也随之裹挟到这一发展的洪流中。全球化、城市化、市场化以前所未有的速度和力度冲击着西部的城市和乡村。相比之于东部，西部社会的历史文化语境更为复杂，而诞生于这一复杂文化语境中的西部小说，从外部特征到内在品质，都表现出不同于往日的新变化，生发出许多不容忽视的新质素。因此，"转型"能够比较准确的概括和把握新世纪西部小说的总体特征，以其作为学术观察点，来探讨西部文学的整体风貌和精神向度，可以说是深中肯綮。正因为有了这样的基调和定位，所以作者才能条分缕析的从"历史祛魅""乡土怀旧""诗性建构"三个方面，对西部长篇小说进行张弛有度的论说。

"历史祛魅"主要关注新世纪西部长篇小说历史题材的书写，侧重从微观层面就不同类型的西部历史长篇小说展开具体分析。但是为了避免论述落入平庸俗套的文本分析的陷阱，作者还是尽量从宏观的学理层面入手，然后再进入到微观层面的分析。作者敏锐地感知到新世纪西部长篇小说对历史的书写，是以不同的类型呈现出来的，因此，将其归纳为个人史、家族史、区域史、少数民族史以及比较特殊时期的历史时段等不同类型，这种划分虽略显粗疏，但不可否认，确实是对内容纷繁复杂的西部历史小说的一种有效归类。进入到微观层面的分析后，作者对一些小说的评论，往往能够闪现出灵感的火花。诸如将新世纪以来西部长篇小说中的历史书写与 20 世纪 90 年代的"新历史小说"作对比之后，得出如下结论："新世纪以来的西部作家不再对历史进行片段化的切割处理，因而摆脱了在历史的碎片中追寻历史真相的窠臼。相反，他们都注重将具有个体化肌理的小写的历史，放置在具有共名特质的大写的历史的长河中。由此，在对个人史、家族史、区域史等小历史的细致、生动和丰润的凸显中，西部历史小说拥有了一种波澜壮阔、深邃宏大的史诗性品格。"在普遍的历史碎片化的文学书写中，西部历史小说的史诗性品格的追求，毫无疑问是别出心裁的祛魅之举。这一分析和概括，无疑是具有独到之处的识见。

对于一种文学现象、一部作品的阐发和研判，需要作者拥有敏锐的感受力和发现问题、解决问题的掌控力，而且这二者兼具亦不可或缺；同时，也需要作者有明确的价值立场作为理论阐释的支撑。唯其如此，在论述中才能凸显研究者的主体性，而不至于淹没于浩瀚的作品和研究资料之中。关于这一点，作者在书写"乡土怀旧"这一章内容时表现得尤为突出。诚如作者所言："怀旧总是发生在转变和断裂的历史转折时期"。进入新世纪以后，西部的全球化进程明显加快，当全球化的浪潮逐步渗入西部的各个角落时，西部农村的青壮年劳力集体涌入城市成为"农民工"，他们以自己的劳动换来金钱，换来在城市的立足之地。西部的城市文明得到逐步发展的同时，西部的农村却呈现出日渐衰颓的趋势，土地大片荒芜，留守老人、儿童比比皆是，这是现代化进程中不可避免的后果。因此，新世纪以来西部作家的乡土小说创作，怀旧与挽歌的情调非常浓郁。虽然作者能够看到这一点并由此切入分析，并不是难事，但我觉得难能可贵的是，她能够看到西部作家怀旧书写背后的深层原因，诸如"西部乡土小说中所展现的身份认同、文化认同的危机，是全球化、城市化的必然结果，西部作家乡正是通过'怀旧'表达自己对于西部文化特性的坚守。这是西部与东部、西部与世界不断接触、碰撞、交流的一个必要前提。"这种看似简单的评论，实际上包含着作者对于现代化文明进程的诸多思考，作者主体性的价值理念是渗透于整个论述的过程之中的，是颇能启人深思的。

"诗性建构"侧重对新世纪西部长篇小说的本体和文体的艺术特征进行阐释，在小说的本体层面，作者将诗性特质概括为：一是作为对"诗意栖居"的一种回应，西部小说对自然与人关系进行重新定位和书写；二是"诗性"体现为一种对灰暗人生现状的提升和转化，使之趋向于理想、和谐的状态，具体在西部小说中则主要表现为一系列理想人物形象的塑造。而在小说的文体层面，不可否认，新世纪以来，西部作家在长篇小说的艺术形式上的确作出了卓有成效的探索。作者认为这是对新时期以来西部小说形成诗性特征的一种接续，又是在此基础上的创新。分别表现在西部作家在小说中对民间文化资源、传统文学形式以及方言、古语的借鉴和融入。

关于西部小说文学价值与创作困境的分析，这是全书中颇有价值的部分。作者将西部长篇小说的价值概括为"众声喧嚣中的理性坚守""'底层叙事'的人文关怀""全球化潮流中的西部意识"，这种总结有一定的理论见地，也符合西部长篇小说创作的实际情况。但不可否认，西部小说之所以为"西部"，归因于它独有的文化禀赋和精神气质是其他地域小说都不具备的，就像鲁迅笔下的绍兴、沈从文笔下的湘西、老舍笔下的北京，是独特的"这一个"。我认为作者如果能从这个角度去阐释西部小说的独特文学价值，可能会更新颖、更引人入胜。关于创作困境的分析，作者谈到了叙事资源、艺术表现形式以及价值观念的困境，并试图对如何突围这种困境提出了具有可行性的建议。可以看出，这是作者在文本细读的基础上上升到理性思考的结晶。但由于撰写学位论文时过于紧张和焦灼的心理状态，没有完全沉静下来，关于这部分的论述未能展开，浅尝辄止，有仓促匆忙之感。希望作者对西部长篇小说的研究能够持续下去，相信经过深入的思考和切实的分析，作者会形成更有新意、更为客观、更为系统的观点和结论。

　　本书是作者在其博士学位论文基础上拓展而成的，在毕业之后的这两三年里她又将一些新的研究感悟融入其中，使其显得更为充实和丰盈了。尽管从事科研以来，多年来她已发表和出版过不少著述，但我还是把这本专著视为她学术研究生涯的一个新起点。与李小红相处的这十余年里，我有一个越来越明显的感受，这个表面看来文弱的女子，内里却蕴藏着西部大地赋予的坚劲的精神动能，她的执着、她的勤勉、她的坚韧，都是她成长道路上最富活力的动力源。寄望处于学术发展黄金时期的她，能在自己所选择的学术道路上坚持走下去。

彭岚嘉

2019 年 5 月

目　　录

第一章　绪论

进入 21 世纪（以下简称"新世纪"）以来，西部长篇小说创作不仅取得了数量上的丰收，书写水平也有了显著提升，其影响力和知晓度日益凸显，已经成为新世纪中国文坛不可忽视的重要组成力量。以新世纪以来具有代表性的西部长篇小说为研究对象，从历史祛魅、乡土怀旧和诗性建构三个较为显著的文学特征入手，侧重探究和挖掘西部长篇小说在精神品质、主题意蕴、审美追求、艺术形式等方面具有的独特价值，分析并归纳西部长篇小说蕴含的文学史意义，同时在梳理西部长篇小说发展脉络的基础上，探讨和预测西部长篇小说可能的发展方向。

作为本书的开篇，本章首先对"新世纪""西部"和"西部小说"等概念进行厘定，以明确其所指；其次，对西部小说的研究历史及其研究现状进行归纳总结；最后，阐述新世纪西部长篇小说的研究价值、研究内容和研究思路。

第一节　本书所涉及的几个重要概念

一　"新世纪"的概念

所谓"新世纪"，顾名思义是指一个新纪元的开始，它是一个历史概念，是人类历史文明演进至新的历史阶段的标志。新世纪这一时间概念与文学创作相结合，便产生了新世纪文学的概念。关于新世纪文学，早在20 世纪 90 年代初，就有学者对这一概念做过相关阐释。例如，荒煤的《新世纪的文学要真正站起来》①、冯牧的《新世纪对文学的呼唤——

---

①　荒煤：《新世纪的文学要真正站起来》，《文艺争鸣》1993 年第 1 期。

〈世纪印象〉引发的一些感想》①、吴野的《呼之欲出的新世纪文学》② 三篇学术论文各自将文学与新世纪结合在一起，对新世纪文学作出过展望。

自 2005 年以来，越来越多的文学评论家开始以"新世纪"这一概念对 2000 年之后的文学进行命名，并对这一命名的含义作出了解释。新世纪首先是一个时间概念，人们总是习惯于用一个整数去框定时间，如一年、十年、百年等。自 2000 年开始，文学便进入了"新世纪"。但是，它又不完全是一个时间概念，因为新世纪同时包含对文学自进入 2000 年之后发生的各种转型和变化过程，以及文学在这一转型和变化中所表现出的新的质素和因子的阐释。

由上可见，新世纪文学的命名，是用"新世纪"这一在人类历史上有重要阶段性意义的时间概念，对 2000 年之后的中国文学作出的大致描述。它改变了 20 世纪中国文学中以重大的政治、社会事件为依据对文学阶段划分的惯例。当然，应该清醒地认识到，新世纪文学与 20 世纪文学之间有着不可分割也无法割裂的"血肉联系"，它仍然是 20 世纪文学脉络的延续与伸展。

二　"西部"的概念

"西部"是一个地域上的概念，在行政区划、经济发展、区域规划及文化地理等不同层面都有过针对"西部"概念的界定。这些界定由于出发点和关注点不同，往往有着不同的划分标准。同样，在文学界，"西部"也是一个惯常使用但尚未得到一致认同的概念。为明确其所指，本小节在回顾几种不同概念描述的基础上，对书中"西部"所指的范围给予界定。

首先，就国家行政区划而言，新中国成立以来几次实施过西部开发，每一次都曾对"西部"的范围给予特定背景下的界定。因此，不同时期西部开发涉及的具体地域范围有所不同（见表 1-1）。

---

① 冯牧：《新世纪对文学的呼唤——〈世纪印象〉引发的一些感想》，《文艺争鸣》1993 年第 2 期。

② 吴野：《呼之欲出的新世纪文学》，《当代文坛》1993 年第 3 期。

表1-1 西部开发涉及的地域范围

年份	会议	包含的省（区、市）
1986	全国人大六届四次会议	陕西、甘肃、青海、宁夏、新疆、四川、云南、贵州、西藏（9个）
1997	全国人大八届五次会议	陕西、甘肃、青海、宁夏、新疆、四川、云南、贵州、西藏、重庆（10个）
2001	全国人大九届四次会议	陕西、甘肃、青海、宁夏、新疆、四川、云南、贵州、西藏、重庆、内蒙古、广西（12个）

可以看出，无论是经济发展视角下的西部，还是宏观地域范围中的西部，它都是一个囊括了西北、西南以及广西和内蒙古的"大西部"的概念。

其次，就文学文化层面而言，丁帆先生在《中国西部现代文学史》中对"文化西部"的概念做过较为清晰的界定。他认为，"西部"是一种对独特的文明形态的指称，就其内涵而言，这种在文明形态上界定的西部与地理区域范畴内的西部有着某种交叉。但是，不同于地理区域和经济发展意义上界定的西部，此处西部的视域和边界，是以其独特的自然环境、生产生活方式、文化习俗、民族归属及宗教信仰等的混杂性、独特性和多样性等特性为依据划分的，囊括了新疆、内蒙古、西藏和宁夏四个自治区及以青海和甘肃两省为主体的游牧文明覆盖圈。与这一"文化西部"概念相对应的是另外两种文明模式，即现代都市文明和中部农耕文明。前者以北京、上海、广州为代表，而后者则指介于都市文明和游牧文明之间的区域。①"文化西部"概念的提出，目的是从文明发展的历史进程出发，将以游牧文化为主体的西部边疆地带划为一个统一的文化板块。虽然这样的界定将西部的范围清晰化了，但它忽略了西安这一古都对西北的文化辐射作用。实际情况是，自古以来甘肃的天水与陕西的汉中地区一同构成了西部特有的文化区域，而西安作为丝绸之路的起点，毋庸置疑处在丝绸之路西北段的中心位置。就政治、经济、文化等方面而言，西安无论是新中国成立前后，一直位居西北的中心。同时，对于西部文学而言，失去了"陕军"，就失去了应有的重量和风采。因此，无论何种划分，陕西都不应该被排除在西部之外。除此之外，"文化西部"的概念将西南的大部分

① 丁帆主编：《中国西部现代文学史》，人民文学出版社2004年版，第1页。

地区及广西排除在"西部"之外，然而，无论从地貌特征、民族构成和发展情况来看，西南和广西都应该是"西部"重要的组成部分。相比较中东部地区，整个西部地区人口密度较低，是以高原、草原、沙漠和高山为主的地域，自古以来是汉族与少数民族的聚居区和融合区。

本书关注的焦点是西部长篇小说在新世纪以来呈现出的新变化，因此，将继续沿用国家西部大开发涵盖的 12 省（区、市）这样一个大西部的概念。

三 "西部文学"的概念

从地域范畴上厘定"西部"，仅是为本书研究之需给出的一个特定说明。当然，还需要从文学本身出发，阐释什么是"西部文学。"关于"西部文学"的讨论，自概念提出之日就众说纷纭，大致可以划分为：从地理因素考虑，认为举凡写出带有西部地理特色的作品，就是西部文学；从民俗学的角度着眼，认为写出西部民俗风情的作品，就是西部文学；还有人认为，书写西部人的生产生活方式，或者反映西部独特的民族文化和民族心理的作品，也是西部文学。这些从不同侧面、不同角度对"西部文学"概念的界定都作出了可贵的探索，但并没有形成一个完整、科学体系。① 除此之外，还有人从创作主体入手去界定西部文学，将西部作家分为"本土作家"和"流寓作家"及"客居作家"②。所谓"本土作家"，主要是指生于西部、长于西部，对西部有着独特感受与认识的一类作家。"流寓作家"主要是指因为支边、插队、工作等种种原因，在西部生活过较长一段时间的作家。"客居作家"与"流寓作家"有一定的相似性，但他们在西部生活的时间较短，作品的数量也较少。研究者认为西部本土作家是需要重点予以关注的群体，因为其拥有的西部本土经验和感受西部的方式是其他两类作家无法比拟的。而其他两类作家，各自源于不同的初衷来到西部，感受西部，因而写出具有西部精神品格和美学风貌的作品，他们的存在，也为"西部文学"的丰富与发展作出了自身的贡献。作为西部文学中一个派生概念的西部小说，其"西部"概念的内涵与外延应与西部文学保持一致。

---

① 李幼苏：《从系统科学观点看西部文学》，《社会科学》1986 年第 3 期。
② 丁帆主编：《中国西部现代文学史》，人民文学出版社 2004 年版，第 8 页。

基于上述观点，本书提及的新世纪西部长篇小说有着较为明确的界定：就其时间而言，选择自 2000 年至 2014 年这一具体历史时段的西部长篇小说纳入研究范围，以便针对性地研究新的时段上西部长篇小说呈现出的新特质和新趋向；就其地域而言，它是指大西部的概念，包括陕西、甘肃、宁夏、青海、新疆、四川、重庆、云南、贵州、广西、西藏和内蒙古；就涉及的作家而言，既包括新世纪以来创作过具有西部地域特色和美学风貌的本土作家，也包括流寓作家和客居作家。因本书侧重从历史祛魅、乡土怀旧、诗性建构三个较为典型的特征入手，分析、探究新世纪西部长篇小说，因此，那些带有浓郁西部乡土、高原、大漠和草原特色的小说是本书的主要关注对象。需要特别说明的是，西部城市和工业题材的小说不在本书的研究范畴之内。

第二节 西部小说研究现状之概述

目前，有关西部小说的学术论文、学术专著及学位论文甚多，相关研究现状可以归纳总结为如下几个方面。

一 西部文学研究视野中的西部小说

作为新时期文学批评话语中一个较为新颖又具代表性的学术话语，"西部文学"是在 20 世纪 80 年代逐渐成型的文学概念，在《当代文艺思潮》和《新疆文学》（后更名为《中国西部文学》）等学术杂志的大力推动下，"西部文学"的研究在 80 年代达到了一个高峰，不仅产生了大量学术研究论文，同时出版了一批颇具影响力的学术专著。其中，具有代表性的有肖云儒的《中国西部文学论——多维文化中的西部美》和雷茂奎的《西部文学散论》等。在一个以理论开拓创新为主的时代，上述研究者主要针对各种文体进行了综合性研究，而作为西部文学中重要组成部分的西部小说，并没有引起评论者特别的关注。

进入 90 年代以来，尽管西部文学研究的热潮有所回落，但仍然有数量不菲的学术专著问世，如《西部：偏远省份的文学写作》（韩子勇）、《西部文学的风骨》（丁子人）、《20 世纪中国乡土文学与西部文学研究》（赵学勇）、《西部大荒中的盛典》（燎原）、《西部的象征》（管卫中）、《高地上的寓言》（周政保）及《中国西部文学纵观》（余斌）等。这些学术专著在对西部文学做总体观照的过程中，能够从不同侧面、不同角度出发对西部小说进行研究，为后续研究作出了开拓性贡献，奠定了坚实的基础。值得一提的是，在20世纪末出版的《20世纪中国文学与地域文化丛书》（严家炎主编）中，《秦地小说与"三秦文化"》（李继凯）和《雪域文化与西藏文学》（马丽华）两部著作，分别从秦地文化和西藏雪域高原文化两块独具特色的地域文化出发，探讨了文学与地域文化之间的关系，对柳青、路遥、贾平凹、陈忠实、扎西达娃和马原的小说给予重点分析。

进入新世纪以来，关于西部文学的研究总体上朝着纵深方向发展，而针对西部小说的研究也随之出现了一个小高潮。2004年，丁帆主编的《中国西部现代文学史》出版发行，首次以文学史的形式对西部文学进行系统、全面的梳理和研究，该书的出版对西部文学的研究具有重要的里程碑意义。同年，《西部文学论稿》出版，著者杨光祖对贾平凹、陈忠实的创作进行了鞭辟入里的分析，概括了西部文学共有的特点，同时对西部文学的缺失之处也提出了批评。2006年，《中国西部当代小说史论（1976—2005）》问世，著者李兴阳从先锋、流寓、乡土、城市、历史等不同角度，对1976年至2005年近30年间的西部小说进行了系统考察。在当代中国的多元文化语境中解读西部小说，对西部小说的精神和美学特征的分析有许多真知灼见。2009年，赵学勇、孟绍勇所著的《革命·乡土·地域：中国当代西部小说史论》出版，该书从地域文化的角度对西部小说进行分析，其突出特点是将"十七年"期间产生于"西部"的作家作品也纳入了研究范畴。2012年，李遇春的《西部作家精神档案》出版，该书在对路遥、陈忠实、张贤亮、贾平凹等西部作家的小说进行文本分析的基础上，侧重分析作家的创作心理，为西部作家制作了精神档案。

新世纪以来，复旦大学博士马为华的《中国西部文学论》，是第一部对西部文学进行系统分析的博士论文，该文上编中第二、三章专章论述西部小说。除此之外，复旦大学博士徐兆寿的论文《当代西部文学中的民间文化书写》，南京师范大学博士金春平的论文《边地文化视野下的新时期西部小说研究》，陕西师范大学博士王贵禄的论文《高地上的文学神话》等都是具有代表性的研究成果，这些论文分别从民间文化、边地文化、文化基因等不同角度出发，将宏观论述与微观分析相结合对西部小说进行评析。上述学术专著及博士论文的出版问世，使西部小说研究逐步从西部文学的综合性研究中分离出来，从而形成一个较为独立的研究实体。

此外，还有另外一些新世纪以来的博士论文，或侧重对西部某些特定区域，如对陕西、新疆或甘肃河西等地的文学进行研究，或重点关注西部少数民族文学。整体而言，这些评析中，专门针对小说的评析占据了较大的比重。此外，中国知网（CNKI）收录的关于西部文学研究的硕士学位论文多达 5000 余篇。而学者、批评家们关于西部文学开展的研究，产生了数量庞大的以学术论文为主要形式的研究成果。可以说，有关西部文学的研究在新世纪已经走向了总结与发展的新阶段。

二　新世纪长篇小说研究视野中的西部小说

长篇小说文本内容与文体形式的研究一直都是文学评论界持续关注的焦点问题，随着新世纪以来长篇小说创作的"井喷式"发展态势，学者们也对此类小说就创作趋向、主题思想、艺术特质等方面所呈现的新特点给予了全面关注。在这一过程中，西部作家的小说创作被纳入新世纪长篇小说的范畴予以研究，产生了数量颇丰的研究成果。

评论者经常将西部小说置于新世纪以来小说创作的整体格局中，对其发展进行评估，并从宏观层面探讨西部小说创作之于中国当代文学的意义。比较有代表性的学术专著是王春林的《新世纪长篇小说地图》和《新世纪长篇小说研究》。前者的上编以年为经，自 2000 年开始，对每一年度出版的长篇小说的发展做总体评估。在 2005 年和 2008 年两个年度分别对边地小说做了重点论述，其中涉及的西部作家有范稳、贾平凹、阿来、姜戎、杨志军、董立勃、刘亮程等；下编针对具体作家的作品进行评论，其中重点关注的西部作家是贾平凹，对他的《古炉》以专章的形式进行了论述。后者将新世纪以来出版的代表性长篇小说视作个案进行评论，其中选取的西部小说主要是《秦腔》。通过将若干年时间跨度范围内长篇小说创作情况的概括分析纳入考虑，对进入新世纪以来的中国长篇小说创作的总体状况进行了考察。全书主要围绕"知识分子精神的勘探与透视""乡村世界的描摹与展示""历史景观的再现与重构"三大板块展开独到深入的论述。

晏杰雄的《新世纪长篇小说文体研究》从文学史的视角出发对长篇小说的文体进行研究，并以其良好的专业素养和丰富的文学经验提出了"长篇小说文体向内转"的新观点，使这部论著具有非同寻常的开创性意义，该书同时也涉及对新世纪以来部分西部小说文体特征的论述。

除上述学术专著之外，也存在大量以单篇论文和系列论文的形式对新世纪长篇小说作整体观照的研究成果（CNKI 可查询到的超过 1000 余篇）。它们的研究关注点集中在以下几个方面：（1）长篇小说如何建构和表达历史；（2）中国经验和中国故事应该如何被诉说；（3）网络化时代小说该去何从。在对这些问题的探讨中，西部作家如贾平凹、阿来、高建群、红柯、范稳、郭文斌、刘亮程、董立勃、叶广芩等自新世纪以来创作的长篇小说被纳入了评论的范围。通过对不同小说的归类、对比处理，对西部小说呈现出的新特点给予了不同程度的关注。

三　区域创作群体研究

自新世纪以来，部分西部本土学者，就本区域创作群体给予关注并作出综合评论，主要以专著和学术论文的形式呈现。

甘肃人民出版社 2006 年出版了《甘肃文学创作研讨会论文选》（励小捷主编），其中《甘肃长篇小说创作需要处理好的四个关系》（马步升）、《长篇小说繁荣中的缺失》（程金城）、《选择与坚守边缘姿态与边缘冲击》（张明廉）等论文，对甘肃小说创作的现状、发展趋势以及不足之处进行集中探讨，为甘肃小说的未来发展做了理论指导。除此之外，程金城和李清霞的学术论文，分别从不同角度对新世纪以来的甘肃长篇小说从内容到形式作出了全面阐释。李清霞的《西部精神与生态意识——论新世纪甘肃乡土叙事长篇小说的精神内质》①，以"甘肃小说八骏"的乡土叙事为对象，分析了甘肃乡土小说的叙事特点、成就及局限。程金城的《地域文学的蜕变与新生——甘肃小说创作略论》②，从地域文化的角度入手，对甘肃作家的小说创作进行了类型划分，并提出了自己的期望。

青海人民出版社 2007 年出版了刘晓林、赵成孝的《青海新文学史论》，将 1928 年定为青海新文学的发生期，以其发展为线索，寻踪青海文学在 1928—2000 年的发展脉络，对一个较长时间范围内的青海文学作出

---

① 李清霞：《西部精神与生态意识——论新世纪甘肃乡土叙事长篇小说的精神内质》，《甘肃社会科学》2009 年第 6 期。

② 程金城：《地域文学的蜕变与新生——甘肃小说创作略论》，《扬子江评论》2012 年第 5 期。

了较为全面的阐释。

　　宁夏人民出版社 2007 年出版了丁朝君的《当代宁夏作家论》，重点阐释了新时期以来宁夏作家在诗歌、散文以及小说等方面的成就。遗憾的是，它对新世纪以来宁夏作家长篇小说的关注欠缺。事实上，宁夏作家自新世纪以来的创作势头强劲，陈继明、石舒清、金瓯、季栋梁、漠月、张学东、郭文斌、马金莲等一批作家都捧出了自己的代表作。这一现象引起了郎伟、许峰等学者的极大关注。郎伟的《新世纪前后中国文学版图中的"宁夏板块"》①，重点关注新世纪前后出现的"宁夏青年作家群"，认为"这一创作群体的崛起，不仅给新世纪前后的中国文学界吹来一股清新怡人的创作之风，而且这与广阔深厚的中国古老土地和'中国经验'血脉相连，并因此取得了不凡文学业绩的青年创作群体的成功，也充分证明，在市场经济条件下，居于偏远地区的文学创作事业，只要领导得法，调动有方，是可以走在全国前列的"②。许峰的《新世纪以来宁夏长篇小说创作考察》③，从"本土化的历史叙事与现实主义""成长的忧伤与乡村旧事的沉溺"及"继续反思：'文革'记忆的个人化叙写"三个方面对马知遥、阿舍、张学东、冶进海、石舒清、郭文斌、陈继明等作家的长篇小说进行了评价，在肯定他们创作成绩的基础上，也直陈小说中存在的问题，并提出了相关建议。

　　陕西历来都是西部文学的重镇，也是评论界关注的焦点。由韦建国、李继凯、畅广元等合著的《陕西当代作家与世界文学》（中国社会科学出版社 2004 年出版）一书，在世界文学的视域中研究陕西文学，将陕西几位重要作家如贾平凹、陈忠实、路遥、高建群、叶广芩、红柯等分别同川端康成、陀思妥耶夫斯基、托尔斯泰、肖洛霍夫、劳伦斯、弗洛伊德、巴乌斯托夫斯基等进行了比较，批评视角新颖，内容翔实生动。冯肖华主编的《陕西地域文学论稿》（陕西人民出版社 2007 年出版），从地域文化的研究视角出发，在文学史观、思潮现象、作家作品和病象批评四个方面进行宏观阐释的基础上，对路遥、贾平凹、陈忠实、红柯、孙见喜、叶广芩

---

① 郎伟：《新世纪前后中国文学版图中的"宁夏板块"》，《宁夏社会科学》2012 年第 5 期。

② 同上。

③ 许峰：《新世纪以来宁夏长篇小说创作考察》，《小说评论》2014 年第 2 期。

等几位作家进行了微观细致的文本分析。此外，王鹏的《新世纪以来陕西长篇小说创作论》①，从"乡土""历史""城市"和"生态"四个方面进行归纳总结，勾勒出陕西作家新世纪以来长篇小说的创作轨迹、创作特点及创作成就。周燕芬的《当代陕西长篇小说的代际衍变与艺术贡献》②，探讨陕西长篇小说在新中国成立以后经历的几次时代变革、独特的艺术贡献以及历史的局限、当前的困境和问题，由此引出了对未来小说发展的思考。

李建平、黄伟林的《文学桂军论》（中国社会科学出版社 2007 年出版），将"桂军"的文学创作放置在一个宏阔的背景中进行考察，全面总结文学"桂军"崛起的原因、他们的创作特点及发展历程，对其中重要的作家作品及文学现象给予深入的阐释和分析。此外，黄伟林的《艰难的突围——论广西长篇小说的现状、存在的问题和发展途径》③，从个案分析入手，对广西作家的创作做了整体扫描，分析了长篇小说的现状与存在的问题，并在此基础上指出"突围"的途径。

范藻的《和谐文化建设的文学诉求——新世纪四川文学的"版图构成"及其意义》④ 和唐小林的《论新世纪四川长篇小说创作》⑤ 等论文，重点论述了阿来、麦家、何大草、罗伟章等作家的创作，认为这些作家集中展示了四川长篇小说自新世纪以来取得的重要收获，将它们阐释为四川文学成为中国当代文学重要组成部分的原因。

总体而言，这些从西部特定区域创作群体出发开展的相关研究，逐渐摆脱了地域文化与小说这种一元化研究视角的局限，开始将作家和小说放置在一个宏阔和多元化的理论视域中，将宏观整体论述与微观文本分析相结合，从而能够多角度呈现特定区域作家创作的整体面貌，为人们了解西部长篇小说的发展全景拓展了新的途径和视角。

---

① 王鹏：《新世纪以来陕西长篇小说创作论》，《扬子江评论》2012 年第 2 期。

② 周燕芬：《当代陕西长篇小说的代际衍变与艺术贡献》，《华中师范大学学报》（人文社会科学版）2014 年第 53 期。

③ 黄伟林：《艰难的突围——论广西长篇小说的现状、存在的问题和发展途径》，《南方文坛》2004 年第 2 期。

④ 范藻：《和谐文化建设的文学诉求——新世纪四川文学的"版图构成"及其意义》，《当代文坛》2008 年第 4 期。

⑤ 唐小林：《论新世纪四川长篇小说创作》，《小说评论》2008 年第 3 期。

四　西部小说个案研究

此处，个案研究是指专门针对某一作家或某一部作品的研究。就西部小说而言，个案研究重点关注的西部作家有贾平凹、阿来、郭文斌、杨显惠、张学东、杨争光、叶广芩、范稳、姜戎、杨志军、雪漠、红柯、董立勃、刘亮程、马步升、张存学、郭雪波、王蒙等。众多研究者从思想内蕴与美学特征等方面对上述作家的创作成就进行了较为全面的评述。

第三节　本书的着眼点及写作思路

本书以新世纪以来创作的西部长篇小说为研究对象，从本体和文体等方面探究西部长篇小说创作体现出的新特质和呈现出的新趋向。概括而言，本书的研究缘由和意义体现在如下三个方面。

一　就研究对象来看

南帆认为："长篇小说卷帙浩繁，气势恢宏，故事纵横开阖，数以百计的人物组成了一个社会的风俗画。通常，长篇小说最大限度地容纳社会生活的再现以及人物内心的深刻体察，汇聚繁多的文学形式。因此，人们具有充分的理由将长篇小说作为一个时代文学的标志。"① 进入新世纪后，中国社会现代转型的逐步发展，使人们的物质生活水平得以显著提升。但是，在物质生活极大丰富的同时，人文精神失落，道德堕落，人性恶化。人们在追逐金钱、满足欲望之时，信仰失落，激情消失。面对如此复杂的社会文化语境，许多作家"礼失而求诸野"的传统思维方式被激发，他们开始在宁静、偏远的边地寻找自己的精神宿地，新世纪文坛上由此出现了以边地题材为主的写作热潮。在这股创作潮流中，西部的本土作家、流寓作家和客居作家，因他们在西部边地生活的经历，使他们拥有得天独厚的创作条件。因此，他们都在小说中耕耘出一片属于自己的文学园地。自新世纪以来的西部长篇小说，在历史、乡土、城市、生态等诸多题材领域内，均有优秀作品问世。延续西部长篇小说创作的历史轨迹，在回顾西部历史、追踪现实生活、聚焦社会问题等方面，表现出诸多新生的优异特

---

① 南帆：《文本生产与意识形态》，暨南大学出版社 2003 年版，第 97 页。

质，成为中国文坛不容忽视的重要组成力量，因而应该成为学术界关注和研究的对象之一。

二　就研究现状来看

从研究成果的形式来看，针对文学作品的研究包括学术专著、科研论文及系列论文或学位论文。对于新世纪以来的西部长篇小说，以不同形式取得的研究成果大致可归类为：学术专著方面，主要包括李兴阳的《中国西部当代小说史论（1976—2005）》和赵学勇、孟绍勇的《革命·乡土·地域：中国当代西部小说史论》，然而这两部著作的关注点主要集中于对新时期以来的西部小说的研究，对新世纪以来的小说虽有所涉及，但数量较少。学术论文方面，从数量上讲，在各类学术期刊或学术杂志上发表的针对新世纪西部长篇小说的科研论文超过上千篇，但主要是针对个体作家或单部作品的研究。系列论文或学位论文方面，目前尚未发现专题研究新世纪西部长篇小说的工作。概括而言，当前关于新世纪西部长篇小说的研究，主要以单个作家或单部作品为对象，而系统性、整体性的研究尚缺，因此有着系统研究的必要性。

三　就研究价值来看

在对小说文本系统深入阅读并挖掘其中蕴含的共性特征的基础上，本书选择从历史祛魅、乡土怀旧、诗性建构三个关键词入手，对新世纪西部长篇小说进行较为全面的梳理与研究，旨在从微观层面发现西部作家就创作意图、文本内容、美学特质、语言方式等方面体现出的西部独有的文学精神，从宏观层面把握西部作家的整体创作风貌，并总结归纳出西部长篇小说书写在新世纪以来体现出的文学史意义。这些文学精神和文学史意义的探究与发掘，能够为勾勒新世纪西部长篇小说的发展脉络提供一定的参考，也有助于厘清西部长篇小说未来的发展方向，因此具有比较重要的研究价值和意义。

综上所述，关于新世纪西部长篇小说研究，在分析西部长篇小说生成历史和发展历程的基础上，结合迈克·克朗的文化地理学理论、弗·杰姆逊的第三世界文化理论、新历史主义理论、怀旧理论等理论，对新世纪西部长篇小说展开文本细读，探究并概括自新世纪以来西部作家成长和西部长篇小说创作的规律特点。这一对西部长篇小说的全面系统研究，有助于繁荣文学创作的文学本体意义，同时也有着促进西部地区文化环境改善和文化发展的社会意义。

本书选取80余部新世纪以来创作的西部长篇小说，通过文本细读并对西部小说既有研究成果整合与梳理的基础上，重点选取"历史""乡土"和"生态"三类能够鲜明体现西部特征题材的长篇小说，从历史祛魅、乡土怀旧、诗性建构等关键词入手，探究新世纪以来西部小说在写作资源、主题呈现、艺术技巧、审美追求等诸多方面的新趋向。这些方面共同建构着西部独有的文学图景，在对西部小说的创作作整体观照的过程中，尝试归纳西部长篇小说书写在新世纪以来所体现出的文学史意义，以及由此给予新世纪西部文学的启示。

本书由绪论、正文和结语组成，其中正文部分包括五章。各部分的主要内容如下：

第一章绪论部分首先对文中涉及的相关概念进行厘定，然后对现有研究工作进行总结，接着交代本书选题的缘由和意义。

第二章"西部小说：世纪之交的文学转型"，首先勾勒当代西部长篇小说历史演变的整体轨迹，并对其进行阶段划分及总结每一阶段的特点；在全面回顾西部小说历史演变的基础上，对世纪之交西部长篇小说转型的历史语境展开评论，认为在转型期这一复杂的背景中，西部长篇小说也实现着自身的转型。因此，探究其转型产生的内外成因，分析转型期西部长篇小说的叙事特征及价值取向，是本章的研究重点所在。此外，对转型期社会西部小说的精神进行分析，在接续传统文学精神的同时，本时期的西部长篇小说呈现出许多新的精神特质。

第三章"西部历史本相的多元与多维透视"，主要针对新世纪以来西部长篇历史小说展开论述。从"历史祛魅"这一关键词入手，对个人史、家族史、区域史、英雄传奇史、宗教信仰史以及"文革"史和"饥饿"史等不同样态的历史叙述进行深入分析。新世纪以来，西部作家对西部历史多元化、多维度的呈现，有助于我们穿越历史的迷雾，勘探历史的真相。

第四章"永恒的乡愁——西部乡土小说的怀旧书写"，在回顾西部历史小说创作的基础上，面对西部乡土社会逐渐沦丧的社会现实展开论述。从"即将消逝的'村庄'""民俗人生与风物追忆""远去的'最后一个'"等方面论述西部小说中的怀旧表现，以及西部作家的怀旧情结。

西部作家在现代性入侵的焦虑中，无论在上述哪一维度上进行的西部乡土小说的怀旧书写，都包含着作家对西部乡村自我身份的认知和确立，这是在全球化浪潮中西部维系自我历史、现在和未来，防止历史中断可能的一种有力保障。

第五章"西部长篇小说的诗性建构"，本章尝试以"诗性"去概括新世纪西部小说本体和文体方面的特征。第一节主要针对西部生态小说展开论述，与"历史祛魅"相对，西部作家对自然的书写显示出一种"复魅"的冲动。他们笔下的自然景物、动物都有一种神性的特质，人与自然的关系也呈现出焕然一新的面貌。第二节通过对三类人物形象的分析，认为西部作家在小说中建构起理想人物谱系。景物、动物与人物三位一体，共同体现出西部小说本体方面的"诗性"特征。第三、四节以文本结构和语言作为切入点，总结西部长篇小说的艺术特质和审美追求，以及由此体现出的文体方面的诗性内蕴。

第六章"西部长篇小说的文学价值与创作困境"，内容分为两节，第一节主要从"众声喧嚣中的理性坚守""'底层叙事'的人文关怀"以及"全球化潮流中的西部意识"三个方面论述新世纪以来西部长篇小说独特的文学价值。第二节从"叙事资源及艺术表现形式的困境与突围"和"价值理念的困境与重建的可能"两个方面归纳总结了西部长篇小说创作中面临的困境，并为如何走出这一困境提供了可能的解决途径。

结语部分对新世纪以来西部长篇小说的发展历程、创作特征及其文化意蕴进行归纳总结，并进一步阐明西部长篇小说在新世纪文坛中体现出的重要价值和意义，展望西部长篇小说在未来的研究趋势。

本书在个案剖析中融入理论分析，采用以点带面、点面结合的方式，做到既突出重点，又统揽全局。具体来说，以新世纪西部长篇小说的三个典型特征为切入点，力图以适当充分的理据和详尽丰富的材料，揭示新世纪西部长篇小说的整体特征。以理论带动作品，以作品解读深化理论，力求做到理论与作品的互动互补。另外，在广泛阅读大量新世纪西部长篇小说的基础上，紧扣前面提及的三个关键词，对八十余部作品予以解读分析。在重点分析西部本土作家小说创作的同时，对流寓作家、客居作家创作的西部小说也同样给予关注。需要特别说明的是，西部长篇小说中所包孕的丰富的自然地理、历史文化、宗教民俗等因素，也是本书研究和写作中的重要组成部分。

第二章　西部小说：世纪之交的文学转型

马克思关于艺术生产有一个著名理论——艺术生产与物质生产的不平衡。他认为"艺术的繁盛时期决不是同社会的一般发展成比例的"①。中国的西部，经济长期落后于东部发达地区，文化基础相对薄弱。但是，在中国当代长篇小说发展的整体格局中，西部长篇小说却是一个不能忽视的存在。这是因为，从整体上看，西部长篇小说的历史演进与艺术创获，一方面，积极呼应并参与到中国当代小说发展的主潮中，成为其不可或缺的组成部分；另一方面，在对西部本土的文学想象中，西部逐渐找到属于自我独特的话语方式，构建起与现实西部、文化西部互相投射的文学世界，在不断构建自身的同时，也为中国当代小说带来迥然于中东部的雄浑苍凉的美学风格，以及海纳百川、淳厚深广的西部精神。因此，梳理新中国成立初期至 20 世纪末的西部长篇小说的历史变迁并归纳总结其文学特征，是我们全面理解新世纪西部长篇小说不可逾越的必要环节。

在新世纪长篇小说的整体发展格局中，西部长篇小说的创作也取得了长足发展。20 世纪 90 年代至新世纪的第一个十年，中国的现代化进程加速，社会整体进入转型的关键时期。在这一时期，全球化、市场化以强劲的势头冲击着西部的城市和乡村，西部社会的文化语境由此具有了更为复杂的形态。在这一背景下，西部长篇小说也实现着自身的转型。探究转型产生的内外成因，剖析转型期西部长篇小说的叙事特征及价值取向，成为世纪之交中国西部长篇小说转型研究极为紧迫而重要的话题。

---

① ［德］马克思：《马克思恩格斯论文学与艺术》（一），人民文学出版社 1982 年版，第 92 页。

第一节　西部长篇小说的历史变迁（1949—1999）

在《中国西部现代文学史》中，丁帆先生认为，西部小说的现代性演进轨迹与东部文学基本同步，并将其划分成四个时期。其中，第一个时期从 1900 年到 1949 年，第二个时期从 1949 年到 1979 年，第三个时期从 1979 年到 1992 年，自 1992 年之后为第四个时期。将四个时期分别命名为西部现代文学的萌生期、成长期、繁荣期及新的发展期。[①] 西部小说的发展历程已经证明，上述时间分期或阶段划分是合理的、客观的，也是可以被大众所接受的。本书对当代西部长篇小说历史演进轨迹的探寻，正是以此划分为基础的。在西部现代文学的萌动期，西部小说创作形成了一个新传统。这一传统形成的时间范围大致是指，从 20 世纪初的西部"地理大发现"和敦煌藏经洞的发现起步，直到解放军"进藏"和"进疆"。新传统的具体内涵是指，作家们以西部大地上不同民族流传下来的大量神话故事、英雄史诗、民间传说、抒情歌谣为生长之根，"以各自认同的现代意识和不同的写作姿态，创作出了一批与西部民族文化相关涉，又与'五四'以降各种现代社会文化思潮相呼应的小说作品，形成了西部小说新传统"[②]。这一新传统的形成，对当代不同时段的西部小说创作都产生着不可忽视的影响。然而，西部文学命名的确立，是在 20世纪 80 年代初期。风云激荡的现代文学之于西部，却是格外的寂静而且寂寥，新文学的足音远未涉及古老的西部。因此，本书关于西部长篇小说发展阶段的划分，以 1949 年为开端，将其划分为三个时期：1949—1976 年为新生成长期，1977—1989 年为复苏定位期，1990—1999 年为繁荣发展期。

一　新生成长期

以 1949 年现代民族国家的建立为起点，西部小说开始被纳入当代小说的整体创作格局中。第一次文代会确立了以延安文学为代表的"文学

----

① 丁帆主编：《中国西部现代文学史》，人民文学出版社 2004 年版，第 1 页。

② 李兴阳：《中国西部当代小说史论（1976—2005）》，安徽大学出版社 2006 年版，第15 页。

新方向"。"文学新方向"的确立，使西部小说在政治意识形态的规约之下，逐渐被整合到思想、思维和叙事一体化的话语方式中。

"十七年"小说的叙事话语，着重从"忆旧"和"立新"两个层面展开叙述。"忆旧"主要讲述中华民族的百年屈辱史和民众奋起抵抗的斗争史，两者多以宏大、雄浑的战争场景为叙述媒介。在这种创作潮流的推动下，杜鹏程推出的《保卫延安》可谓恰逢其时。这部小说以真实生动的战争画面、栩栩如生的人物形象，成为"十七年"小说的范式文本。在"立新"层面，小说叙述的重点在于表现民族国家建立之后，翻身农民把歌唱的欣喜，以及在建设新中国过程中所表现出的主人翁意识，柳青的《创业史》可以看作此类叙事路向的重要代表作。

由此可见，在新生成长期的西部小说创作中，作家们都能够自觉地在自身身份的变换与认同中找到合理的定位，使自己成为合格的时代传声筒和人民代言人。但是，在主流政治话语的规约下，在作家对规约主动自愿的契合中，西部小说的新传统并没有得到很好的延续。在柳青、杜鹏程的小说中，西部特有的精神内质和叙事风貌并没有得到完全展现，文本中出现的为数不多的西部本色的呈现也很快被淹没在时代的主调之中。尽管如此，我们依然认为柳青和杜鹏程是当代小说视域中第一代"西部作家"的代表，这主要归因于他们对西部后辈作家产生的重要而深远的精神感召。

二 复苏定位期

自"文革"结束至20世纪80年代初期，中国当代文学进入全面复苏的发展时期。但是，这一时期西部小说创作的总体进展明显滞后。可以说，西部小说的复苏、定位是在"西部文学"的大讨论中逐渐明晰和发展起来的。在1982年至1987年的5年时间里，甘肃、新疆、西藏等地展开了关于"敦煌文艺流派""新边塞诗""开拓者文学"的热烈讨论，《当代文艺思潮》《西藏文学》《新疆文学》《阳关》等杂志上刊发了大量的相关讨论文章。"西部文学"的命名就在这一时期的大讨论中诞生了。

"西部文学"名称的确立，对西部文学的发展有着深远影响，其现实意义和精神感召不言而喻。"一旦被命名，它就再也无法与世界雷同。从它被命名的那一天开始，它在世界上，便成为一个相对于其他一切的一个。"① 在这场关于西部文学旷日持久的讨论中，西部作家们以小说的方式，面对西部大地，一方面呼应着全国小说创作的主旋律，在伤痕、反思、知青、改革、寻根等文学潮流中都进行着自己的尝试；另一方面接续西部小说创作的新传统，使西部小说在审美能指和美学意蕴上都呈现出独特的创作风貌，成为西部文学乃至新时期文学不可分割的一部分。这一时期西部小说进入全面复苏、定位和发展时期，主要有三个方面的体现。

（一）西部作家群体阵容空前

这一时期，不同来源、不同代际、不同地域的作家共同登台亮相，阵容空前。活跃在西部文坛的作家，按照其来源或属地划分，主要有本土作家、流寓作家和客居作家三类，其中本土作家是西部文坛的主力军。这三类作家有着明显的代际性和地域性特征。就代际性特征而言，老一代作家主要有柳青、杜鹏程、柯中平、周克芹，他们都是自新中国成立初期以来有着较大影响的作家；逐渐步入中年的作家有王蒙、张贤亮、张承志等；而在 20 世纪 80 年代西部文坛初露锋芒的青年作家有路遥、贾平凹、陈忠实等。就地域性特征而言，年青一代作家的地域性特征尤为明显，路遥、陈忠实、贾平凹形成了陕西文坛的"三足鼎立"之势，新疆作家的代表有赵光鸣、董立勃，甘肃作家则有王家达、邵振国、柏原和牛正寰，西藏作家有扎西达娃和马原，内蒙古作家有冯苓植和邓九刚，等等。这些在各自属地上辛勤耕耘的西部作家犹如璀璨群星，共同照亮着西部文坛。

（二）西部小说题材丰富繁多

这一时期，西部小说的题材具有数量丰富、类型繁多的特征。西部小说在"乡土""流寓"和"先锋"等不同题材上，都有着精彩的表现。西部乡土小说领域内，路遥、陈忠实、贾平凹、邵振国、王家达等人冷静地谛视西部土地上的人生和人性，书写西部人闭塞、落后的生存环境，以及乡民们愚昧、麻木的精神困境。在对国民性格进行现代性批判的同时，对西部人情与人性也进行了深刻的洞察。西部流寓小说，以民族迁徙、屯垦戍边、流放者、游历者为主要书写对象，在王蒙、张承志、张贤亮、赵光鸣等人的笔下，流寓者的人生悲歌与奋进的人生强音交织在一起，体现

---

① 曹文轩：《20 世纪末中国文学现象研究》，北京大学出版社 2002 年版，第 4 页。

出在苍凉而沉默的西部大地上理想人格的动人魅力。西部先锋小说，代表性的作家有马原、扎西达娃、邓九刚、杨志军、杨争光等。"小说叙事的真正革命性变迁，是发生在 20 世纪 80 年代中期。这里马原和扎西达娃的'西藏叙事'，具有示范性的转变意义。"① 他们采用现代主义的多种表达方式，使西部小说显示出一定的现代主义品格，在整个当代文艺思潮中，"作了一次精彩的文化领舞表演"②。西部历史小说的创作，逐渐突破了"十七年"时期对历史的一元化书写模式，转而侧重于借鉴民间文化资源，侧重讲述发生在边疆的传奇故事。将跌宕起伏的人生与豪烈强悍的野性人格交织在一起，为当代小说带来了刚健清新的审美感受。但是，总体来说，西部历史小说的创作在整个 80 年代依旧处于起步阶段，作品数量偏少，代表性的作品则更少。

（三）西部小说新景观呈现

这一时期，西部小说中出现了前所未有的新景观。这里所谓的新景观，主要是指作家们在卓有成效的西部叙事探索中，一批能够代表和反映西部作家创作水准的小说作品逐渐问世，它们构建了一个个内涵丰富而独特的文本世界，在当代中国文坛上产生了重要影响。张承志的《金牧场》以及由此形成的"北方大陆"让他逐步走向成熟；路遥的《平凡的世界》不但获得了第三届茅盾文学奖，也由此使中篇小说《人生》中开始建构的"城乡交叉地带"的文本世界最终确立；贾平凹的《浮躁》不但获得了第八届美国美孚飞马文学奖，也使他的"商州"文本世界跨出国门、走向世界。一系列承载西部小说新景观的文本世界的形成，标志着西部作家的创作逐渐走向成熟。

三　繁荣发展期

1990 年到 1992 年，西部长篇小说的创作进入一个短暂的沉寂期，这一现象的产生既有作家自身的主观原因，也有社会变动所引发的客观原因。一部分西部作家选择了逃离，他们或改弦易辙，不再从事创作，或离开西部，前往东部沿海地区进行新路向的写作。打破这一短暂沉寂并预示着西部长篇小说进入一个繁荣发展时期的事件，是 1993 年的"陕军东

① 姚新勇：《西部与小说"叙事革命"》，《暨南学报》2004 年第 1 期。

② 同上。

征"。《白鹿原》（陈忠实）、《废都》（贾平凹）、《八里情仇》（京夫）、《最后一个匈奴》（高建群）、《骚土》（老村）和《热爱命运》（程海）六部长篇小说在北京的集体亮相，带给当代文坛极大的震动，也为振兴中国西部小说的文学精神带来了希望。进入20世纪90年代中后期，经济政策发生了改变，中国进入市场化发展时期。社会经济体制的转型改变了作家和作品的生存方式。文学刊物、出版社被纳入了市场经济的轨道，小说的出版发行受到市场的选择和规约。市场经济时代的到来，一方面让西部作家在精神向度和价值立场上陷入无所适从的局面；另一方面也迫使西部作家对自我的发展、写作理想以及价值选择进行全方位的思考，由此使西部小说创作获得了更多、更大相对自由的写作空间。在复杂多元的文化语境中，西部小说突破了90年代初期的低谷，在陕军东征之后，迎来了一个繁荣发展阶段。

（一）"新生代"西部作家的异军突起

90年代初期，柳青等老一代作家相继离世，路遥英年早逝，张贤亮成为中国作家中较早的"下海"作家之一，弃文从商开始投资西部电影产业。张承志自创作出《心灵史》后，鲜有长篇小说问世。在这种背景下，"新生代"西部作家异军突起，以其坚实的创作实绩显示出强大的影响力。"新生代"这个概念，本身存在着一定的含混性。当代文坛的"新生代"作家，最初指的是以韩东、海子等为代表的一批诗人，后来才扩展至诗人之外的其他作家。此处所谓的"新生代"西部作家，主要是指出生于1960—1970年的作家（也包括个别略早于1960年或稍晚于1970年的作家）。他们大约从80年代中后期开始步入文坛，在90年代进入创作的蓬勃期，逐渐成为具有较大影响力的作家。这些作家的创作在历史、乡土、都市、生态等题材领域均有所涉及，往往能够将西部的民族历史、乡土现实、民间传说、乡风民俗熔于一炉，创作出带有独特西部色彩的作品。"新生代"西部作家的异军突起，对西部文坛无疑会产生极大的影响："在未来相当长的一段时间内，60年代出生的作家们依然是支撑中国当代文学发展的主要力量。甚至可以说，作为一个代际意义十分重要的创作群体，他们在整体上所能达到的高度，将会直接影响整个中国当代文学发展的进程。"① 按上述时间界限来考察，主要代表作家如表2-1所示。

---

① 洪治纲：《新生代作家群的创作前景分析》，《文学教育》2008年第12期。

需要说明的是，上述作家只是"新生代"西部作家中的一部分，而且他们的创作成就和影响也不尽相同。在西部广袤的大地上，还有许多未列入名单但依然默默辛勤创作的、属于"新生代"西部作家群体中的成员，本书的研究对象，自然也包括他们。

表 2-1　　　　　　　　　"新生代"西部作家（部分）

所属省（区）	代表作家
陕西	红柯、温亚军、杨争光、方英文、杜文娟
甘肃	雪漠、马步升、王新军、张存学、向春、李学辉
宁夏	石舒清、漠月、火会亮、李方、金瓯、陈继明、郭文斌
青海	风马、龙仁青、梅卓
新疆	董立勃、刘亮程、王刚、徐庄、沈苇、傅查新昌
西藏	央珍、扎西班丹、尼玛潘多
四川	阿来、麦家
贵州	赵朝龙、欧阳黔森
广西	鬼子、东西、李冯、黄佩华
云南	范稳
内蒙古	萨娜

资料来源：参见王贵禄《高地上的文学神话》，博士学位论文，陕西师范大学，2011 年。因本书"西部"概念范围的扩大，故名单有所增加。

（二）长篇小说题材、主题及表现形式的多元化

在 90 年代社会的转型热潮中，文学的地位和作用逐渐被边缘化，80年代以来高扬人文精神和理想主义的文学价值观，被多元化的价值观念所取代。作家们的身份认同、写作姿态也由此发生了改变。90 年代小说创作的主流是写作与市场的联手，而联手的结果就是使写作成为一种符号消费。比之于诗歌和散文，长篇小说文体的特性，诸如雅俗共赏等，使其成为主要的一种符号消费品。这一时期的文坛上，"身体"和"欲望"成为小说叙事的关键词，在出版商与作家的联袂经营下，美女作家、下半身写作等纷纷出炉。在这种复杂的文化语境和当代文学的主潮中，西部作家在长篇小说的取材、主题及艺术形式上，呈现出多元化的发展趋势，在历史、乡土、都市、生态等不同领域内展示出了自己的创作实绩。

以历史题材为表现领域的西部长篇小说，对西部"大历史"与"小历史"同时给予观照。在历史的书写中，表现出对文化、人性复杂性的探求，呈现出一种对史诗品格的向往和追求。陈忠实的《白鹿原》，书写

关中平原一个叫白鹿原的地方，自清末的戊戌变法到新中国成立后的土地改革，直至"文化大革命"等近百年时光中的历史变革。宏阔的时间场域中，将20世纪关中平原风云激荡的历史与儒家文化的命运、人性的冲突巧妙结合，被学者誉为能够代表20世纪90年代小说艺术的最高水平，成为长篇小说的重要收获之一的作品。① 阿来的《尘埃落定》，将川西北藏族土司制度的社会组织形式、政治、经济、宗教观念、文化习俗融为一体，在对人的权利欲、情欲的书写中探寻土司制度走向灭亡的历史趋势。张承志的《心灵史》，讲述中国历史上鲜为人知的回教哲合忍耶教派两百年来为了信仰而经历的逆境和厄运，一个民族的心灵史、信仰史在张承志的笔下呈现为波澜起伏、动人心魄的画卷。这是作家"用全部的生命写出来的一部著作，它是张承志创作中的一座高峰，也是现代中国文学中的一座极其厚重、奇崛的巨峰"②。

　　尽管90年代喧嚣躁动的中国文坛给许多作家带来了不小的冲击，但是，接续西部乡土小说创作的传统，开掘前辈作家们未尽的创作视域，西部乡土长篇小说的创作依然硕果累累。作家们深怀虔诚之心从事小说创作，将小说之根深深地扎在西部的厚土之中。他们与西部父老同声歌哭，注重开掘西部厚重的本土性文学资源，从审美的维度出发观察和书写当代西部乡土社会的现代转型。以传统文化积习厚重、讲究家庭伦理秩序的西部村落为主要叙述场景，以现代文明和商品经济冲击之下西部乡村的凡俗人生为主要叙述对象，向乡民们的生存环境和精神状态投去观照的目光，这一时期的乡土长篇小说因之具有了浓厚的人道主义关怀。贾平凹、高建群、邵振国、张驰、冯苓植、井石等都是90年代乡土小说写作的代表性作家。

　　20世纪90年代之前，西部都市小说可谓一片空白。随着90年代市场经济的迅猛发展，使城市成为这一时期重要的人文景观，"西部都市小说"初露端倪。创作兴起的原因主要有：首先是来自西部都市文化的气息熏染，其次是在出版市场的调动下，作家们为迎合正在崛起的市民阶层的欣赏趣味和都市情调而走上的一条必然之路。季栋梁、陈继明、叶舟、

---

　　① 何西来：《关于〈白鹿原〉及其评论——评〈白鹿原〉评论集》，《小说评论》2000年第5期。

　　② 丁帆主编：《中国西部现代文学史》，人民文学出版社2004年版，第157页。

史生荣、唐达天是其中的代表性作家。《让生命飞翔起来》《挽男人胳膊的美人》《美女教授》等小说，沉溺于声色欲望中的都市灵魂是作家们关注的重点，西部都市小说由此带有明显的"欲望叙事"特征。然而，如果简单地将90年代以来西部作家以都市题材为写作对象的小说称之为西部都市小说，未免显得多少有些牵强。这是因为，如朱大军、解玉的故事可以发生在中国的任何城市，其中几乎不含任何西部特征，因此，从这个意义讲，将史生荣们也称为"西部作家"显得有些勉强。

生态小说，是"以生态整体主义为思想基础、以生态系统整体为最高价值的考察和表现自然与人之关系和探寻生态危机之社会根源"①的小说。西部生态小说的萌芽，与90年代以来西部日益严峻的生态危机这一现实际遇直接相关，也与此时期中国文坛形成的生态文学创作的小高潮有关。从严格意义上说，虽然这一时期出现的生态小说并不算多，但是作为一种新的小说类型，它在90年代的"小荷才露尖尖角"，为新世纪以来大规模的西部生态小说的出现奠定了基础。

如前所述，从新中国成立初期至20世纪末，西部长篇小说在50年的发展历程中，走过了一条新生、成长、复苏、定位与塑形，以及短暂沉寂到再度崛起并繁荣发展的历史演进轨迹。西部山峦耸立、长河奔涌的自然风貌，多民族交融的漫长历史，民族文化、宗教文化融合所形成的斑斓多色的文化形态，城与乡相互辉映的现实人生，都影响了西部长篇小说的嬗变轨迹、美学风貌和精神品质。它的发展，在与中国当代小说基本保持同步调、相一致的基础上，又能反映出对西部本土性的发掘与表现，可以说，这是新世纪西部长篇小说创作的基础。

第二节　转型期西部文化语境与长篇小说

进入新世纪后，中国社会总体上仍然延续着20世纪90年代的模式惯性前行，市场经济、商品经济的持续发展，大众文化、消费文化的流通盛行，社会主义核心价值的提倡与践行等，都使新世纪的中国社会逐渐进入到一个相对稳定的新常态。② 在这样一种稳定发展的社会大格局中，文学

---

① 王诺：《欧美生态文学》，北京大学出版社2003年版，第2页。
② 杨剑龙：《新世纪新常态语境与长篇小说创作》，《社会科学辑刊》2013年第3期。

创作呈现出崭新的面貌，长篇小说创作收获的累累硕果是最好的例证之一。

据相关统计："从1949年到1966年的17年里，总共只有260多部长篇小说面世。20世纪80年代，长篇小说总数在800部至1000部；而从1998年以来，每年长篇产量均突破1000部。"① 2001年至2007年仅中国大陆正式出版的长篇小说就达6000余部，每年有800—1000部新作问世。这其中不乏精品佳作。② 2014年，国家书号中心的统计数据显示，国内出版的长篇小说有4100余部。③ 通过简单比较上面这一系列数字不难发现，进入新世纪之后，长篇小说的创作取得了前所未有的进步，已经进入了发展的鼎盛时期。概括而言，长篇小说的兴盛大致可归因于几个方面：首先，从主流意识形态方面来讲，1996年，国家将长篇小说、儿童文学和影视文学共同列为需要重点扶持的文学创作三大件；其次，从作家自身来看，作为叙述文学中最重要的文体形式，长篇小说是一种检验作家自身文学实力、表现自己综合才能的最核心的艺术方式；最后，从消费市场来看，相比之于诗歌和散文，长篇小说是图书市场最具有畅销潜质的文学文体形式。

在世纪之交中国社会的新常态历史语境中，西部社会也进入了向现代化转型不断加速的历史时期。全球化、市场化以前所未有的速度和力度冲击着西部的城市和乡村。相比之于东部，西部社会的历史文化语境更为复杂，因此，在这一复杂的语境中实现着转型的西部长篇小说，从外部特征到内在品质，都表现出不同于往日的新变化，生发出许多不容忽视的新质素。因此，如何正确认识世纪之交西部长篇小说的转型，分析转型发生的内外成因，探究"西部经验"的内涵，审视和总结西部长篇小说的精神向度、叙事形态和叙事类型在转型过程中发生的变异与走向，由此预测其在未来的发展动向，是当前学术界研究的重要问题。

---

① 周南焱：《长篇小说：数量井喷，出手太快》，《文学报》2008年3月20日第3版。

② 李衍柱：《解放思想、改革创新：文学发展的不竭动力和源泉》，《文艺报》2009年2月19日第4版。

③ 何晶、白烨：《谈2014年长篇小说——依流平进中"眼前一亮"》，《羊城晚报》2015年3月15日第2版。

一　西部社会转型与"西部经验"

自 20 世纪 90 年代中后期至新世纪以来，现代工业文明对传统农业文明的不断侵占，继而取而代之，是中国社会转型的总体趋向。正如有学者所言："中国社会转型有三个主旋律"，其中"第一个主旋律是从农业社会转向工业社会"，"第一个转型还在进行着"①。在广袤的西部大地上，这种正在进行的现代性转型，第一个典型特征是西部社会出现了农业文明、工业文明和后工业文明并置的奇异景观。而且这三种文明形态不仅是单纯并存于西部的文化地理版图上，而且是不同类型的文明形态彼此交融和渗透，并由此与西部大地上原有的民族文化、宗教文化融合为一种新的文化形态，这成为西部文学创作的整体文化背景。

西部社会现代性转型表现出的第二个典型特征是，随着新世纪以来市场经济、商品经济的快速持续发展，萌生于 90 年代的大众文化在新世纪成为替代精英文化、高雅文化的主流文化形态。在一个大众文化流行的时代，文学与市场的结盟与联姻，逐步改变着作家们的创作观念和创作方式。文学已经改变了以往的出版模式，作家、出版商、文学杂志转而关注读者、关注市场已经成为一种共识，文学成为一种商品，它的存在和发展均受到市场的制约，人们对娱乐、世俗、轻松的追求成为文化消费的一种基本倾向。因此，长篇小说与影视、网络结缘，也成为一个不争的事实。举例来说，广西作家李冯、东西的长篇小说《孔子》《耳光响亮》等作品都被搬上了荧幕或荧屏，产生了较大反响；四川作家麦家在新世纪以来创作的《风声》《暗算》等小说，将悬疑、侦破、谍战等诸多元素运用于小说之中，探索出了一条雅俗共赏的创作途径，获得了巨大成功。但是，大部分西北作家则表现出一种对传统文学形式与精神的坚守。总体而言，随着大众文化的流行，新世纪以来西部长篇小说的创作路向出现了不同的分化。

中国社会现代性转型的发展，使"中国经验"成为新世纪以来长篇小说的重要表现对象之一。所谓"中国经验"，主要是"特指改革开放以来我们开创中国特色社会主义道路的现代化实践中积累的新的经验和

---

① 《社会转型与现代性问题座谈纪要》，《读书》2009 年第 7 期。

新的模式，因此中国经验是最具现实性的思想资源"①。事实上，自新世纪以来作家的长篇小说创作中，"中国经验"还包括对中国历史经验的描述。西部多民族长期对峙、逐步融合的西部历史，以及包孕在整体社会转型中西部转型的社会现实，都是新世纪以来西部长篇小说的主要叙事对象。因此，仿照"中国经验"，我们可以将其表述为"西部经验"。

西部经验大致可以从几个不同方面进行阐释。其一，追踪西部大地的历史迁徙，解剖西部历史的内在肌理；对西部历史进行"祛魅"书写，廓清历史迷障，呈现西部历史发展的多面向和本质规律。其二，阐释西部社会现代转型中的种种现实，尤其是浓墨重彩地书写西部乡村社会转型的现实情况，并在西部社会现代转型的书写中，完成小说自身的转型。其三，"十七年"时期、新时期以来西部小说创作的传统书写模式、表达方式和审美经验，已经失去了作为西部叙述范式的有效性。西部长篇小说不断探求属于自己全新的表达方式和审美追求，使新世纪以来西部长篇小说的创作表现出与以往西部小说诸多本质的区别。

二　"西部经验"的表现内容及表现形式

"西部经验"的表现内容和表现形式发生了巨大变化，可以概括为两个方面。

（一）在时空两个维度上，西部长篇小说对"西部经验"的表达各有侧重且精彩纷呈

在纵向的时间维度上，主要表现为西部历史题材的长篇小说创作。西部作家对西部历史的追踪和想象，将西部少数民族的古代史纳入写作视野，从讲述民族起源的史诗、秘史中获取灵感，尤其侧重于书写西部少数民族的民族史。对 20 世纪西部历史的书写，是在对传统历史的正体叙述进行"改写"的基础上，从个人、家族、区域等不同角度和不同层面给予的立体呈现。除此之外，西部作家还对特殊历史时期的创伤历史表现出浓厚的兴趣，在对西部的"文革"历史、饥饿历史的书写中，显示出了作家探寻历史真相、还原历史本来面目的责任感。

---

① 贺绍俊：《以文学介入中国经验的阐释——谈新世纪以来长篇小说创作的一种新潮》，《中国艺术报》2012 年 8 月 24 日第 3 版。

　　在横向的空间维度上，西部小说的叙事空间得到进一步延伸。乡土题材类长篇小说的创作，叙事空间不再仅仅局限于乡村本身，而是纳入了对西部乡村社会现代转型中"去乡村化"的总体趋势的书写。这种"去乡村化"趋势的书写，集中体现于三点：一是虽然传统意义上的乡村社会仍然是西部长篇小说书写的主要对象之一，但是，这种从唐诗宋词中走出来的，类似沈从文笔下的"湘西"和废名笔下"故乡"的乡村，已经成为作家记忆和想象中的乡村，只能成为作家表达怀旧情感的一种工具和载体。二是作家关注在西部乡村社会的逐步转型中，乡村的基本文化形态正在蜕变。"绿树村边合，青山郭外斜"的乡村，已经被现代化的公路环绕；新农村建设项目的推进，让整齐划一的城市化建筑逐渐取代了泥墙瓦顶的传统村落；日出而作、日落而息的古老生活方式已经改变，"农业"不再是乡村唯一的生活方式和经济来源。三是作为中国乡村历史被改写的参与者、感受者和承担主体，"农民"也不再是传统意义上的农民，他们的文化人格在现代性的获得过程中发生了前所未有的裂变。因此，"进城农民"成为西部长篇小说人物形象谱系中的一个组成部分。例如，贾平凹《高兴》中的刘高兴就是此类书写的典型代表。

　　西部长篇小说在叙事空间上的延伸，除了对乡村新现实的关注之外，还将西部的自然列入了表现的范围，西部的生态问题成为关注的重中之重。在中国，随着城市化、工业化的纵深发展，生态问题已经成为当代社会面临的最为突出的问题之一。人们在追逐利益的同时疏远了自然，与自然的关系日益紧张，人与自然和谐相处、诗意地栖居变成一种遥不可及的梦幻，因此在生态危机产生的同时，也带来了人类自身的精神危机。双重危机的存在，使西部长篇小说的书写对象变得十分广泛，主要有如下几类：一是西部粗犷原始的、富有野性魅力和神性色彩的自然风景，在西部作家的笔下，不再以以往小说中的背景而存在，开始走向前台，作为小说中的主体形象得以确立。二是西部作家突破了以往"禽兽比德"和"动物报恩"的传统书写模式，灵性动物形象的建构使动物获得了与人等齐的生命地位。三是书写人与自然的和谐关系，以及自然对人的拯救。总之，西部作家用合于自然性情韵味的文字，构建出一种理想的诗学镜像，对"诗意栖居"时代内在的精神诉求给予了响应。此类作品的代表主要有红柯的《生命树》和《大河》、郭雪波的《大漠狼孩》和《银狐》、杜光辉的《哦，我的可可西里》等。

（二）西部作家逐渐改变传统小说叙事模式的同时，探索一种全新的艺术表现方式

生活于西部广袤大地上不同区域的作家，他们感受西部的方式各具特色，加之社会身份、创作理念以及精神结构的差异，使西部作家在叙事方法的选择和美学追求上有着迥然不同的风貌。具体而言，是指在"西部历史""乡村现实"和"生态问题"等方面的书写中，以现实主义、浪漫主义、现代主义等创作方法为基础，同时在小说叙事中又增添了新的方法，使西部长篇小说在艺术形式上有了新的发展。

现实主义创作方法在历史、乡土题材领域得到了广泛使用。就西部历史、转型期社会现实的现实主义叙写，一方面是在对历史的"祛魅"书写中，试图探究历史的丰富性与深刻性；另一方面是在对西部乡土现实的"去蔽"书写中，真实呈现转型期西部乡村生活中的方方面面，揭示其种种矛盾，在某种程度上，展示西部乡土社会的原貌。不论是对历史场景还是现实事件的还原，西部作家们都改变了20世纪80年代以来从整体上关注国家、民族的宏大现实主义叙事模式，侧重从琐碎细致、生动丰富的日常生活细节入手呈现历史和现实。

转型期中国西部乡村的社会现实及其历史的浪漫主义抒写，是新世纪西部长篇小说中又一具有代表性的创作现象。西部乡土小说的浪漫书写，在不同作家的笔下各具风采，同时又呈现出一定的共性特征。首先，以回望的姿态，对恬静、优美的农村风光与生活的赞美，并在此基础上塑造出一系列具有儒家传统文化人格的男性形象和天真可爱的儿童形象，深情赞美了乡村社会中美好的人生、人情和人性。其次，接续20世纪中国小说民俗书写的传统，对西部大地上形态各异、多姿多彩的民俗风物进行礼赞。这些或与民族传统文化相关，或者与民间宗教信仰相连，或是二者兼而有之的乡风民俗，承载着作家对乡土人生的追忆与向往。最后，描绘具有浓郁地域色彩的边地自然景观，在雪域高原、澜沧江畔、蒙古草原和黄土高原中，作家们寄情自然、回归乡野，西部边地成为作家寄托理想之所在。这些特征的形成，与西部乡土社会现代转型的发生相关，同时也是西部作家审视西部历史与现实的结果。

采用"现代主义"的表现手法，对西部历史与西部现实的深度描摹，是西部长篇小说中最后一种较为显著的创作现象。这里所谓的"现代主义"，是为叙述之需用以区别于现实主义和浪漫主义的一种权宜之称，这

里主要是指西部作家如张存学、张学东、雪漠、红柯等创作于世纪之交的部分风格特异的西部小说。张存学、张学东叙述"文革"历史的《轻柔之手》《妙音鸟》，红柯表现一个男性成长故事的《喀拉布风暴》，雪漠讲述凉州传奇的《野狐岭》等小说，虽然从思想内涵到美学追求都表现出各自不同的特点，但是，小说中历史与现实的纵横交织、阳世和阴间的循环往复、生者与亡灵的对话交流，使文本呈现出诸种美学因子交错杂糅的怪诞特质。这些西部小说，充分表现了西部边疆世界中充满传奇或苦难的人生世相，折射出不同寻常的生命图景。这些小说从精神特质到外在形式，既无法用传统的现实主义概括，也不是纯粹意义上的现代主义或后现代主义。这种怪诞叙事风格的形成，除了受到域外文学思潮的影响之外，与转型期西部社会出现的人文精神失落、道德恶化等社会问题紧密相关。

以上述三种创作方法为基础，西部长篇小说在叙述方式上还表现出一些新的特点，主要体现在小说文本形式的建构和语言的表达上。具体而言，在小说的文本结构上，西部作家借助深厚的本土文化资源，尤其是民间文化资源，将不同地区、不同民族神话传说、历史故事、史诗、歌谣融为一体，使西部小说叙事与诗意并重，小说因此生发出一种摇曳多姿的诗性之美。除此之外，西部作家将方言、古语、口语、书面语结合，使叙述语言与人物语言相契合，客观描述与主观抒情相契合。西部沧桑的历史，深厚的乡土积淀，都在作家行云流水的叙述中呈现出来，小说语言的多音共鸣，让西部作家建构的小说世界异彩纷呈。

需要说明的是，上述新世纪西部长篇小说创作中作家对不同创作方法的选取，并非壁垒分明、界限明晰，而是表现为你中有我、我中有你的相互影响和渗透。例如，在历史题材的叙述中，往往是现实主义与现代主义相融合。从个人、区域、民族角度出发的历史叙事，现实主义特征非常明显，而对"文革"历史的追述则呈现出寓言化、隐喻化的现代主义叙事特征。

总之，转型期西部社会产生的种种变革，是世纪之交西部长篇小说产生与发展的现实基础，同时又是这一特定时期西部小说所要表现的对象。然而，西部社会转型的广泛性与复杂性，让西部作家原有的叙事模式、创作经验已经不能完全适应时代的需求，西部作家正面临着巨大的挑战。如何应对这些挑战，如何实现西部社会转型背景下西部小说的成功转型，成为西部作家亟待深思并付诸实践的核心问题。对于西部小说的研究者而言，尽管针对数量庞大、头绪万千文本的分析必不可少，但更为重要的是从宏观角度出发，俯瞰时代、社会变迁背景下西部长篇小说创作所表现出的整体特征，从而廓清西部社会与文学发展的双重趋势。

第三节　西部文化场中的文学精神

在西部文学诞生之初，就已经存在着关于"西部精神"的探讨。"西部精神"究竟具有什么样的表现形态，不同的学者有不同的看法，可谓仁者见仁、智者见智。因此，关于"西部精神"的探讨一直在持续，而且其重点和关注面随着时间的推移有所变化。然而，关于西部精神形成根源的探讨，基本上取得了如下共识。

首先，西部独特的地域文化场是孕育西部精神的厚土。"场"的概念源自物理学中的电磁学理论——电子的相互作用，可产生磁场或电场，电场或磁场又反过来受到电力或磁力的影响。西部文化是西部文学之源，孕育了西部文学。作为西部文化重要组成部分的西部文学，既是西部文化的文本映象，也是西部文化传承张扬的载体。因此，研究西部文学精神，就需要将其置于特定的文化场中去探讨。基于独特的西部地域文化，西部人养成和发展出一种独特的思维方式、精神品质和个性特征，这是形成西部精神的土壤。

其次，特定历史时期的社会环境、社会思潮和社会风尚，对西部精神的形成也产生着重要的影响。这是因为，"西部精神的价值不仅是作家意识里承袭的烙印，而且更要发掘历史的、当代的、让人们感受到和目睹到的荒芜和恐怖的环境中人的足迹。那些能震颤着人们灵魂的原始的古朴的人性"[1]。由此可见，基于西部独特的地域文化，西部人养成独特的思维方式、精神品质和人格特征，这是西部精神形成的基础。然而，当我们言说西部精神的时候，西部精神就不再是一种自然存在，它已经变成了意识形态化的观念存在。小说中的西部精神，它从来都是一个在不断言说中成长、发展、变化、丰富的词语，不存在坚固凝定的内涵。因此，在不同的历史时期，西部精神在文学中的表现既有其稳定、常态的一面，如西部文

---

① 赵学勇：《中国乡土文学从现代到当代西部》，载《文化与人的同构》，兰州大学出版社2000年版，第264页。

学中的苦难意识、宗教信仰意识、英雄意识等，也有其活跃、动态的一面，如 20 世纪 80 年代的忧患意识、90 年代的自主意识，以及新世纪以来的本土意识等。总体来说，西部精神的形成，是一种稳定常态和活跃动态的质素共同作用的结果，它在不同作家、不同文学体裁中，表现出某种独属于"西部"的精神特征。概括而言，进入新世纪以来，随着转型期社会历史文化语境的变化，西部精神在西部长篇小说中既体现出对其原有传统精神特质的秉持，又生发出一些新的质素和因子。西部精神之于西部长篇小说，正如同人的脊梁骨之于人的血肉。西部长篇小说在新世纪文坛上的卓然独立，也正是因为其内蕴的西部精神。

一　世代相因的坚韧意志与故土情结

西部具有辽阔的地域空间，地广人稀是其最突出的特点。"不到西北，不知中国之大"是很多人的共识。同时，西部的地理环境非常复杂，这里不仅涵盖了中国自然地貌第一阶梯和第二阶梯的青藏高原、西北高原，而且是长江、黄河的发源地，可谓山之父、河之母。"大漠孤烟直，长河落日圆"是西部常见的景观。然而，西部巍峨险峻的高山、奔涌流淌的大河，也给西部人与外界交流和沟通带来了不便。西部严寒、干旱、黄沙漫天的气候，贫瘠的土壤，酷烈的生存环境，使西部人形成了与生俱来的同命运相对抗的坚韧意志。

西部民性中坚韧特质的形成，与其自然地理环境有着密不可分的关系。西部作家对这种民性的书写，使其演绎成西部小说中一种独特的文学精神。在 20 世纪 80 年代西部作家的小说中，这种坚韧精神就有过初步的展现。张承志《北方的河》《金牧场》，张贤亮的《绿化树》，路遥的《人生》《平凡的世界》等小说中，出现了一系列闪烁着西部特有神采的"硬汉子"形象，这些形象最突出的特点就是面对苦难、接受苦难并超越苦难。他们的身上，体现出了英国美学家斯马特所言的"悲剧精神"，悲剧的主要意义在于人对苦难的反抗。在命运陷阱中的悲剧人物努力抗拒苦难，即使失败，他的心中也总是有抵抗的声音。①

虽然进入新世纪后，市场经济的大潮已经涌进了西部的部分城镇，但是，在西部纵深地区，贫瘠、封闭的生存环境，滞重、落后的生活方式仍

---

① 朱光潜：《悲剧心理学》，人民文学出版社 1983 年版，第 206 页。

然是西部人生活的主调，前现代文明的足迹依然深深扎根在这里。西部作家将执着痴情的目光投向沉默的西部大地，书写西部大地上的生生死死、悲欢离合。然而，其中激荡不息、令人心驰神往的依然是西部小说中世代相因的坚韧精神。雪漠的"大漠三部曲"书写腾格里沙漠边缘的沙湾村老顺一家人一整年的生活。在对他们驯兔鹰、抓野兔、打狐狸、劳作、偷情、吵架、交公粮、躲避计划生育等日常生活真实生动的原生态描叙中，深入思考了社会转型期农民的生存境遇。老顺经常挂在嘴边的一句话就是，"老天给个啥，我就能受个啥。他能给，我就能受"，这样的人生信念，支撑着他们世世代代同严酷的自然环境和不公平的命运做斗争。雪漠对养育他成长的凉州大地和大地上的父老乡亲投去深情的注视，为他们苦难的生活和不屈的抗争奏响一曲慷慨悲歌。

作为中国四大沙尘暴发源地之一的甘肃民勤，位于沙漠边缘，因为"人进沙退"而闻名于世，目前正面临着前所未有的生态危机。正是在这块生存维艰的土地上，在与自然的顽强抗争中，民勤人民养成了善良勤劳、坚忍顽强的传统美德，以及博大宽容、积极向上的人格精神。唐达天的《沙尘暴》，是一部描述民勤人与沙尘暴抗争奋斗史的宏篇巨著，书写了两代农民几十年的治沙史。以红沙窝村支书老奎为代表的老一代农民，从 20 世纪 50 年代开始治沙造林，一干就是几十年。他们身上，充分体现了西部农民坚韧不拔、吃苦耐劳、豁达乐观的精神。这种精神，在毛泽东时代具体化为自力更生、艰苦奋斗、战天斗地，建设社会主义新农村的豪情壮志。新一代农民以天旺、石头、富生、开顺、锁阳等为代表，他们中有走出农村、回报乡里的领导干部开顺、富生，有带领农民走产业化道路、用科技改造农村生活方式的新一代村支书石头，更有创办农副产品深加工厂、拉动一方经济的乡镇企业家天旺。他们是市场经济中成长起来的新生一代，他们继承了父辈的优秀品质，又为传统精神增添了新的活力。正是在两代农民的共同努力下，民勤的沙尘暴才得到了有效的治理。《沙尘暴》最引人入胜之处，恰恰也是西部农民在治沙过程中所体现出的坚韧不拔、豁达乐观的西部精神。

广西作家鬼子的《一根水做的绳子》中，苦难与爱情如影随形。阿香与李貌每一次的爱情尝试，都伴随着无妄之灾。然而，尽管命运多舛，阿香还是不放弃对爱情的向往与追逐。虽然因为这段爱情，她最后赔上了自己的性命，可是，我们在阿香对真爱上下求索的过程中，可以看到她对苦难命运的一种抗争姿态。

西部虽然面积广阔，但土壤贫瘠，农业产出有限，自古以来，形成了农耕文明占据主导地位的文化格局，这使西部人形成了浓厚的安土重迁的心理。在西部人的眼中，土地是最重要的财富，是他们的命根子。在新时期的西部文学中，许多作家都对西部大地进行了神形兼备的描绘，形成了西部小说中浓郁的故土情结。这种故土情结，影响着西部作家的创作心理、思维方式和美学追求，成为西部文学精神的一种典型代表。西部作家笔下的高山大河、旷野荒原、飞禽走兽，因精神的烛照而充溢着灵性，具有了独特而自足的美学价值。可以说，贾平凹的"商州世界"、路遥的"城乡交叉地带"、陈忠实的关中平原、董立勃的"下野地"、高建群的渭河平原和柏原的黄土塬等一系列文本世界的形成，都是故土情结发挥作用的结果。

自新世纪以来，西部的农村已经并持续发生着显著的变化。面对商品经济冲击之下农村凋敝的社会现实，存在于西部作家心底深处的故土情结又一次被触动。西部的乡村成为作家们寻求诗性的心灵栖居之地，他们纷纷以笔为旗，在西部乡村历史与现实的深沉叩问中，为即将远逝的乡村文明奏响一曲意味深长的挽歌。贾平凹的《秦腔》、高建群的《大平原》、阿来的《空山》和李学辉的《末代紧皮手》都是其中具有代表性的作品。在一个众声喧哗的以消费为主的时代，西部作家们始终宿命般地凝眸于脚下的这片大地，将自己的文学之根深扎在这片土地上。虽然对故土的挚爱，有时会让西部小说显得沉重，可是谁也不能否认，这也正是西部小说创作的意义之所在。

二　豁达豪放的血性精神与英雄情怀

"生存空间的广阔，山河的壮美，天空的高远，自然力量的强大，生存境况的惨烈，都很容易使人由对自然生命的敬畏，产生出一种崇高感，崇高感又使人容易产生对强大力量的崇拜。所以西部人的意识中有一种强烈的英雄意识。"[1] 西部辽阔的地域空间，壮美的自然万象，容易使人产生对强大自然力量的敬畏，对血性和英雄的崇拜。这种敬畏与崇拜之情的产生，除了受到自然地理的影响外，人文环境可能发挥着更大的作用。西

---

[1]　李星：《西部精神与西部文学》，《唐都学刊》2004 年第 6 期。

部自古以来就是多民族的聚居和杂居区，由此形成了以农耕文化为主体，兼具游牧文化的多样化文化格局。马背上的民族向来以骁勇善战而独步于天下。因此，西部历来是兵家必争之地，成吉思汗的西征就曾经将西部作为主要的战略阵地。不同民族之间的长期战争，冲突与融合，都沉淀在西部人的性格和心理之中，使他们形成了对"血性""英雄"的赞美和向往。

西部小说对血性精神和英雄情怀的彰显，最典型的代表是 20 世纪 90 年代张承志的《心灵史》。在该小说中，张承志追寻母族的历史，书写西北回族四大门宦之一的哲合忍耶门宦，在 200 年时间里前后七代人创立教派、传教、卫教、殉教的曲折而悲壮的教派发展史。在这段堪称悲壮的历史探寻中，哲合忍耶清洁、高贵的血性精神贯穿始终，让小说散发出熠熠神采。

在新世纪文坛"新都市写作""美女写作""身体写作""网络写作"等名目繁多的类型化书写的创作潮流中，西部长篇小说高扬起理想写作的旗帜。这种充满血性精神和英雄情怀的创作，使西部小说散发出一种独特的温度和亮度，照亮了苍白、阴郁、沉闷的新世纪文坛。马丽华、红柯、阿来等人的小说，讲述了不同民族、不同历史时期的英雄故事，其人物文化性格中的刚健血性成为他们共同的表现对象。

马丽华的《如意高地》，书写清末将领陈渠珍带领部队从藏北无人区向西宁逃亡的经历，一路上遭遇重重苦难，九死一生，最后，一百多人仅有几十人突出重围。小说在塑造一个血性男性英雄将领的同时，另一位女性人物也逐渐浮现出小说文本，她就是陈渠珍由川进藏之前新娶的妻子——藏族姑娘西原。在西原身上，血性精神体现为一种奉献、一种将爱情视为信仰的精神。在漫长、艰险的进藏过程中，每逢陈渠珍遭遇危险和难关，西原都会挺身而出，及时为他排忧解难。然而，当他走出战乱频繁的藏地高原时，西原不幸身患绝症离他而去。马丽华塑造了这样一个默默奉献、纯朴善良的藏族女性，她将爱情作为人生信仰。当现代人把爱情附丽于对宝马香车、豪宅别墅、金钱财富的追逐时，至纯至真至情的西原，宛如欲望和功利热浪中的一阵微风，让现实人生增添了许多温暖和诗意。

红柯的《西去的骑手》用两条并行的叙事线索，分别书写了铁骨铮铮的少年英雄"尕司令"马仲英的传奇人生，以及枭雄盛世才从日本到南京直到新疆的发迹史。在《西去的骑手》中，红柯突破以往战争叙事惯常采用的二元对立模式，他无意辨析战争的正义和非正义属性。相反，在他的笔下，马仲英和盛世才都是英雄。如果说，马仲英是从西北神马谷中跃出的一匹神马，那么盛世才则是一匹成熟、智慧又狡诈的草原狼，他们的身上，都具备着作家欣赏的豪迈气概和血性精神。红柯坦言，之所以写作《西去的骑手》，是因为："我当时想写西北很血性的东西，明清以后，西北人向往汉唐雄风，而回民做得很好。他们人少，但有一种壮烈的东西。我们这个民族近代以后几乎完全退化了。我想把那种血性的东西又恢复起来。"① 由此可见，正是对民族性格或民族精神在当代缺失的一种痛切体验，才使红柯在小说中想要重建一种血性精神和英雄意识。这种重构，与 20 世纪 30 年代沈从文想把湘西的蛮性血液灌注在老态龙钟的老中国身上，从而激发其活力与生机的想法不谋而合。因此，红柯的历史叙述具有了鲜明的时代意义。

三　海纳百川的包容气度与博大襟怀

西部，不仅是地域上的高地，也是名副其实的文化上的高地。禄丰古猿、元谋猿人、蓝田猿人都曾在这片大地上留下过足迹。大地湾遗址、半坡遗址、三星堆遗址都充分印证着西部曾是中华民族的发祥地。马家窑文化、齐家文化等人类原始生活遗留下的历史印痕，也再一次说明了西部文化曾是中华民族文化的主要源头之一。在漫长的历史变迁中，东西文化的不断碰触、交流乃至融合，使西部形成了六大文化圈层（具体见表 2-2）。在这六部文化圈层之间，分别由四条文化线路，即西线（丝绸之路）、唐蕃古道、南方丝绸之路、草原之路相互连接。

此外，在宋、元、明、清之际，由于地处偏远，西部尤其是青海、新疆、甘肃、宁夏等西部省份，都曾是统治者眼中的蛮夷之地，这里的人也被看作是蛮悍之民。西部往往成为朝廷贬谪官员及其家属的地方。新中国成立之后，在建设西部的号召和宣传之下，许多军人、知识青年都纷纷来到西部，他们带来了新的文化和生活方式，潜移默化地影响着西部原有的文化结构，由此形成了具有西部特色的"移民文化"。

由此可见，自古至今，西部以辽阔的地域容纳着不同的文化，使其当

---

① 叶开、钟红鸣：《访谈录》，载红柯《西去的骑手》，云南人民出版社 2002 年版，第294 页。

之无愧成为多种文化的结合部。作为一种多元继承、多元融合、多元发展的区域文化，它的开放特性对西部小说有着持久的影响，西部小说因之表现出一种海纳百川的包容气度与博大襟怀。

表 2-2　　　　　　　　　　　　西部六大文化圈层

名称	组成因子
新疆伊斯兰文化圈层	阿拉伯文化、地中海文化、中国中原汉文化、其他文化
青藏吐蕃文化圈层	中国中原文化、印度佛教文化、雪域高原的本教文化、其他文化
陕甘儒释道文化圈层	中国中原文化、西域其他文化
蒙宁西夏蒙古文化圈层	中原游牧文化和喇嘛教结合、其他文化
巴蜀儒道释文化圈层	山地农耕文化、不同方向的汉族文化
滇黔桂的多神崇拜文化圈层	山地狩猎文化、外来屯堡文化

资料来源：彭岚嘉、陈占彪：《中国西部文化发展战略研究》，中国社会科学出版社 2008 年版，第 99 页。

老作家王蒙在新世纪创作的《这边风景》，是一部书写他 20 世纪 60—70 年代在新疆生活的长篇巨著。小说以新疆伊犁一个农村生产队为中心，全方位描写了伊犁地区多元文化相互包容、相互影响的动人文化景观。小说中一共有 80 多个人物，分别来自汉、哈萨克、回、锡伯、俄罗斯、乌兹别克、塔塔尔和维吾尔等不同民族。在爱情的牵引下，各民族互相通婚，让多元文化逐步渗透家庭的日常生活之中。在小说中，我们看到维吾尔族的牛皮大王穆萨，他入赘一个回族家庭，他的妻子马玉琴温柔、贤惠。四队队长乌普尔爱上了塔塔尔姑娘莱依拉，于是，他有了一个爱唱歌爱清洁的漂亮妻子。俄罗斯小伙廖妮卡，与拥有百灵鸟一样动人歌喉的狄丽娜儿的婚姻，不但跨越了民族，还跨越了宗教。在他们热火朝天的生产场面中，以及其乐融融的家庭生活的动人场景中，我们看到不同民族身份、不同文化背景的人之间的和谐相处。

小说的开篇，作家写到了 4 月 30 日发生的小麦盗窃大案，将主人公伊力哈穆置身于"山雨欲来风满楼"的紧张氛围中。但是，我们在王蒙对一系列政治事件的叙述中，看到更多的是他对边疆的自然风景、季节的四时更替，以及民风民俗的倾情书写。在小说中，他对不同民族的家庭摆设、待客礼仪、饮食习惯娓娓道来，构成了整部小说新鲜活泼的底色。跟随着作者的笔端，我们又重回到远去的年代。在作家对一方好山好水的赞叹中，我们可以清晰地感受到：即使是在那个特殊的年代，边疆的不同民族文化也在逐步的交流中互相融合。不同民族的人们，一步步编织着心灵的纽带，最终抵达彼此的内心世界。而这种民族文化的融合、心灵的交流，与新疆本身已有的博大襟怀有不可分割的关系。

如果说，我们在《这边风景》中看到的是新疆各族人民在琐碎具体的日常生活中表现出的一种融合和交流，那么，在范稳的"藏地三部曲"和杨志军的《西藏的战争》中，我们看到的则是一种不同国家、不同种族人们的宗教信仰的融合。《水乳大地》和《西藏的战争》中，呈现出一段荡气回肠的宗教衍变交融的历史。当西方的神父们想让他们的宗教占据澜沧江畔和雪域高原人们的心灵时，遇到了前所未有的困难和抵抗。而当他们放下执念时，却看到了不同宗教之间水乳交融的盛景。《悲悯大地》中，朗萨家族与都吉家族由开始的矛盾对立，继而引发两个家族的战争，随着都吉、朗萨的相继被杀，两个家族最终结下了血海深仇。都吉的长子阿拉西为了躲避仇杀，开始踏上了成佛的道路。在他磕长头从澜沧江到拉萨的艰难成佛过程中，牺牲自我，成全他人，悲悯、宽容的信仰逐渐占据了阿拉西的整个心房，两个家族的血海深仇被逐步化解、消融。而《大地雅歌》中，爱情之所以如此炫目动人，根本的原因还是在于有信仰的支撑。不管是曾经因为现实或爱情的原因归入基督教的藏族贵族少女，还是流浪歌者、江湖大盗，他们最终都被这种宗教所感染。他们为爱而守候，为爱而牺牲，在澜沧江畔、卡瓦格博雪山之下，基督教与佛教一同在砥砺碰撞中走向了多元共存。学者李星认为："对文学创造具有巨大影响的仍将是由其地理人文生存环境、多民族文化，特别是宗教文化所制约西部人的生命意识、生存意识、人生意识，正是它们构成了综合性的西部精神和西部意识的核心，决定了西部的文化精神特征。"[①] 范稳、杨志军等笔下宗教信仰融合发展演变的历史，恰如其分地反映了西部海纳百川的气度与襟怀。

---

① 李星：《西部精神与西部文学》，《唐都学刊》2004 年第 6 期。

第三章　西部历史本相的多元与多维透视

在全面回顾当代西部长篇小说历史演变轨迹的基础上，本章主要对新世纪西部长篇小说中类型多样、艺术表现形式也迥然不同的历史小说进行研究和解读。历史小说是一个有着丰富内涵和广阔外延的概念。日本作家菊池宽在其《历史小说论》中认为，历史小说是一种选取历史上有名事件或人物作为写作题材的小说。郁达夫的表述则更为具体，他认为，历史小说除了以历史上著名的人物、事件为主干之外，还应该有一定的历史背景作为小说的底色。① 欧阳健则对历史和历史小说给予了区别，认为历史小说首先是一种特殊文体的小说，但是，又与一定的历史史实有着密切的关系。② 从菊池宽、郁达夫到当代学者，他们对历史小说概念的界定都强调历史史实与历史小说的"同源异体"性。然而，自20世纪80年代以来，随着新历史主义小说的兴起，一些并没有史实依据而纯粹虚构出来的小说，因其具有"历史小说"的形态也被视为历史小说。由此，历史小说这一概念的范畴变得更为宽泛。本书中所提及并论述的历史小说，就是指这种宽泛意义上的历史小说，它既包括根据史实创作的小说，也包括那些没有具体史实依据但有着相应历史小说形态的文学作品。

纵观整个中国当代小说的发展流变过程可以得知，历史小说的创作经历过两次比较具有代表性的潮流。一是学者们在80年代提出的"十七年"期间的"革命历史小说"。"革命历史小说"是在一定意识形态的规范限定之下，为了达成一定意识形态的目的，主要讲述革命如何发生，如何在历经艰难曲折之后，最后走向成功的故事。③ 二是新时期以来的"新历史小说"，在传统历史小说中，历史往往被构建为一种真实的生

---

① 郁达夫：《郁达夫文艺论集》，浙江文艺出版社1985年版，第257页。

② 欧阳健：《历史小说论纲》，《厦门教育学院学报》2003年第1期。

③ 洪子诚：《中国当代文学史》，北京大学出版社1999年版，第112—113页。

活印象，一幅首尾连贯、因果相连的生活图景，历史拥有不容置疑的权威性与合法地位。作为对传统历史小说的一种颠覆与解构，在新历史小说中，作家们试图以碎片化的情节模式和扑朔迷离的叙事方式，对历史的"本质"和"规律"进行嘲弄与反讽，对建构在理性主义基础上的必然律和因果律进行颠覆。由此，历史呈现出一种无从把握和不可知晓的特性。

除了上述两大主要的创作潮流外，小说创作发展历程中自然不乏其他独具创作特色的历史小说。可以说，历史小说创作在当代文学史上占据着重要的一席之地，有着类型丰富和卓有成效的创作实践，涌现出了诸多优秀而经典的小说文本。新世纪以来，历史再度成为不同代际、不同地域作家们瞩目的焦点。因此，历史小说不仅数量颇为丰厚，而且创作实绩也较为喜人，它们中多数以鸿篇巨制的形式再现中国历史，长篇历史小说由此也成为新世纪文坛上一个重要的存在。

在当代文学的历史演进中，西部历史小说也取得了较为丰硕的成果。以杜鹏程为代表，其《保卫延安》可以被看作"革命历史小说"中具有里程碑意义的作品。新时期以来，西部作家都贡献出了自己沉甸甸的历史小说，陈忠实的《白鹿原》、高建群的《最后一个匈奴》、阿来的《尘埃落定》及张承志的《心灵史》都是在全国范围内产生过重要影响的作品。进入新世纪后，西部作家对西部历史的书写表现出一种"祛魅"的冲动，所谓"祛魅"，就其字面意思是指使某人对某人或某事不再着迷和崇拜。历史祛魅就是指通过解构历史的真理性和神圣性，试图还原历史的真实面目。西部作家多元化、多维度建构的西部历史也正印证了这样一种努力：既有从民间视角切入，着力从个人、家族、区域等不同角度对西部历史的立体书写；也有从西部的英雄史诗、历史传说、宗教信仰等维度来表现西部少数民族的起源史、发展史、心灵史；还有从"文革"和"饥饿"两段较为特殊的历史入手，在返顾真实历史现场的同时，以"寓言"和"见证"两种不同方式完成其书写。

所有这些西部作家的历史小说，无论是他们笔下有据可考的历史，还是虚构想象的历史，无论是个人史、家族史，还是民族史、区域史，都是关于西部这块土地的历史，必然要用西部的身份讲述自己的故事。它们独特而富有意义。

第一节　西部"小历史"的立体建构

历史有大小之辨，"所谓'小历史'，就是那些'局部的'历史，比如个人性的、地方性的历史，也是那些'常态的'历史，日常的、生活经历的历史，喜怒哀乐的历史，社会惯制的历史。所谓'大历史'，就是那些'全局性'的历史，比如改朝换代的历史，治乱兴衰的历史，重大事件、重要人物、典章制度的历史"①。当作家以长篇小说的形式表现历史时，通常并不会对历史作如此泾渭分明的"大小"之辨。但是，西部作家在新世纪以来以历史题材为主创作的长篇小说，却普遍呈现出一种对个人史、家族史、区域史为代表的"小历史"建构的愿景。与 20 世纪 90 年代的"新历史小说"的不同之处在于，新世纪以来的西部作家不再对历史进行片段化的切割处理，因而摆脱了在历史的碎片中追寻历史真相的窠臼。相反，他们都注重将具有个体化肌理的小写的历史，放置在具有共名特质的大写的历史②长河中。由此，在对个人史、家族史、区域史等小历史的细致、生动和丰润的凸显中，西部历史小说拥有了一种波澜壮阔、深邃宏大的史诗性品格。

一　小人物的大历史

在《中国现代历史小说论》中，王富仁先生通过比较梁启超、陈独秀、李大钊和鲁迅的历史观念之后，得出如下结论：

> 一、由梁启超对封建史学的批判到陈独秀前期对传统儒家伦理道德的批判，形成了中国现代知识分子普遍接受的新的民主主义的历史观念；二、由李大钊对马克思主义的宣传与介绍，形成了部分共产主义知识分子阶级和阶级斗争的观念，它同时也是一种把握历史、表现历史的思想方式；三、鲁迅以人的创造性活动为核心的历史观念。

---

① 赵世瑜：《小历史与大历史：区域社会史的理念、方法与实践》，生活·读书·新知三联书店 2006 年版，第 10 页。

② 张贺楠：《建构一种立体历史的努力——新世纪十年历史小说创作》，《当代作家评论》2014 年第 6 期。

他认为，"这些新的历史观念，使他们有可能对古代历史家所记述的历史事实进行一种新的形式的描写，对之进行再创造，成为完全独立的一种新的小说文本。我们认为，这是研究中国现代历史小说创作时所不能忽略的"①。鲁滨逊在《新史学》中明确提出："就广义说起来，所有人类自出世以来所想的，或所做的成绩同痕迹，都包括在历史里面。大则可以追述古代民族的兴亡，小则可以描写个人的性情与动作。"② 从上述论述中可以得出这样一个结论：人在历史中的活动及活动的表现，不论将其视作历史小说的创作者还是看作研究者，都是一个颇为重要的课题。新世纪以来，西部作家的历史小说创作，一个突出特征就是在对特定历史事件、历史时期的追踪还原中，注重从历史的主体出发，书写他们在历史中经历的真实生活。他们都是生活于某一山村或某一城镇中的小人物，小说诉说每个小人物的生老病死、喜怒哀乐，迷茫与困惑，失意与成功，以小人物精神、心灵以及命运的变迁，反映整个民族、国家的历史。

陕西作家杨争光在新世纪出版的长篇小说《从两个蛋开始》，以20世纪40年代为时间着眼点，在长达半个世纪的漫长岁月中，将土地改革、"大跃进""文化大革命"及新时期以来的改革开放等一系列重大政治事件囊括其中。小说的独特之处就在于，作家在呈现每一个历史时期时，不是对整个村落社会作全景式描绘，而是借助几个代表性人物，以描述他们的日常生活为主，在生活之流的表象下，让读者了解国家历史如何与乡民的生活发生联系的过程。但是，其人物个体的故事，相对而言又是独立的。当这些个体故事连缀起来时，符驮村里的乡村人物的个人生活史就构成了整个村落的历史，从而完成了从个体到群体、从村落到国家的整体历史叙事的构建。

小说的叙事基点是一个西北的普通村庄——符驮村，以革命工作者雷震春留在符驮村开展工作为叙事起点，符驮村形形色色的各式人物自此悉数登场。小说的开篇讲述的是土改阶段的故事，以此引出杨争光叙述个人历史的绝妙切入点——食与色。

在市场经济时代到来之前，整个中国社会大致都属于生存经济模式。生存至关重要，食与色是最大的需要。在符驮村人看来，"有两件事是经

---

① 王富仁：《中国现代历史小说论》（一），《鲁迅研究月刊》1998年第3期。

② ［美］鲁滨逊：《新史学》，何炳松译，广西师范大学出版社2005年版，第1页。

常的，也是重要的。一个是'吃吃喝喝'，一个是'日日戳戳'。后者指的是男女性事"。整个符驮村的历史实际上就是一部食与色的历史。

土改时期，土改组长雷震春到符驮村主持土改工作，由于与女同事白晓霞发生了性关系而被革职，失去了原来的政治地位和权力。土改工作从分割地主杨柏寿的家产开始，由此引出了关于杨柏寿人生经历的叙述。由于杨柏寿仅在表面上配合对其家产的分配工作，所以在分配如期结束后，赵北存提出了要分杨柏寿两个老婆的要求。虽然这一要求最终没有得以满足，但能够看出符驮村人将杨柏寿的"两个老婆"与"财产"放在同等重要位置的事实。杨柏寿对分了其家产的刘福娃的报复，是以银元（食）的诱惑为开始，以福娃与儿媳米雀的乱伦关系（色）为结束。小说的主要人物赵北存之所以能够脱颖而出，成为符驮村此后几十年里国家权力的执行者，是因为他在获取西瓜和女人的过程中，所表现出的对食/色资源的恒心毅力和特殊禀赋。

小说第二辑讲述"大跃进"期间符驮村的故事。以赵北存使用政府推广的洋化肥和新品种玉米种子，培育出一个高大粗壮的玉米棒子，由此成了劳动模范，参加地区、省的群英会，以及受到了毛主席的接见为书写起点。由第一辑对"色"的描述转而凸显"食"的重要。虽然硕大的玉米棒子给赵北存带来了巨大的荣耀，但这也导致了他妻子招娣的死亡。小说接着讲述了在吃大灶的过程中，高家人因为吃太多致胃被撑破而死的故事。在父亲高义德的动员下，儿子高撑柱吃完十二个窝窝头和八碗玉米之后，因胃被撑破而死亡。

"文革"开始后，小说描写了二贵造反的故事。在县农场配种员的怂恿下，二贵佩戴着配种员送给他的红袖章想造北存的反，但造反以失败而终。分析这次造反失败的原因，最终还得归结为"色"。二贵的妻子香香是北存的情人，她事先通报了北存，让二贵的造反无疾而终。村里来了知识青年，在女知青雅兰与村民劳动的过程中，发生了大放二放兄弟强奸女知青的故事。雅兰因此回了城，符驮村人不认为雅兰被伤害，反而认为她因祸得福。随着改革开放的到来，土地分给了个人，北存的权威受到儿子们的挑战。他的时代的结束，意味着中国开始迈入市场经济的时代。

小说以村长赵北存的活动为主线，追寻符驮村人以"食""色"为主的人生历程，描述了在不同历史时期、不同生存条件下，符驮村的村民在乡村伦理道德、政治权力之间上演的生活悲喜剧。杨争光用幽默、戏谑的笔法，构建出一个个令人啼笑皆非的场景，书写了形形色色的人生故事。将这些看似断裂、内容迥异的个体生活史拼贴黏合起来，便构成了 20 世纪 50 年代以来中国乡村社会历史演变的巨幅长卷。从某种意义上说，这种针对个人日常生活的细节性的描述探究，就是对历史的一种隐喻。

广西作家黄佩华的长篇处女作《生生长流》，同样也显示出了以凡人小事洞见历史大趋势的追求。小说主要叙述了红水河地区农氏家族四代人的百年沧桑历史。小说共分为八章，以每个家族人物为一章的主要叙述对象，而叙述的中心也是人物的日常生活琐事。从小处着眼，使小说具有中国古代笔记小说的美学神韵。而最后由诸位人物的逸事组织而成的整体结构，就构成了对红河水地区百年历史的见证。

从一定程度上讲，《从两个蛋开始》和《生生长流》中，作家都是在人物生活史的叙述中，讲述中国农村变迁发展的历史。进入新世纪以来，除了关注农村的历史外，一些特定区域的历史也开始进入西部作家的视野。新疆作家董立勃近年来接连推出的数部长篇小说——《白豆》《白麦》《米香》及《静静的下野地》，开始聚焦"西部垦荒"的故事，讲述"下野地"———一个偏远的新疆军垦农场，屯垦戍边者们真实的生存境遇和人生故事。通过垦荒者人生故事的书写，作家呈现了一段西部移民垦荒的历史。在下野地，男性垦荒者主要由"脱下戎装的军人或起义人员"组成，他们是边地垦荒的主要力量。然而，这些昔日的战斗英雄、老兵们来到边疆之后，很快发现他们的困境，边疆女性很少，婚姻问题无法解决。因此，组织以征兵为由，将中东部地区的年轻姑娘征往西部边地，以解决这些老兵们的个人问题。因此，这些女性垦荒者，她们除了垦大自然之荒外，还有一个更为重要、更为隐蔽的"工作"，就是给男性垦荒者们做配偶。在《白豆》《白麦》《米香》和《静静的下野地》中，以爱情的幻灭和婚姻的悲剧为切入点，董立勃分别讲述了多位边地垦荒女性的悲剧人生。

从"五四"新文化运动开始，妇女解放、男女平等等观念逐步深入人心。新中国成立之后，国家反对买卖、包办婚姻，提倡婚姻自由。然而，对这些被征到边疆地区的年轻垦荒女性来说，她们的爱情、婚姻从一开始就被置于一种可以生杀予夺的权力话语中，失去了自由选择的权力。丰收在他的纪实文学《西上天山的女人》中写道："她们中少数幸运者自由恋爱两情相许，大多数是'服从组织介绍，个人同意'，'先结婚，后恋爱'的模式。倒锁新房,生米成了熟饭的有,原则上,是思想政治工作先行,'组织'一定坚持'介绍'到'个人同意'"。

《白豆》中,白豆被赶车的杨来顺和打铁的胡铁同时看上,她不知道自己应该嫁给谁,就对妇女干事吴大姐说她听组织的安排。通过抓阄的方式,白豆最后嫁给了杨来顺。不幸的是,当死了老婆的马营长前来视察工作时,看上了白豆,吴大姐却要求白豆嫁给作为上级领导的马营长。小说《白麦》可以看作《白豆》的姊妹篇。白麦和白豆是一同长大的好姐妹。白麦因为长得漂亮,还没有抵达军垦农场,在乌鲁木齐就被早年参加革命、现已成为老首长的老罗看上。尽管白麦不愿意嫁给那个大她12岁且有过一次包办婚姻和两个孩子的老罗,但由于组织出面,"她不能不听组织的",最后还是嫁给了老罗。可是,结婚之后,作为妻子的白麦并没有得到来自老罗应有的关怀和尊重,在她怀了孩子以后,强行命令白麦打掉孩子。更可怕的是,在白麦住院期间,他利用手中的权力,命令医院给白麦做了结扎手术,白麦因此而丧失了生育权。

《静静的下野地》里的了妹喜欢小业主出身的白小果,结果遭到了组织的反对。他们认为,组织花费那么多钱将了妹这样的年轻女孩子从东部农村接到下野地,就是为了解决老兵的婚姻问题。而了妹与白小果恋爱,让这些老兵们都觉得吃了大亏。以组织的名义,剥夺下野地女性恋爱婚姻的自由是一种惯常做法。一旦组织权力失效后,还有另一种方式,即男性均通过暴力行为获得与女性的结合。在下野地那些昔日的战地英雄们看来,要想得到一个女人,最简单直接的方法就是强迫与她发生关系。只要有了实质性的关系,这个女人就会服服帖帖任由男人摆布了。于是,在下野地世界中,"集体主义的革命话语与传统的从'从一而终'的贞操观念耦合,成为一种潜在的强大的力量,它使为数众多的兵团女性不得不屈从于无爱婚姻"[1]。

白豆被强奸后,马营长就抛弃了她,她只好嫁给杨来顺。然而,真实情况却是杨来顺策划设计强奸了她。《米香》中的上海知青宋兰,也是先被老谢强奸后不得已才嫁给了他。当用暴力方式获得女性的身体,进而与之建立合法的婚姻成为现实之后,这样的男性会在将来的婚姻生活中继续

① 王志萍:《新疆生产建设兵团文学叙事中的女性角色》,《南开学报》(哲学社会科学版)2012年第4期。

这种暴力行为，以建立自己在家庭中不可动摇的权威。于是，小说中存在一系列频繁挨打的女性，她们通常都是逆来顺受，仅在忍无可忍之时才开始以暴制暴。宋兰举着锋利的刀子让老谢臣服，无独有偶，《静静的下野地》中一个叫春妮的配角人物，用斧子砍死了正在打她的丈夫。

董立勃从一个个鲜活的女性个体生命出发，将她们置于独特的"下野地"环境中，对她们的爱情婚姻悲剧投去同情的一瞥。从最初踏上边疆的土地伊始，她们就注定了"被工具化""被决定"的命运。在婚姻选择上，她们听命于组织。组建家庭之后，他们继续被当作"干活的工具"或"生育的机器"。当某一方面的功能失效，尤其是不能生育时，她们很快被抛弃。难能可贵的是，董立勃小说中的女性很快就意识到了她们"被工具化"的命运。作者浓墨重彩地书写了她们在组织权力和男性暴力交织的复杂关系网中的突围挣扎，她们的抗争由此表明了"下野地"依然处于"现代性之荒"开辟道路的历史征程上。由此，董立勃发现西部垦荒者自身难以审察的真实的"西部经验"。他的"下野地"文学世界的构建，颠覆了我们惯常对于移民垦荒历史的认知，洞悉了另一种垦荒历史真相。

20 世纪以来，频繁的战争、罕见的灾荒让大批西部农民流离失所。无奈之下，一些人不得不揭竿而起，自立山头，当上了土匪。以"土匪"作为故事的主人公，讲述他们的人生故事，复活一段鲜为人知的历史，是新世纪以来西部作家的一种独特的历史叙述方式，代表性的作品主要有贺绪林的"关中枭雄"系列和叶广芩的《青木川》等。

"关中枭雄"系列的第一部是《兔儿岭》，讲述的是一个叫墩子的青年复仇的故事。民国十八年，八百里秦川遭遇罕见的旱灾，赤地千里，饿殍满地，盗匪四起。墩子家里遭到土匪的洗劫，父母亲都死于土匪刀下。突如其来的变故，使墩子与青梅竹马的恋人失散，双双虎口逃生。墩子跟随江湖人士，习得一身功夫。后来，他回到家乡，杀死仇人，为父母报仇。然而，单纯的墩子还是落入了狡诈军阀的圈套，最终被毒杀。第二部是《马家寨》，以渭北高原马家寨上马、冯两家的恩怨为起点展开书写。马、冯两家因为争水，素有积怨。马家后生马天寿垂涎冯家大户冯仁乾的小妾，试图冒犯却遭到毒打。马天寿一怒之下上了白莽山落草为寇，与冯家对峙，抢小妾，砸店铺、抢钱粮，冯家串通地方驻军假借剿匪之名围剿马家寨，马天寿被打死，马家寨全村惨遭屠戮。第三部《卧牛岗》中的故事发生在西安事变之后，秦家家道殷实，儿子秦双喜在省城西安读书。秦双喜回乡探亲途中，因得罪官兵，被关进监狱。卧龙岗上的土匪营救他们的头子郭生荣，顺便把双喜也救了出来。双喜和土匪头子的女儿一见倾心，二人私自定情。后来，秦家被当地的恶乡绅勾结保安团的人满门被灭，双喜侥幸逃脱，在卧牛岗上避难。后来，双喜、玉凤二人联手报仇雪恨。

贺绪林在谈到自己的写作初衷时，说他并无意为土匪树碑立传，只是想再现一段历史。他的小说最引人入胜之处在于人物故事的传奇性。上述三部小说都采用了通俗小说的惯常写法，将人物放置在民国末年盗贼蜂拥而起的关中大地。小说中的主人公都是血气方刚的陕西"楞娃"，他们身负仇怨而上山为匪，为了报仇，都经历九死一生。小说中将跌宕起伏、刀光剑影的暗杀与铁骨铮铮、行侠仗义的豪情，与英雄美人的缠绵悱恻之情交织在一起，使小说具有极强的可读性。然而，此类土匪的形象并没有突破传统匪类形象的窠臼，小说书写仅在于突出传奇性，尚没有更深入复杂的心灵挖掘，因此对历史本相的探究也仅浮于表面。

真正颠覆人们对于土匪惯常认知的，应该是叶广芩的小说《青木川》。为了写作这部长篇小说，叶广芩先后数次亲临陕西省汉中市宁强县的青木川镇，采访了近百人，查阅了大量的历史资料，历时20年才得以完成。小说采用了一种十分独特的叙事手法，讲述了一个"土匪"的故事。将土匪的故事与风云迭起的革命历史相结合，在历史的缝隙中窥视土匪的秘密，从而复活了土匪的灵魂。

小说开篇并非直接写土匪的故事，而是从离休老干部冯明返回青木川怀旧的故事开始。冯明在晚年时期，携女儿冯小羽及女儿的同学钟一山回到曾经工作过的根据地"青木川"，这里是冯明生命华彩乐章的演出舞台，是他践行革命理想的精神圣地。他参与并目睹了这里所有的政治改革，以及土改反霸、建立新政权等种种革命性活动。他一直以来深切怀念的初恋情人冯岚也埋葬在这里。冯明的回访显然带着怀旧的意味，既有对自己年轻时革命成绩的追忆，也有对战死的恋人的祭奠。可是，当他来到青木川后，感受到的不仅是物是人非的沧桑，更是一个革命时代的彻底终结。然而，冯明的故事仅为小说勾勒了一个大框架，而在冯明寻访的过程中，小说的真正主人公——土匪魏富堂，才渐渐浮现出来，成为作家叙述的中心人物。

　　魏富堂原本只是青木川的一个穷小子，因为一场天灾，他不得已到青木川首富刘庆福家做了上门女婿。来到刘家之后，魏富堂快刀斩乱麻，气死了他的岳丈，自己开始掌管生意。后来他投奔王三春，又自行离开，自己拉了一支武装力量，成立民团。魏富堂再次返回青木川后，成立了联防办事处。他以供应团防开支、抗匪保民为由，占据青木川的大部分区域。青木川地处甘、陕、川三省交界的特殊地理位置，魏富堂在此大面积种植大烟，使青木川一时间成为三省最大的大烟毒品交易中心。通过贩卖鸦片，魏富堂积累了丰厚的资金，他购买了洋式枪械壮大自己的武装，成为青木川实际的统治者。他对青木川实行严格的管理：村民不能抽大烟，不能盗窃敲诈勒索，一旦违反，即施以酷刑。同时，他大力发展商业经济，青木川镇上各类商铺林立，茶馆、旅店、药铺栉比鳞次。他要求本地人诚信经营，不能欺负外地客商。在他的苦心孤诣下，乱世中的青木川一派欣欣向荣的景象。土匪出身的魏富堂对文明向往已久，他不但给自己娶了两房知书达理的太太，还在青木川创办学校，并资助青木川的学生去城市接受教育。1949年底，随着陕南全境的解放，解放军开始进驻青木川。魏富堂在我党的宣传教育下缴械投诚。但是，由于大局初定，在各种力量的制衡交错中，为了尽快稳定局势，1952年，魏富堂被判处死刑。1986年，魏富堂才以投诚人员的身份得到平反。

　　在遵循历史真实的前提下，叶广芩全面展示了魏富堂充满传奇与悖谬色彩的一生。他是一个土匪，以逼死自己的岳父作为发家致富的第一步。他杀过人、种过鸦片，但是，他也保境安民、铺路架桥、开设学堂。在风雨飘摇的20世纪，青木川的繁荣的确与魏富堂有着不可分割的联系。作家塑造了这个亦匪亦绅、亦正亦邪的人物，从他对物质生存本能的探寻到精神需求的渐次追求过程中可以看出，作家对历史和人性的深度开掘。她成功突破了历史的种种迷障，颠覆以往小说中对土匪残忍、暴力的种种塑造，一个对文明充满神往，生动又复杂的土匪形象跃然纸上。

　　从符驮村形形色色的普通村民，到"下野地"世界中的女性群像，再到特殊历史情境中"土匪"形象的凸显，西部作家通过对一个个鲜活生动个体生命的观照，让曾经在大历史丰碑遮掩之下的人物浮出历史地表，让被淹没沉寂的历史事件发出声音，由此尽可能还原历史的真实面貌。

二　家族史与区域史的同步书写

家族历史、区域历史的书写，有着多种不同的方式。选择从文化角度切入，是西部作家较为广泛采用的一种方式。值得一提的是，西部小说对"地方"的发现和书写，并非在小说对地方性资源的简单使用，而是基于作家对地方文化深刻体察领悟基础上的一种独特叙述。而且这种"地方性"在空间上是开放的，在小说中是可以改变、扩展的，由此可以进入、转换到一个崭新的地方性情境中，从而使小说获得了更广阔的空间和更普遍的价值。从这个意义上说，马步升的《青白盐》和《陇东断代史》、向春的《河套平原》、李健的《木垒河》都是从文化角度书写家族史和区域史的典范。

马步升的《青白盐》和《陇东断代史》，以甘肃陇东地界的马氏家族为书写对象，在对马氏家族历史的追述和还原中，将家族历史与地方文化、地方历史相融合，共同构建起一个生机勃勃的陇东民间世界与历史。

在《青白盐》中，作家打破了历史时间的自然连贯性，不再以时间先后次序为家族历史叙述的主线。小说通过"我的故事"讲述马家的"现在"；通过"我"讲述我爷爷"马登月的故事"，呈现马家衰败的过程；通过我爷爷讲述我老太爷"马正天的故事"，讲述马家的辉煌历史及其由盛转衰的起因。在现实与历史的自由跳跃转换中，一个家族的故事在这种看似无序的叙述中逐渐浮出水面。

生活于陇东大地的马家，世代以经营盐业为生。马正天在20岁时，接管整个马家家业。血气方刚的马正天，在陇东的另一个大户年家年老太爷的诱骗下，以低廉的价格卖掉了千亩良田，母亲因此气得想上吊自杀。然而，四年之后，马正天通过盐业经销，积累丰厚的家资，其盐业的经销网络遍及陕甘宁三地。随着战乱的展开，马正天又从年家手中拿回原来的土地，马家由此占据了陇东财富的制高点。清朝末年，以铁徒手为核心的官府，为了增加政府的税收，想改革食盐的流通制度，控制盐业经营，堵住私盐的道路，从而获得高额的利润。马正天为了广大贫苦的盐户，率领八百盐户来到府衙门外，公然与之对抗。可是，由于牛不从、海树理等人的背叛，加上铁徒手等人的设计陷害，马正天家业受挫。可是，他为脚户们的铤而走险、他的深明大义，都使马氏家族在正义和道德上立于不败之地。马步升将马家由盛而衰的家族历史与陇东的盐业运输、贩卖历史相联系，演绎和解说了独特的陇东近代历史。

如果说，《青白盐》中的马正天是一个兼具侠气与匪气的人物，那么，《陇东断代史》中的马素朴，则是家族制度中文化人的典型代表。马素朴天资聪颖，家境殷实的地主家庭又为他读书提供了便利条件。他长大后考取北平的大学，得到县太爷的奖励，成为远近闻名的大学生，为整个家族增光添彩。在京城读书期间，年轻的马素朴意气风发，胸怀大志，充满着为国家、为大众服务的勇气和决心。然而，动荡的政治、黑暗的现实让他不堪重负，在悲观失望中染上了大烟瘾，最后不得不退学。马素朴回家后，成为不问世事的"活死人"。因无一技之能，只能依靠祖宗田产生活。在这样数十年如一日的生活中，马素朴成为一个静态的存在。在社会发生巨大变革后，他终于找到了作为乡村文化人应有的地位与尊严。他经历艰难困苦，戒除烟瘾；欣然担当起乡村扫盲班老师的职责，认真为学生授课；终于告别旧日生活，融入了新时代。在《陇东断代史》中，马步升将一个人精神死亡与复活的历史与家族文化、家族历史建立关联，马氏家族的历史也得到了多方位的呈现。

马步升在书写一个家族荣辱兴衰的变化过程中，一个生机盎然、活泼有趣的民间世界也进入了读者的视野。陇东相对封闭的自然地理环境，使其民情风俗留存着较为原始的风格。《青白盐》中，上至马正天、马登月，下至运输盐的脚夫，他们日常交流中所使用的陇东方言，有许多与性器官相关，自有一种野性、原始的韵味。而他们在男女关系上放荡不羁，除妻子之外，还有多位情人，也与陇东地域较少受儒家正统文化的影响有关。《陇东断代史》中对陇东特有的窑洞文化、饮食文化、"乞讨"文化、"家祭"文化、取名文化的书写，共同组成了一幅幅鲜明生动、内蕴丰富的乡村文化图景与精神图志。

同为甘肃小说八骏之一的向春，不同于马步升对家族历史的"断代"阐释，她注重将区域历史放置在一个较长的时间段中去呈现。她的《河套平原》，从清朝末年一直写到土地革命时期，将河套平原垦殖主体力量的变迁、土地所有权的更替、垦殖政策的演变以及垦殖文化的影响等诸多方面囊括于小说之中，描绘出一幅河套平原垦殖文化色彩斑斓的画卷。

小说首先描写了河套平原垦殖文化的主体力量——民间垦殖与军队垦殖。民间垦殖主要由三股力量构成：世袭土地的王爷公主，包租开发土地的草原地主，以及"走西口"的贫苦农民。小说的主人公杨板凳和苗麻钱，一开始属于贫民中的一员。然而，在社会动荡、土地短缺的情况下，迫于生计的他们踏上了"走西口"的历程，从"口内"来到"口外"。他们一开始打短工，后来又在红格格家当长工，最后靠着自己的勤劳和智慧，逐步完成了原始财富的积累，成了河套平原上的"地主"。而军队垦殖将移民和屯垦放在同等重要的位置，在屯垦的同时，逐步建立了新村。屯垦队还发动力量动员河套平原上的蒙古王公贵族们放垦，把草原变成良田，同时也要求平原上的地主们捐献土地和金钱。屯垦队还在河套兴办各类工厂，建立农事实验场，逐步改变着当地人的生产和生活方式。小说以恢宏的笔触，描写了百年历史中河套平原上土地所有权的更迭变迁，完整地呈现出独具特色的垦殖文化景观。

向春说她自己是河套平原的姑娘，河套平原养育她成长，因此，对于河套平原的历史文化、英雄传奇、民俗风情，她都了然于心。在长期的历史变迁中，河套平原上占主体地位的草原游牧文化，与后来进入的农耕垦殖文化相互融合渗透，由此产生了独具特色的交通文化、饮食文化、服饰文化、婚俗文化、丧葬文化、节庆文化以及民间文艺。向春在对半个多世纪河套平原历史的书写中，适时地穿插进一幅幅河套平原斑斓多姿的民俗风情画卷，使小说洋溢着别样的民族民俗文化韵味。

在表现垦殖文化景观的同时，向春也对河套平原上孕育出的一批杰出的民间水利专家，以及他们卓越的才能做了集中展现。向春曾在《大后套这个地方》中，对河套平原上优秀的水利专家如何依据地势的高低变化测定渠线。对如何开渠，以至引水灌溉都作出过详细说明。在小说中，苗麻钱就是这样一个在河套平原中成长起来的民间水利专家。他有敏锐的洞察力，找到了河套平原逐年粮食产量减产的原因：从清末到民国，由于权责不清，河套地区的八大干渠无人投资，导致渠道淤泥不断加重，灌溉面积逐年减少。他决心改变河套地区的灌溉网络，小说写了他和自己的老师，老东家王义和在义和渠、兆和渠、连环渠、孟家渠的设计、开挖、疏浚过程中作出的贡献。作家通过写人，写出了河套平原一段独特的历史和文化，使小说独特性中蕴含普遍性，而这种普遍性，就带有人类性的特征。

三　"小历史"书写的共性特征及其意义

历史是指客观存在的，发生在过去的事件、思想以及人的活动，历史的客观性是不容置疑的。但是，由于作为历史阐释主体人的主观性，历史叙事因之具有了主观性和体验性的特征。而且看待历史角度和立场的差异，使历史叙事者"不可能作出描述全部事实的断言，即描述在时间的整个过程中，一切与此事有关的人的全部活动、思想、感情"①。新世纪以来，西部作家历史小说的构思，往往在将历史看作一种客观存在的前提下，融入自己对于历史的理性思考。在艺术表现形式上，他们既突破了"十七年"小说宏大叙事的窠臼，也摆脱了"新历史小说"对历史的碎片化的处理和标新立异的叙事技巧。作家以现实主义的创作方法呈现西部历史、向历史的纵深处追寻之时，表现出如下大致相同的书写特征：

首先，从个人、家族、区域进入的西部"小历史"的叙事，体现出一种同步性特征。西部作家笔下的个人史、家族史、区域史的书写并不存在一种绝对泾渭分明的界限，而是你中有我、我中有你的融合共生的状态。只是，在不同作家笔下，表现出的侧重点各有不同。杨争光的《从两个蛋开始》、黄佩华的《生生长流》、叶广芩的《青木川》、董立勃的"下野地"系列小说，虽然以讲述个人的人生经历、生活情状为主，但是，个人的生存、发展总是与特定的地域有不可分割的联系。于是，我们在赵北存得意和失意的人生旅程中，洞悉了符驮村历史的发展全貌。在《生生长流》中，黄佩华在一个家族四代人百年的时光追溯中，红河水地区特异的地域风情，壮族人生活的方方面面都映入读者的眼帘。我们在家族历史中又看到了地域、民族历史的变迁。在叶广芩写侠义复仇、家族恩怨的《青木川》中，看到的不仅是一代枭雄魏富堂的传奇人生，还有在历史风云之中青木川的山川水色和荣辱兴衰。董立勃写新疆建设兵团女性的垦荒人生，一个真实、残酷又温情的"下野地"世界由此呈现出来。而马步升的《青白盐》《陇东断代史》，首先进入读者视野的，是"我"爷爷马登月的风流史，"我"老太爷马正天的发家史，以及文化人马素朴的精神史。马氏家族个人的辉煌与失意的历史，恰恰映射了整个家族的由盛转衰，而这个家族的历史，又构成了一部陇东断代史。向春的《河套平原》中，小说叙述了走西口的苗麻钱、杨板凳在河套平原的不同人生

①　［美］海登·怀特：《后现代历史叙事学》，陈永国、张万娟译，中国社会科学出版社2003年版，第295页。

历程，将个人的经历与垦殖文化的历史交织。苗麻钱、杨板凳对于土地有相同的热望和感情，在如何利用土地发家致富的过程中，二人却表现出了不同的认识。理智、聪慧的苗麻钱，认为人应该跟着渠走，他拜民间水利专家王义和为师，学习看线开渠的技术。不辞辛苦，多次实地考察大后套的地形水势，终于成长为河套平原上的水利专家。他挖通了孟家渠，既完成了对老东家的承诺，也让自己在异乡的土地上站稳了脚跟。而踏实、勤劳的杨板凳，小说描写他通过以不同的方式来增加、改良土壤。他不辞劳苦，开垦出许多荒地。又通过粪肥的积累来增加土地的肥力，从而提高粮食产量，使荒地变成良田，由此成为义和隆镇上响当当的杨掌柜。他们是河套平原上名副其实的开拓者，由他们所书写的河套平原的水利灌溉史、土地改良史，是其垦殖文化历史中最重要的一部分。

其次，西部作家叙述视点的"下沉"，对西部历史的发现和表达转向重点关注西部人的日常生活，形成了独具特色的日常生活叙事模式。作家在绵密的细节中所钩织的日常生活，表达出重铸一个民族、一个国家历史的情感与愿景。向春的《河套平原》、杨争光的《从两个蛋开始》，都是采用编年史的记述方式，前者从晚清末年开始一直写到土地革命时期，后者则从土地革命开始一直写到新时期以来。如果将这两部小说连起来看，恰好是一部20世纪中国社会的变迁史。然而，在两部小说中，两位作家都秉承着生活大于历史的创作理念，我们在作品中感受到的不是"城头变幻大王旗"式的历史风云变迁，而是河套平原和符驮村中人们日复一日的日常生活景观，是他们的悲欢离合、爱恨情仇和生老病死。作家将大历史中小人物的人生状态和盘托出，让我们感受到历史充满日常性的一面。黄佩华的《生生长流》中，家族历史的追溯也是在日常生活的缓慢叙述中展开。小说从新生命的降生写起，由此展开一个家族人的生老病死、悲欢离合，其八个主要人物的生活史，就构成了一部家族史。马步升在《青白盐》中对陇东日常生活的大篇幅描写，更被作家看作一种历史叙事的有效策略："有些情节要细写，哪怕陷入啰唆也要在所不惜，比如铁徒手与泡泡的调情，海豁豁家杀猪，马登月说话等等。有些情节必须一笔带过，越是重要的，关键的情节，越要少用笔墨。"①

再次，新世纪西部长篇小说普遍表现出一种对人类精神世界的关注，

---

① 李建荣：《喜读〈青白盐〉，夜访马步升》，新浪网（http：//blog.sina.com.cn.）。

即书写人物的心灵史。在杨争光的笔下，符驮村人几十年来一直信守着"食与色"的人生信条，对食和色的追寻，已经沉淀在他们思想的深处，他们的一言一行无不受到这一信条的规约。因此，才会发生外来户教书匠段先生的故事，在他表面上看似令人艳羡的滋润生活的背后，隐藏的是他由于欲望无法满足，由此导致的不可理喻的乱伦故事。马步升的《陇东断代史》中，马素朴跌宕起伏的人生经历无疑包含着其深刻的思想、灵魂的变迁。而他由沦落到觉醒的过程，无疑也揭示了其心灵发生变化的历程。

最后，进入新世纪后，当金钱崇拜与实利主义对社会的基本道德、信用、良知发起挑战时，西部长篇小说在透视历史迷雾的同时，讴歌美好的人情人性，张扬文学救赎心灵的旗帜。董立勃在其"下野地"系列小说中，通过一系列鲜活动人的女性形象，我们看到了她们在对政治伦理、男性暴力的反抗过程中，绽放出的熠熠华彩的人性之光。在《白豆》中，白豆爱人胡铁的形象让人产生耳目一新的感觉。胡铁对于白豆的爱情，不因权利而折腰，不因苦难而逊色。即使遭人陷害、深陷囹圄，也坚持自己的初衷不变。这样一个棱角分明、敢爱敢恨的血性男儿的伟岸形象，理应得到爱情之神的眷顾。当白豆得知胡铁因自己而受冤，她毅然踏上寻找胡铁的旅程。虽然他们的选择，让他们付出了沉重的甚至生命的代价。可是，他们为了个人权利和尊严所付出的巨大勇气和力量，让人为之动容。《米香》中的米香，在知青许明身处困境时，勇敢表白并与之走在一起。许明为了自己的前途，不敢承认米香肚子里的孩子是他的，米香被抓去做了人流。可即使是这样，米香依然勇敢地活了下来，以自己的方式让下野地的人都记住了她。西部作家正是通过对这种根植于西部大野的民间精神的表达，传达出西部历史中温暖的人性，正义与尊严的力量，从而书写出一种带有温度的西部历史，让历史的光芒烛照现实，展现文学救赎的伟力。

第二节　少数民族历史的文学重述

中国西部是一个多民族聚居的区域，汉、回、蒙古、藏、维吾尔、哈萨克等众多民族都生活在这片大地上。西部复杂而广袤的自然地理，使生活于不同区域的少数民族形成了各自不同的生产生活方式、民族性格、精神品质和审美趣味。在漫长的历史迁延中，各民族之间的战争、和解、碰撞、交流与融合，又使他们各具特色的民族文化产生了一些共性特征。

新世纪以来，少数民族传统的生产生活方式和地域性特征极强的民族文化，由于现代化步伐的日益加快而被阻隔、排斥，甚至抛弃，卷入现代性洪流中的各少数民族，失根感日益加剧。在这种背景下，新世纪文坛出现了一个"重述历史"的创作潮流。许多作家开始关注边疆少数民族地区的历史和生活，在书写少数民族被忽视历史的过程中，找寻民族文化的根基。西部的历史也由此找到了"既能站在自己的角度讲述又能与自己的脉搏一起跳动的历史叙述者"①。阿来、范稳、杨志军、冉平、郭文斌等都成为西部少数民族历史的发现者和表达者，他们以风格各异的作品，在不同民族历史的想象、描摹和呈现中，展现出自己独特的文学意义。整体观之，新世纪以来回溯少数民族历史的小说大致在两种书写路径中展开：其一，从讲述民族起源、历史迁徙的民族史诗、神话传说、英雄传奇故事入手，重述少数民族的民族史。其二，将其放置在 20 世纪以来风云激荡的大中华的历史版图中，或以编年史的方式，或截取百年历史中的一个时段，从宗教信仰衍变交融的角度来叙述民族心灵变迁的历史。阿来的《格萨尔王》、冉平的《蒙古往事》、郭文斌的《西夏》、范稳的"藏地三部曲"、杨志军的《西藏的战争》，都是其中极具代表性的作品。

一　英雄传奇史——民族历史的现代重构

西部广袤而厚重的土地孕育了为数众多的少数民族，不同的少数民族在历史迁延的过程中形成了各具特色的民族文学。然而，少数民族文学中最具代表性的文学样式是英雄史诗，藏族的《格萨尔王传》、蒙古族的《江格尔》、柯尔克孜族的《玛纳斯》，三大英雄史诗都产生于中国北方，尤其在西北的少数民族之中广为流传。史诗的产生和流传，与少数民族赖以生存的自然环境密切相关。三大史诗均起源于游牧民族，游牧民族逐水草而居、流动迁徙的生活，形成了他们骁勇善战的民族性格。对力量、勇气的崇拜，使他们形成了英雄崇拜的观念——英雄创造历史，拯救众生。由此，叙述英雄人物宏伟事迹的英雄史诗也就应运而生。除了英雄史诗，

---

① 李兴阳：《中国西部当代小说史论（1976—2005）》，安徽大学出版社 2006 年版，第 206 页。

还有记录民族英雄历史、讲述英雄事迹的传奇故事。这些历史、史诗以及故事中所赞颂、传唱的英雄，他们基本上都出生于历史风云变化之时，身上承担着重要的历史责任，是一个民族在历史关键时期的重要人物。他们不仅出现在文学作品中，事实上，在对他们人物形象的塑造中，也真切地寄托着人们的现实理想。史诗、故事中出现的一些场景，虽然有虚构的成分，但也从某种程度上反映了历史上民族政权更替时期的真实社会图景。

新世纪以来，当西部作家开始回溯民族历史的"史前史"，西部大地上流传已久的藏民族的长篇英雄史诗《格萨尔王传》，真实记录蒙古人立国之初历史的《蒙古秘史》，以及成吉思汗、努尔哈赤、李元昊等彪悍的西部马背英雄的故事，都以不同的方式进入作家的视野，阿来重述母族史诗的长篇小说《格萨尔王》，冉平构建"关于蒙古历史与领袖的气象巍然的作品"的《蒙古往事》①，郭文斌、韩银梅讲述一个神秘民族神秘历史的《西夏》，都在重述历史的同时，表现出一种现代性的特质。

三部作品都是通过为英雄人物作传的方式叙述一段民族历史，在某种程度上都暗合了司马迁所开创的以人物为中心的纪传体的历史记述方式。因此，人物传记实际上也是一部民族历史，格萨尔、成吉思汗、李元昊都成为文本叙述的中心人物。在对三位英雄的刻画中，作家们都对史诗或历史进行了重构。这一重构主要表现为从人的本体出发，书写英雄的本性特征，将一个抽象的人物符号还原为一个有血有肉的人，从而彰显了英雄身上被历史遮蔽中的温情人性。

阿来的长篇小说《格萨尔王》，是对母族长篇英雄史诗《格萨尔王传》的重述，这一重述有其深刻的现实动机。2005年，由英国坎农格特出版公司（Canongate Books）发起，由世界上30多个国家和地区的出版社参与的合作项目"重述神话"启动，阿来是参与此项目的中国作家之一。他的《格萨尔王》，就是在对"东方的荷马史诗"的《格萨尔王传》合理想象的基础上，对史诗加以"重构"，从而体现出其重述的价值和意义。《格萨尔王传》作为世界上最长的一部史诗，融合了不同时代藏族人民对于本民族历史、社会、文化、宗教等诸多方面的认知和理解，成为认识古代藏族社会的百科全书。从古至今，它在西藏各地广为流传、演唱，成为享誉世界的史诗典范。

---

① 冉平：《蒙古往事》，人民文学出版社2006年版，第1页。

　　在历史与现代的交叉点上，阿来对《格萨尔王传》进行了重新书写。这种书写，一方面保留了史诗的完整性，以《天界篇》《英雄诞生》《赛马称王》《四部降魔史》《地狱救母》和《安定三界》六个史诗片段作为《格萨尔王》的主要情节，展现了格萨尔从诞生到下界为王，南征北战斩妖除魔，最后建立统一王国的整个过程。另一方面融合了当代人对历史人物的新的理解，整部小说中，将《四部降魔史》作为全书最为核心的构成部分，通过格萨尔与亚尔康魔国的魔王鲁赞、霍尔国国王白帐王、姜国国王萨丹王以及门国国王辛赤王的几次大战，格萨尔征服险恶的高山，穿越毒气弥漫的森林，背井离乡，征战南北，降妖除魔的过程，就是一个旧我死去、新我复活的仪式。由此，格萨尔获得了全新的洞察力、宽广博大的胸怀以及崇高的英雄气质。阿来通过极富质感的语言、灿烂明亮的色调、瑰丽奇异的语境，带给人们神话的浪漫与多彩。

　　在《格萨尔王》写作之初，阿来曾经有过只写出格萨尔王故事的框架而写不出故事的神韵和鲜活的人物的担忧。但是，小说写成之后，获得了多方赞誉。《格萨尔王》不仅完整地叙述格萨尔的英雄事迹，对英雄的重构中显示出古典史诗固有的崇高美感，而且他在更高维度上解构了格萨尔王的神性特质，将其还原为一个人，写出了格萨尔身上丰富复杂的人性。

　　小说的第二部分赛马称王中，阿来将格萨尔身上的嫉妒、迷茫、孤独及困惑等人类共有的弱点较为集中地体现了出来。格萨尔的对手是他的叔叔晁通，他们以赛马的方式来决定岭地的王位最终属于谁。除了王位之外，还有岭地最美丽的珠牡姑娘作为彩注。珠牡曾经嘲笑过幼年时长相丑陋的觉如，为了挽回自己的错误，她自愿踏上征程去找回格萨尔。一路上，觉如幻化为黑面人、英俊的印度王子来考验珠牡，珠牡对印度王子的爱意让他妒火中烧，甚至最后将珠牡变成了一个秃头无牙的怪模样。阿来用看似幽默戏谑的语气书写这一情节，表面看来只是青年男女之间的恶作剧，但格萨尔所表现出的嫉妒与人类在恋爱初期的反应是何其相似。赛马称王之后的觉如不仅获得了王位，也收获了爱情。但与人间的许多君王一样，他也逐渐显露出用情不专的品性，他将岭国其他十一个美丽女子纳为王妃，与珠牡并称十二王妃。为了争夺宠爱，他受了许多蒙骗，先是被王后欺骗，魔王鲁赞因此掠走了妃子梅萨。为了梅萨，他踏上了征战鲁赞的历程。在鲁赞妹妹阿达娜姆的帮助下，他打败了鲁赞。然而，梅萨和新妃阿达娜姆的私心，让格萨尔两度饮下忘泉水，从而留在魔国六年。王后珠牡因此被白帐王抢走，他的兄长、岭国的大将军嘉察协葛战死。格萨尔经过四场大战，终于安邦定国。然而，与部下的矛盾、亲戚的背叛、爱人的欺骗让他备感孤独。阿来遵从史诗的原意，让格萨尔身上闪耀着诗意的神性光辉，但是，也没有回避格萨尔身上的人性弱点。通过一系列的情节设置，阿来让格萨尔王走下神坛，将其书写成一个人间的英雄。

阿来在《格萨尔王》中，对母族历史进行了全新探索。为了完成统一大业，建立自己的王国，格萨尔不断征战。这一过程，也反映了古代藏民族各部落之间的战争以及和解的整个历史进程。2005 年，冉平的长篇小说《蒙古往事》出版，《蒙古往事》是作家对"蒙古书面文学之祖"《蒙古秘史》的文学重构。《蒙古秘史》成书于 13 世纪，由蒙古语写成，主要记述了蒙古民族形成、发展、壮大的历史，其中，以成吉思汗发动战争，统一草原部落，分封王侯，逐步建立统一的王国为核心内容。它不仅是蒙古民族奠基性的文献，也是历史纪念碑式的重要著作。在《蒙古秘史》中，铁木真处于神话与历史中间，是一个半人半神式的英雄。而《蒙古往事》中，冉平从他的出生一直写到他的去世，在波诡云谲的草原战争中，完成了对铁木真金戈铁马人生的呈现。冉平对铁木真人物形象的塑造，采用了现实主义手法，他摒弃了《蒙古秘史》中对铁木真过于完美的塑造，也不同于后世有些文学作品将铁木真塑造为一个残暴恶魔的形象，而是将铁木真还原为一个有血有肉的蒙古男人。铁木真在恶劣的生存环境与战争的袭击中不断锻炼自己的意志，成为蒙古民族的英雄。但也时时将铁木真置于诸种伦理道德的考验之中，使人性的光辉与黑暗交替出现在他身上。

毫无疑问，铁木真首先是一位民族英雄。冉平不吝笔墨，浓墨重彩地描述了铁木真从一个普通男孩历经种种苦难成长为一位英雄的全过程。作为蒙古乞颜部首领也速该的大儿子，他手握凝血而生，按照神意，他必然接管天下。然而，他的成长之路充满了艰辛坎坷。在为铁木真相亲之后，也速该在返程途中被人下毒而死。年幼的铁木真从岳父家赶来，却没有见到父亲最后一面。他们一家人被族人抛弃，面临极其险恶的生存困境。遵照母亲的安排，铁木真在全家最艰难的时候掌管整个家事。白毛风起的冬天，门外有立等他们一家人饿死然后分而食之的恶狼，家里有不管不顾其他人、捕猎后自己先吃为快的兄弟。小说中接连出现了两个惊心动魄的场景，其一是铁木真得知弟弟别克帖捕获了一只猎物，在全家人都饥肠辘辘、等待食物的情况下，别克帖不顾家人，先满足了自己的口腹之欲。铁木真在得知这个消息的几天后，用弓箭射死了别克帖。其二是在全家人都饿晕的情况下，铁木真一人挣扎去找食物，门一推开：

> 刚一抬头，那只狼正立在门外，与他脸对脸！他身体上积满了雪，前腿直立，似乎要迎面扑来，而此时的铁木真根本来不及拉开弓箭，拿刀也晚了，这么近的距离，人不如狼快。可是它没动。狼没扑他，它静静地站在雪地里，脊背上耸立的毛像锐利的钢针。铁木真缓了口气，伸手攥住刀。而狼依旧保持它一贯的姿势：饿瘪的肚子垂在腰间，身体前倾，昂着头，耳朵直竖。
> 它死了。

后一个场景与前一个场景相对照而存在，别克帖偷食行为的不道德与铁木真顾全大局、舍身为人的长兄风范形成强烈对比。以往评价中将铁木真射杀其弟的行为视作性格残暴的表现，然而，冉平却为它找到了某种合理性的缘由：在饥饿这种生存的绝境状态下，别克帖和铁木真二人之间的血缘伦理已经失效。我们通过以上两个场景可以体会到少年铁木真所面临的严酷困境。在小说的后续情节中，冉平写铁木真在以后漫长的征战生涯中，他从来不杀孩子，并且捡到孩子就送给母亲抚养。这一行为可以看作忏悔，也可以认为一种潜意识的补偿。冉平从一个独特的视角出发，描述铁木真杀弟这一充满道德纠葛的行为，颠覆了人们据此对铁木真作出"天性残暴"的简单判断。很显然，冉平笔下的铁木真是带着人性温度的形象。

除了在严酷的生存环境中考量英雄人物的耐性，冉平还将铁木真放在既单纯又复杂的情感关系中完成对他的深度刻画。铁木真珍视自己的母亲和妻子，他们之间是一种血浓于水的亲情，单纯而热烈，历经岁月和战争的磨砺愈显神采。对于母亲，铁木真一直尊敬且孝敬，即使偶尔作出有悖于母亲心意的事情，他也会想方设法弥补。他与妻子的关系亦是如此，在铁木真成长为成吉思汗的过程中，他征战无数，胜利后接手对方的百姓、牲畜和女人，他因此有很多位汗妃。可是，孛而帖在他心目中的位置无人能及，即使她年老色衰。每次征战回来，他只有躺在她的怀中才能安然入睡。复杂，主要体现在他与他的结拜安答札木合的关系上。他们是从小一起长大，互相盟誓结为安答的兄弟。铁木真征服草原、一统天下的雄心，最初也是由札木合灌输给他的。他们是亲密的战友，联手征战草原，杀敌无数。甚至远隔千里之外，也能心灵相通。同时又是势均力敌的对手，必须面对生死较量。在《蒙古往事》中，铁木真纵马草原的无数征战中，总浮现着札木合的身影。他对札木合怀有崇敬、嫉妒等种种复杂的感情。没有札木合，他觉得孤独、寂寞，可是，札木合一天不死，他又寝食不安。最后，札木合被铁木真以最高贵的方式处死，既完成了札木合的心愿，也使铁木真统一草原的宏愿最终实现。冉平将一种英雄之间既惺惺相惜，又必须生死较量的复杂情感体现得淋漓尽致，也使铁木真的形象更具人性的深度与魅力。

在立国之前，西夏作为党项族的一支，生活于青藏高原。由于吐蕃的不断侵占，他们只得长途跋涉，迁徙到甘陕一带，与汉民族一起生活。在长期杂居、融合的过程中，他们完成了从游牧向农耕生活方式的转型。他们历代受到中原王朝的册封，从平西公一直到西夏王，逐渐割据一方成为诸侯。后来，宋王朝的软弱，辽的兴起，宋辽对峙，为西夏提供了走向历史前台的时机。一代英雄帝王李元昊应运而生，经过数次大战，西夏王国建立，并与宋、辽形成三足鼎立之势长达将近两百年的历史。

郭文斌和韩银梅在新世纪以来出版的长篇小说《西夏》，以西夏建国至灭亡为其时间框架，以十代帝王的生死荣枯为其主要线索，叙述党项民族被历史风尘淹没的一段往事，填补了小说书写党项历史的空白，成为具有"地标性"的党项民族的史诗。

《西夏》共30万字，包含31章，虽涉及西夏王朝十代帝王，却用超过一半以上的篇幅写开国皇帝李元昊。小说的第二章即写李元昊的降生，在祖父李继迁临死前的苦苦等待中，李元昊在母亲腹中待够足足12个月才降生。"白龙"投胎的传说，与祖父生而有齿的异秉一样，李元昊一出生似乎就昭示出不同寻常的人生轨迹。李元昊借助祖父、父亲二人韬光养晦积聚起来的力量为契机，开始了一个民族自我确立的征程。他不顾与自己一起长大、一直爱慕自己的表妹的感受，占有她之后抛弃她，又很快与辽国公主联姻，完成了他稳固自己地位的第一步。他将他的母族卫慕一族全体处死，将父亲在位时全力倚仗的山遇一族全体射杀。由此，他登上了权力的顶峰，成为西夏国的开国帝王。他不断发动战争，攻城略地，逐步扩大自己的疆域。建造宫室，广泛招纳贤才，对前来投靠的汉族知识分子也能委以重任。他还创立西夏文字，为民族文化精神的确立尽筚路蓝缕之功。无须置疑，李元昊对于西夏王国的贡献无人可及。

《西夏》的作者之一郭文斌曾经谈到，西夏作为中国历史上最为神秘的一个王朝，在史书的书写中一直是缺席的。因此，他们在写作时将这段历史多维化，将揭开被历史迷雾遮掩的党项族历史作为一个方向，将书写人的命运、追索人性的光明与阴暗作为另一个方向。① 他所说的这个方向，是指作家在书写西夏王朝十代帝王起承转合、生死荣枯的历史进程中，洞悉了所有王朝的历史宿命——人性深处的欲望。作家将一代帝王李元昊放置于欲望潜流的中心，由此探析历史黑洞中复杂的人性。

小说的第一章《金色的夜晚》，叙写在西夏立国十年大庆的宫廷之夜，随着一百坛窖藏美酒的启封，浓烈的气味绕鼻而来，李元昊的意识却回到了他与一个女人度过的一生"最为销魂的时刻"。由此，展开了李元昊与几位女性的情感纠葛，在感情欲望的潜流之下，是对权力的无限渴望。由此，亲情、友情、爱情逐渐都成为权力争夺和巩固权力的砝码。如果说，与辽国公主的联姻是出于某种政治原因而有不得已的苦衷，李元昊的娶妻事实上已经伤害了爱慕他已久的表妹卫慕小鱼。然而，他无耻地占有了小鱼，致她怀孕后抛弃她，并将她的亲人逐一杀害，最后使她不得不自杀。李元昊也清晰地意识到："我们党项人骨子里占有欲是多么了得。"在攻打甘州途中，他与野利氏不期而遇，一见钟情。后来野利氏为他生儿育女，野利氏的两个叔叔野利兄弟也成为李元昊的左膀右臂。然而，李元昊在功成名就之后，先是移情年轻貌美的没移氏，抢夺了儿子的心上人。继而诬陷野利旺荣、野利遇乞兄弟叛逃，将其杀害，野利氏差点为此上吊而死。为此，他得到了开国战神野利遇乞的遗孀没藏氏。在他不断满足对女人占有欲望的同时，也逐步满足了对权力的渴望，走向了权力的顶峰。然而，如同历代封建帝王一样，李元昊也无法摆脱历史的宿命。随着没藏氏的出现，李元昊被儿子兼情敌、政敌宁令哥削去了鼻子不治而亡。李家父子相继殁命、大权旁落，没藏氏族掌控皇权。压缩在权力与欲望尺度上的人生，最终也无法逃脱权力争夺的恶性循环。

---

① 杜晓明、郭文斌：《从建设心灵"安居"到尝试破解中华民族史上最大的谜团——就〈寻找安详〉〈西夏〉答新华社宁夏分社负责人杜晓明先生问》，《黄河文学》2010年第4期。

　　郝雨认为，历史小说的创作，一般以"史"为核心，以"事"为框架，而很少关注到"人"，而郭文斌、韩银梅《西夏》则与传统历史小说有着明显不同。①《西夏》的独特之处在于，在寻常的政治时空中，在帝王人生宿命般的起承转合和因缘果报中，洞悉了历史循环前进的原动力，即人性深处的欲望。作家对这种隐秘的帝王心理和欲望的体现，使《西夏》在新世纪的历史小说中卓尔不群，引人深思。

　　在宏大叙事解体之后，选择什么样的叙事方式讲述一个民族历史，在现代化和后现代化的文化语境中，如何重新书写一个民族的英雄史诗、神话传奇。三位作家为此都作出了自己的努力，他们多方位使用现代小说的形式与技巧，对一段古老的历史进行了现代转化。

　　在《格萨尔王》中，阿来采用了双重视角叙事模式，视角之一为藏族历史的开拓者格萨尔，视角之二为现代说书人晋美。通过历史开拓者格萨尔这一视角，作家展现他下界为王、斩妖除魔、统一疆土的全过程；通过说书人晋美这一视角，阿来对史诗进行了现代转化。《格萨尔王传》一直被称作活的史诗，主要归因于说书人的存在。说书人是一种媒介和工具，他们是被神灵挑选、接受了神灵宣谕的人，神灵把故事告诉他们，他们才有了开口歌唱的能力，所以他们被认为是"神授之人"。在传统说书人的观念中，格萨尔的英雄事迹不是故事，而是史实。而在小说《格萨尔王》中，阿来却赋予说书人晋美另一种身份，即他不仅是格萨尔故事的传唱者，而且是一个解构者。经由他的角度，阿来对历史幻象进行了部分解构。在史诗《格萨尔王》中，一个很重要的情节是姜国抢夺盐海而引发了格萨尔与姜国国王萨丹王的战争。晋美为了获得更真实的历史感受，怀着虔诚的态度出发去寻找故事中的盐海。结果，他虽然找到了干涸的盐湖，但是他一次次的求证没有得到回应。晋美最后在梦中受到神灵的谴责，他由此说出自己的质疑："你是说这个故事全是真的吗？"晋美的质疑恰好说明格萨尔的故事也许并非史实，而是说书人的创造。由此，阿来消解了史诗《格萨尔王传》的历史幻象，将其还原为一个故事。从史诗到小说，阿来恰当运用晋美的全知叙事视角完成了这一现代转换。

　　在《蒙古往事》，冉平巧妙地运用"元小说"的叙事模式，在铁木真

---

　　①　杜晓明、郭文斌：《从建设心灵"安居"到尝试破解中华民族史上最大的谜团——就〈寻找安详〉〈西夏〉答新华社宁夏分社负责人杜晓明先生问》，《黄河文学》2010 年第 4 期。

人生历程的叙述中，冉平有意介入自己的声音，暴露文本叙述的"故事性"，借助作者之口表达历史的虚构性。小说中写道，铁木真在打败乃蛮部、杀死乃蛮部的首领太阳汗后，因为不喜欢他的宠妃古儿别苏，所以把古儿别苏赐给了自己的爱将豁尔赤。关于铁木真突破常规的这一举动，作者解释说，本来按照历史的记载，铁木真应该是纳古儿别苏为妃。可是他认为，这样的历史记载过于简单，次次都是如此，成为一个框定的套路。所以，他在书写铁木真的战争经历时，改写了历史的记载，融入自己的想法。"元小说"叙事技巧的融入，使作家有效地解构和质疑了历史的真相——难道记载下来的就是真理吗？作家依据史实塑造铁木真的人物形象时，合理的想象与丰富的细节的加入，还原出一个更为丰满真实的英雄形象。

《西夏》中，郭文斌和韩银梅运用大量的意识流手法表现人物的隐秘心理。李元昊在与没藏氏缠绵时，当他发现作为野利遇乞遗孀的没藏氏竟然是处女时，生发出对野利遇乞的尊敬和嫉妒，以及由此而来的道义上的挫败感。他在歌舞升平的宴会上，突然强烈思念离宫出走的长子宁明儿，潜意识里觉得自己的长子在高空俯视着他，他千疮百孔的心事也被儿子看穿。在他处于权力的顶峰之时，他洞悉了另一种人生："原来这个世界上最有魅力的作为是没有作为的作为。"意识流手法的使用，让作家能够深入人物的内心深处，探寻人物的潜在意识和潜在心理。使作家在史实与小说之间能够作灵活的转换，用文学的感性力量弥补理性历史的缺失，由此呈现出一种带有感情和温度的历史。

不管是阿来和冉平对于藏族和蒙古族民族史的追述，还是郭文斌、韩银梅为填补历史空白而对西夏历史的叙写，他们都在重述民族历史的过程中体现出大致相同的现代特质。一方面，他们以朴实浑厚的叙事方式再现了一段跌宕起伏的历史和人生；另一方面，大量西方叙事技巧的运用，使民族古典史诗、民族历史故事焕发出新的生机和活力。应该说，他们开辟了民族历史现代演绎的另一条可能的路径。

二　宗教信仰史——民族心史的独特叙述

张承志曾说："历史过程影响着人的心灵，现在人们对自己心灵历程的兴趣或许多于对自己政治经济历程的关心！所以，'心史'——人类历史中或为精神文化的底层基础的感情、情绪、伦理模式和思维习惯等等，应当是更重大的历史研究课题!"① 他在 20 世纪 90 年代创作的《心灵史》，因为对母族历史，尤其是对哲合忍耶民族心灵史的追寻和呈现而蜚声文坛。新世纪以来，西部作家范稳、杨志军继续对民族心灵史的书写，从不同民族宗教衍变交融的独特角度出发，书写整个 20 世纪百年时光中民族心灵的变迁，奏响了一曲恢宏的民族心灵历史的交响曲。

范稳的《水乳大地》，叙述了卡瓦格博雪山之下，澜沧江大峡谷之中，包括藏族、纳西族、汉族在内的滇藏交界处，在长达百年的历史变迁中发生的许多扣人心弦的历史故事。20 世纪初，法国传教士沙利神父和杜朗迪神父进入澜沧江大峡谷，他们的目的是想在西藏高原撒下基督教的种子，这是整个《水乳大地》故事的序幕。然而，虽然花下重金打通了通往西藏的栈道，却发现在雪域高原建造一座教堂是何等不易。历经艰难他们终于发展了第一批受洗者，得意之中向藏传佛教发起挑战，开始了关于峡谷里最好的宗教是什么的大辩论，神父与喇嘛、活佛之间的斗法，异彩纷呈。小说接着又在基督教、佛教、东巴教的对峙中，展开了野贡土司家族、大土匪泽仁达娃家族以及纳西和万祥家族三大家族，不同代际人之间的恩怨情仇。野贡土司家的少爷爱上了纳西姑娘，二人为此殉情诱发了家仇。野贡土司为争夺盐田利益，驱赶纳西族人，他们被迫迁居澜沧江东岸，盐田利益的争斗引发了一场大瘟疫。在天灾人祸融会交织的百年时光中，神父、活佛、巫师等不同宗教信仰人物的种种人生经历，不同国家、不同民族男女相爱、逃离、殉情、皈依的爱情故事，共同演绎出澜沧江大峡谷的"百年孤独"。然而，占据小说最主要篇幅和最关键情节的，仍然还是对与宗教密切相关生活的叙写。开始是藏传佛教、天主教、东巴教之间的辩论、斗法、争锋和纠缠，接下来不同教义之争激化为宗教战争，最后写到各派宗教之间和谐共处的情景。在这里，贪婪的顿珠嘉措土司最后拜伏于上帝的十字架，无恶不作的匪首泽仁达娃最终皈依佛门。在这里，穷尽毕生精力想要传播耶稣福音的神父成了研究东巴教象形文字的专家，而信奉天主教的藏族家庭竟然降生了藏传佛教的转世灵童。

小说并未按照线性时间顺序书写，而是采用对位组合、隔章连接、首尾接续的框架式结构，在 20 世纪初、20 世纪末、30 年代、70 年代旋转

---

① 张承志：《历史与心史——读〈元朝秘史〉随笔》，载《张承志学术散文集》，生活·读书·新知三联书店 2012 年版，第 22 页。

跳跃。然而，贯穿全书的主动脉却清晰可见——从冲突、动荡走向和谐、交融。雷达先生评价《水乳大地》时说："展开在我的眼前的这幅图画是，争斗不断，灾害不断，人祸不断，但同时爱的潜流不绝，不同民族之间的互助精神不绝，人类友爱和寻求融合的力量不绝，最终形成了百川归海，万溪合流的多种文化水乳交融的壮阔场景。"[①] 范稳自己也曾说，"如果不是亲眼所见，你怎么能够想象一个藏民走进天主教堂，吟唱赞诗；又如何想象在一个家庭里，成员可以有不同的宗教信仰；你更难想象，藏传佛教，天主教，东巴教三种宗教，在一个生存环境极为恶劣的峡谷中，从血与火的争斗砥砺，到最后的水乳交融"。[②]

《水乳大地》创作完成之后，范稳以藏区宗教、历史及民族文化为主要题材，又创作了"藏地三部曲"中的第二部《悲悯大地》。这部小说书写的地域基点仍然是藏东澜沧江峡谷隐秘地区，它的视野遍及整个雪域高原，叙述了都吉和朗萨两个家族近半个世纪的怨恨情仇，讲述了一个平凡的藏族人如何成为信众心中的佛，通过一个人的成佛史折射出整个藏民族的宗教史和精神史。

澜沧江东岸地势相对平缓，有成片的坡地和密集的村庄，农耕文化比较发达，朗萨家族世代居于此地。居住在东岸的人信奉格鲁派的黄教，扎翁活佛当主持，寺庙名为迦曲寺。西岸地势陡峭，鲜有平地，因此，居住在西岸的以都吉家族为首的人，不得不赶马走四方来谋生。这里供奉着宁玛派的红教，由年迈的贡巴活佛主持，寺庙叫作云丹寺。尽管朗萨家族的头人白玛坚赞精明强干，可是，近些年来，凭借着吃苦耐劳的精神，西岸峡谷里人们的财富日益增长，白玛坚赞对此甚为恼怒。东岸和西岸的黄教和红教也没有因为佛的悲悯而和平相处，为了争夺神灵的代言权和俗界的僧众，纷争不断。西岸的白玛坚赞头人和黄教喇嘛一直寻求时机，一个想把西岸的财富据为己有，一个则想获得更多的信众和布施。于是，两个教派的喇嘛互相斗法，黄教斗输。隐藏在东岸僧俗民众的贪欲和仇恨由此爆发，朗萨和都吉两个家族之间的战争就此开始。都吉被杀，为报杀父之仇，他的儿子阿拉西杀死了白玛坚赞，小说由此在一对平行线索上展开了两个家族近半个世纪的恩怨情仇。

---

① 雷达：《雷达专栏：长篇小说笔记之二十》，《小说评论》2004 年第 3 期。
② 同上。

为了洗清自己的罪孽，阿拉西决定出家，准备磕长头去拉萨。在艰险崎岖的朝圣旅途中，为护卫阿拉西到达目的地，他的老师、弟弟、妻子和女儿以及母亲先后牺牲，用生命帮助他寻找到属于自己的"藏三宝"：佛、法、僧，最后成为洛桑丹增活佛。小说的另一条线索是白玛坚赞的小儿子达波多杰，为了复仇，也因为与嫂子贝珠的苟且之事被哥哥察觉，他外出游历，寻找他的"藏三宝"："快刀、快枪、快马"。最后，洛桑丹增以自己的身躯化解战争和仇恨，拯救万民，也化解了他与达波多杰的家仇，使达波多杰认输。在《悲悯大地》中，范稳对神秘悠久、博大精深的藏传佛教进行了形而上的追问与探索：一个普通藏族人如何成为信众心中的佛，藏族人精神世界里真正的"藏三宝"是什么，藏传佛教与藏民族有着怎样的关系。小说在家族仇恨、宗教派别的争斗中开始，以和解、悲悯结束，在雪域佛土生动壮阔的人文画卷中，由一个人的成长史、成佛史构建出一个民族的宗教史和精神史。

不同于《水乳大地》的雄浑壮阔，也不同于《悲悯大地》的紧张峻急，作为三部曲的终结之作，《大地雅歌》显现出爱情书写的本色——浪漫、传奇、优雅。演绎这段爱情的主人公有三个人：典雅美丽的贵族小姐央金玛，浪漫多情的说唱艺人扎西嘉措，亦正亦邪的强盗格桑多吉。在扎西嘉措动人的歌声中，央金玛陷入了爱情的沼泽。在经历私奔、逃亡、皈依基督教之后，史蒂文（扎西嘉措的教名）历尽艰辛娶到了玛利亚（央金玛的教名）。然而，结合之后，史蒂文并没有如愿以偿。动荡的局势和复杂的环境，以及心上人随时被人夺走的危机，让他变得敏感。他无意中杀人后逃亡，被抓捕，又经历坐牢、当兵，最后到台湾，与玛利亚隔海相望，史蒂文最终以自己的回归完成了对心上人的承诺。大盗格桑多吉，本是康萨土司的私生子，在他奉父亲之命抢夺玛利亚的过程中，对玛利亚一见钟情，此后他皈依基督教，成为奥古斯丁。日复一日，年复一年，奥古斯丁无望地守护着玛利亚，心中的爱情之草成长为参天大树。史蒂文逃走后，在一次次的政治斗争中，奥古斯丁的坚守融化了玛利亚心中的寒冰，他们两人终于结合。然而，当获悉史蒂文荣归故里的消息后，奥古斯丁以死亡的方式，完成对玛利亚的守护："我会为你挡在地狱的门口。"这是范稳对一段凄美爱情荡气回肠的讲述，在探寻爱情传奇的过程中，巧妙地融入了自己对不同信仰之间包容共处的理解。

在《大地雅歌》中，有来自西方前仆后继进入雪域高原、想要在此传播基督教的传教士，也有怀着虔诚之心认真修行，以关怀藏人灵魂为己任的顿珠活佛。在历史与现实交错，不同民族文化冲撞融合的过程中，小说最后呈现了一个活佛和传教士的对话："实际上佛性和基督性，都是有信仰的人心中的一汪幽泉，只是我们更多地去论辩它们的相异，而没有去发现其本质的相同之处。"[①] 正是这场对话，让我们洞悉了佛教文化与基督教文化的价值内核——"爱"。小说用一段荡气回肠的凄美爱情完成了对信仰和历史的深刻思考，是作家范稳沉思之后吟诵的大地雅歌。

与"藏地三部曲"有异曲同工之妙的是杨志军的《西藏的战争》。近年来，杨志军创作出一系列以藏地为背景或以藏地为主要表现内容的小说，主要有《藏獒》三部曲、《伏藏》、《西藏的战争》、《藏獒不是狗》等。在这些作品中，杨志军高扬理想主义旗帜，在信仰失落、民族文化没落的当代社会，不断探寻着人类精神信仰存在与建设的可能性。在《西藏的战争》中，杨志军以 19 世纪末 20 世纪初西藏历史上发生的英军入侵战争作为开始，叙述了这段距今已有一百多年、缺乏史料记载的历史。1888 年，英国十字军入侵西藏，这场战争断断续续进行了十多年。杨志军将持续十多年的战争集中于一年之内，把惨烈悲壮的战争场面、神秘辽阔的雪域景象与不同宗教信仰的对抗与和解，共同呈现于历史的追忆之中。在渺茫的历史时空中挖掘那些发生雪域高原的悲壮往事，在有限的史料中深思西藏战争所具有的精神价值。他将自己对信仰和战争的思考写进小说文本，让我们得以勘探一段真实的西藏历史。

从表层来看，英印茶商的破产使印度人迫切希望把茶叶卖到西藏，茶叶贸易的利益纷争导致了英军对西藏的入侵。然而，事实上，英帝国真正的用心在于企图通过在西藏建立教堂，让基督教占领西藏，从而完成彻底占领西藏的目的。于是，英国十字精兵携带各式兵器进发西藏，而马翁、达思牧师则带着《圣经》，带着基督教前往西藏。在武力与信仰的双重夹击之下，西藏战争到了一触即发的关键时刻。小说重点描写了日纳山战役、隆吐山战役，在拥有当时世界上最精良武器装备的英国十字精兵的攻击之下，西藏陀陀喇嘛、西藏正规军、僧兵节节败退，英军最终侵入拉

---

① 范稳：《大地雅歌》，北京十月文艺出版社 2010 年版，第 415 页。

萨，藏军以失败而告终。然而，战争另一个层面的信仰之战，却是以英军和牧师的失败而告终。他们虽然打着上帝的幌子，入侵佛光笼罩下的西藏，然而西藏民众坚定的信仰，让他们深感恐惧。也使他们对武力入侵西藏的行为产生了质疑，最后，在占领拉萨七周之后，英军不得不选择了撤离。小说尾声的场景意味深长，位于英国伦敦的圣保罗大教堂中，放着《圣经》《天国法音》以及什么也没有的三个水晶盒。文本中的三个盒子，实际上是宗教信仰融合和共处的一种象征。正如迪牧活佛所说："这是觉醒的种子"，这种觉醒，既指向历史，即入侵西藏的侵略者的觉醒，信仰高于一切战争，任何武力都无法征服一个民族的心灵；也指向未来，一切事物的新生与成长、破坏与建设、战争与和平都在世界历史的进程之中。

新时期以来，伴随着"文革"的结束和市场经济的兴起，人们日益放逐对理想主义的探寻，这种状况甚至一直延续到了新世纪。在历史主义者打碎"进化论""英雄观"的预言后，许多历史小说的作家成为历史虚无主义者的代言人。而范稳、杨志军的小说，在穿越藏地百年历史的迷雾中，宗教的悲悯情怀一直脉动于文字的叙述中，张扬起文学救赎心灵的旗帜。

《水乳大地》中的沙利士神父、让迥活佛、凯瑟琳修女等人的身上，对宗教的虔诚信仰与对人类的悲悯是紧密联系在一起的。"悲悯意识正是人类精神的魅力，因为有了这种精神的魅力，人类才会从动物王国升华出来。"[1] 尽管沙利士神父进入澜沧江大峡谷的初衷，是在雪域高原上散播基督教的种子。然而，在峡谷瘟疫肆虐时，他也无数次舍身救人，救助了许多难民。在新中国成立后的历次政治风波中，无论是藏传佛教的寺庙还是基督教的教堂，统统毁于一旦。佛法高深的让迥活佛，也被人视为牛鬼蛇神。可是，作为佛的悲悯的本性仍然在心底深处，他成了医术高明的藏医，前半生照料藏人的灵魂，后半生则解除人们身体的病痛。《悲悯大地》中，阿拉西踏上成佛征途伊始，都吉一家人内心深处的悲悯意识被唤醒。在阿拉西成为洛桑丹增活佛的过程中，他们都受到了一种精神的感召，于是，他们都心甘情愿地为阿拉西付出生命，成全他的向佛之心。《大地雅歌》中，作家将不同宗教与文明的碰撞与交融作为"两颗真爱之心坚忍守望的时代背景"，书写一个藏族老兵的传奇爱情，折射出一个民

---

[1]　贺绍俊：《悲悯与精神容量》，《小说评论》2006 年第 6 期。

族的精神特质——悲悯与宽容。杨志军的《西藏的战争》中，首先出现在我们视野中的人物是衣衫褴褛、被饥饿折磨得奄奄一息的云游僧达思，他从遥远的印度来到西藏，目的是寻求时轮堪舆金刚大法的灌顶，而他更深远的目的则是佛教与基督教在西藏和伦敦的和谐并存。为了达到这个目的，他在江孜颇阿勒庄园女主人的帮助下，在白居寺的班丹活佛跟前学习佛法。三年之后，达思在老师和情人的注目下离去，来到印度。然而，英军发动战争，达思不得不成为英军的向导。在英军与藏民的惨烈战争中，达思备受煎熬，他曾试图以基督之名阻止战争。小说中其他人物如戈蓝上校、容鹤中尉以及马翁牧师，杨志军也没有冠以侵略者之名对其进行简单处理，而是写出了他们在战争中的复杂心理和人性的激烈斗争。他们在战争中的恻隐之心，尤其是容鹤中尉最后对藏族姑娘桑竹的舍身营救，都是《西藏的战争》的人性温暖与闪光之处。

　　贺绍俊认为，在精神权威坍塌之后，当代文化需要重建自己的精神家园。相比于政治、哲学、社会体制、知识体系等因素，文学在这一过程中有着更重要的作用，发挥着不能代替的功能。而宗教情怀问题，也是重建精神家园的一种需要。一旦作家心灵深处的宗教情怀被唤醒，作家就会以敬畏、严肃、虔诚的态度思考人生和社会问题，探寻生命的本质意义，思考人类在未来的发展。而其作品也会因为宗教情怀的存在，显示出不同于其他作品的丰富深广的精神和美学内涵。[①] 我们也可以由此得出范稳、杨志军以宗教衍变融合史书写西部历史的意义：不仅是一种历史呈现，更是关乎新世纪以来精神家园重建的沉重命题。

第三节　　"文革"创伤的寓言呈现与饥饿
历史的见证书写

　　新世纪以来，西部作家除了关注个人史、家族史、区域史和少数民族历史之外，也将探寻的目光投向西部边地两段较为特殊的历史——"文革"历史和饥饿历史。作家的笔触不仅涉及这两段历史的表征，同时也对其产生根源的政治、经济、文化、道德、权力等因素给予了深入的体察。这样的历史书写由此成为作家思考社会及社会制度、人及人性、自我

---

① 贺绍俊：《从宗教情怀看当代长篇小说的精神内涵》，《文艺研究》2004 年第 4 期。

及自我生命价值的有效途径。由于作家地缘文化身份的不同，历史观念的差异，使他们对"文革"和饥饿历史分别做了价值取向和审美趣味不尽相同的探索。大体说来，主要集中于两个方面：

其一，对"文革"创伤进行寓言式的书写。"文革"是中国当代历史上的一段痛史，十年浩劫给国家、民族和人民都带来了巨大的灾难和伤害。其影响所及，既是历史的，也是现实的，甚至还是将来的。从"文革"结束至今40多年的时间里，中国作家关于"文革"的书写层出不穷且技巧不断翻新。新世纪以来，西部作家在构建有关"文革"的创伤记忆时，表现出足够坚韧持久的耐心和力量。甘肃作家张存学的《轻柔之手》、宁夏作家张学东的《妙音鸟》、陕西作家贾平凹的《古炉》，都是叙述"文革"历史的长篇佳作。在绵延不绝的"文革"历史叙述中，这些作家表现出非同寻常的探索之力。从对历史之恶和人性之恶交织的生存寓言的揭示，到文本世界中庞大的隐喻系统的展现，以及最后救赎力量的文本生成，都使存在意义上的"文革"寓言，延展到人的自身的探寻与追索，把人从绝望和苦难的深渊中拯救出来。这不仅体现出对人的终极关怀，也让"文革"叙事具有了哲学的高度。

其二，在张浩文的《绝秦书》、杨显惠的《定西孤儿院纪事》和《夹边沟纪事》中，选择"饥饿"历史作为主要叙述对象，将自民国初至"文革"末近半个多世纪以来饥饿的历史记忆尽收笔底。这不仅拓展了饥饿历史的时间跨度，而且通过对饥饿历史的文学再描述，作家更要发掘隐藏在饥饿背后种种复杂的历史、文化因素，同时对现代知识分子就人的自我主体建构和中华民族在深重苦难中的涅槃重生等命题作出颇具价值的探求。虽然这些探索与东部和中部作家的历史叙事有着深隐的内在联系，但也有明显的差别。

一　"文革"创伤的寓言呈现

新世纪以来，西部文坛直面"文革"创伤的三部小说，不论是借鉴了魔幻现实主义叙事手法的《轻柔之手》和《妙音鸟》，还是侧重于还原历史真实场景的《古炉》，在"寓言的盛宴"与"叙事的狂欢"中，不仅给我们带来异乎寻常的感官体验，同时也引发我们关于历史、人性、暴力的思考。文本中对"文革"创伤的书写，往往能够将现实与梦境、真实与幻觉、人情与鬼事、复仇与救赎交织在一起，使文本世界扑朔迷离，烟缠雾绕。然而，在真真假假之中相应成章，人生世相昭然于纸。

（一）历史之恶与人性之恶——生存寓言

《轻柔之手》《妙音鸟》和《古炉》三部小说分别以拉池城、羊角村和古炉村为叙事基点，讲述了 20 世纪 50—70 年代特殊历史时期中，家庭和个人经历的无尽劫难。在绝望和极端的生存与精神环境里，历史之恶与人性之恶交织缠绕在一起。求告无门、孤立无援的个体，无处不在的暴力，无孔不入的流言与欺骗，都使人性不断扭曲变态，亲情、生命因此变得极其脆弱。整个小城或村落中，人人自危，互为彼此的"他者"，都是对方的"地狱"，整个小说文本构成一则"他人即地狱"的生存寓言。

虽身处边远的西部，张存学的小说，一直对孤独、暴力、死亡、荒诞等具有生存本质意味的精神主旨探求不辍，同时，作者对现代叙事技巧的娴熟运用，也使其小说具有浓厚的先锋色彩。在《轻柔之手》中，张存学将以史成延为代表的史氏家族与拉池城中的其他人划分为两个群体，二者的关系紧张对峙。史氏家族与整个拉池人的矛盾随着文本叙述的展开而逐步显露，矛盾对立来源于史家迥异于拉池城中其他人的生活理念和生活方式。历经半个世纪苦难的史成延老人，在妻子死于日本侵略者飞机的轰炸之后，含辛茹苦拉扯两个儿女长大，以异乎常人的坚韧和毅力将儿女送进大学的校门。大学毕业的史凌霄带回了一个上海姑娘程红樱作妻子，漂亮、洋气的女医生程红樱进入史家后，不久就让史家的屋里屋外焕然一新，院里院外花树环绕。洁净的白房子，不合流俗的生活方式，和谐美满的家庭关系，使史家成为拉池人嫉妒的焦点。"文革"开始，一夕之间，史家与拉池城中其他人的对立关系达至顶峰，面临灭顶之灾。儿子史凌霄在反复批斗后被吊死，儿媳程红樱被批斗、强奸后投河自杀。大孙子史克目睹家庭的变故后离家出走，二孙子史雷受人欺凌，精神受创而无法开口说话。小孙女史真被丢弃，在仇人家生活十年之后，被哥哥的复仇火焰烧死。外孙女王莉莉生活在父亲和继母的蹂躏中，出逃寻找儿时的伙伴，却陷入与表兄史雷的不伦之恋而选择再次逃离。史家的每一个人都宿命般地陷入灾难的泥潭而无法自拔，事实上，灾难的根源来源于拉池城人人性之恶的极度膨胀。在"文革"的促发之下，拉池城人将原先对史家的嫉妒转化为一种怨恨。舍勒认为："妒忌容易导致怨恨，因为怨恨的根源在于价值攀比。"① 拉池城人将隐藏于假面背后对史家的怨恨，化为凶残的暴力、卑劣无耻的算计，他们集体成为史家的"他者"，于是，阴冷的死亡便借"文革"之机一再降临。

在整部小说中，除了史家，还有一个庞大的被迫害者群体，他们是史雷的朋友黑子和史克在逃亡路上结识的"教授""虫子"、祁永孝，以及拉池城原师范学校的校长和他的母亲，还有夹边沟无以计数的"右派"的亡灵。与受害者群体相对应，小说也塑造了一群迫害者群像，他们是懦弱、随波逐流的郑尚清，凶残的高福奎、许老三，还有拉池城中目光诡异、心里阴暗的庸众。一开始，被迫害者和迫害者之间的对峙是泾渭分明的，力量是悬殊的，被迫害者似乎永远陷入无法解脱却又极其荒谬的苦难之中。然而，美丽的女医生程红樱惨死后变成了在拉池城能呼风唤雨的程队长，拉池人心造的鬼魂凌厉的复仇姿态，让迫害者们失魂落魄。"他者"对峙状态的转化，不仅揭示出"文革"的荒谬，更形象地阐释了"他人即地狱"这一存在主义哲学命题，反映了"文革"期间频繁的政治运动所引起的人际关系的畸变和人性的堕落。

相比之于《轻柔之手》，张学东的《妙音鸟》对"文革"历史创伤的阐释少了些许形而上的哲学意味，他将笔触下沉，重点书写特殊历史时期的乡村日常生活，于日常生活的细节处凸显历史与人性的本相。《妙音鸟》中最独特的地方，在于其"他者"形象的转变，由《轻柔之手》中活着的人变成了死魂灵，《妙音鸟》由此显示出其独特的"灵魂叙事"。在灵魂叙事中，作家凭借"灵魂之口"说出常态之下人们无法言说的许多话题，从而获得一种主题的升华与精神的超越。《妙音鸟》中，在整个羊角村陷入黑白颠倒的时候，复活的亡灵们粉墨登场，游走于羊角村的每一个角落，他们与生者畅所欲言，将生前遭遇的种种磨难一一道出。死者与生者的对话，逼视出特殊年代的生存之痛与人性之暗。

《妙音鸟》中的羊角村，是一个比拉池城更贫困、更闭塞的西部乡村。尽管如此，但"文革"的政治文化在这样一个本来远离政治中心的村落落地生根，并彰显其魔力。政治与权力、权力与性的结合，给羊角村带来深重苦难，扭曲和戕害着基本的人性和乡村的人伦关系。小说一开始，作为羊角村队长的虎大就是一个典型的乡村极权主义者。这位曾经进

---

① 参见王明科《新怨恨理论与文学批评》，《湖南社会科学》2005 年第 5 期。

山剿狼、冲在最前头的硬汉子，因为这一壮举，获得羊角村人的尊敬与支持，一跃成为队长。然而，当上队长之后的虎大，很快登上了羊角村统治者的宝座，并将政治权力发挥到极致。首先，政治权力成为他满足性欲的一道有效令牌。在他俘虏了寡妇牛香后，继而将羊角村几乎所有的女人都纳入魔掌之中。其次，在粮食极其匮乏的饥荒年月，他以权谋私，偷取村里的公粮，并嫁祸他人。最后，他强行夺取秀明婆婆的寿材，间接导致老人家的死亡。小说的第十四章，在虎大被关进醒龊不堪的牲口圈棚之后，出现了死魂灵们集体登场的情景。与虎大形成直接对立的亡灵有三个：寡妇牛香死去的丈夫、孤儿红亮死去的父亲，以及乡村教师秀明的婆婆。

　　充满着鱼腥味和泥水气息、有着水光溜滑身体的牛香丈夫的亡灵，反映出他的死是多么的不同寻常。他是被虎大派去抗洪救灾时死的，他与虎大的对话，揭示出自己的死因。因为虎大想把牛香占为己有的隐秘心理，使他命丧黄泉。红亮的父亲，小说一开始就交代过他曾经盗窃过公粮，因此受到严厉的批判。而他的亡灵与虎大的对话，让我们了解了真正的窃贼是虎大自己。为了满足自己家人，也为了照顾羊角村中与自己有过暧昧关系的女性，虎大不惜栽赃陷害，使红亮父亲到死都背着黑锅。虎大凭借权势，夺走了秀明婆婆的棺木，为自己打造了一张结实的松木床，间接导致了秀明婆婆的死亡。秀明婆婆的亡灵不计前嫌，在虎大落难时来看他，让虎大羞愧难当。

　　张学东深谙灵魂叙事的优长，他让各色死魂灵相继登场与虎大对话，在家长里短的絮语中，钩沉往事，让小说前半部分遗留的悬念一一获得答案。在一个人心惶惶、神出鬼没的时代，鬼魅世界的存在自然充满阴森之气。然而，它同时也是一个透明的世界，它能看见阳世的一切虚伪、欺骗和荒诞。对亡灵们而言，虎大就是与他们相对立的"他者"。然而，强势的他者虎大必然在阴间受到惩罚。事实上，当虎大被赶下权力的宝座时，对他的惩罚就已经开启。他的女儿们先是被牛香的儿子报复性地强奸，继而又为了生存与父亲的死对头三炮苟合。《妙音鸟》中同时还存在一个庞大的女性世界，串串、糜子、秀明、牛香、虎大的妻子和女儿，以及羊角村中无具体姓名的女性村民，站在她们对立面的"他者"就是乡村极权者虎大、三炮之流。她们都无法摆脱被凌辱、被迫害的命运，都是乡村政治斗争中无辜的牺牲品。由此，在历史批判和文化反思两个侧面，《妙音鸟》对"文革"创伤的书写显示出了其应有的深度与高度。

　　穷四年之力，贾平凹根据自己少年时期对"文革"的记忆创作了长篇小说《古炉》。小说采用"密实流年式"的写实手法，在对古炉村琐碎、细致、绵密的日常生活细节的描述中，凸显出在特殊历史时期，外来政治力量对乡土社会传统伦理秩序的破坏和对人性的异化。不同于《妙音鸟》和《轻柔之手》书写个体人之间、家庭与社会群体之间的相互对峙，《古炉》侧重于描写"文革"到来之后，古炉村中家族之间的尖锐冲突。小说共分为六部：第一部名为"冬部"，首先对山朗水秀、善烧瓷器的古炉村展开介绍，古炉村以朱家和夜家两大家族为主体构成，并杂居着旁姓人家。随后，古炉村形形色色的村民逐一登场，小说的核心人物夜霸槽，他与古炉村的掌权者朱大贵、满棚的矛盾初露端倪，这可以看作整部小说的序幕。第二部是"春部"，这是一个不同寻常的春天，山雨欲来风满楼。因为觉得救济粮分配对自己不公，夜霸槽愤而出走。归来之后挖走了埋在地下的太岁，由此预示着"文革"的开始。夜霸槽与洛镇的红卫兵运动有了联系，"大串联"事件波及古炉村，古炉村的内外矛盾进一步加剧。第三部是"夏部"，外来的红卫兵头领黄生生和古炉村的造反派首领夜霸槽一拍即合，成立了隶属于"县联指"的"红色榔头战斗队"，他们由此开始了"文革"中的"破四旧"运动。他们砸毁朱姓村民的房子，让村支书朱大贵下了台，古炉村旧有的格局和伦理秩序被颠覆。第四部是"秋部"，在古炉村，朱姓家族在天布领导下成立了隶属于县联总的"红大刀革命造反队"，以对抗夜姓家族的威胁。两派针锋相对，展开了一场场拉锯战。第五部是"冬部"，"榔头队"和"红大刀"，他们在上级的鼓动下，彼此之间进行了许多场"武斗"，古炉村很多人因此而丧命，古炉村的"文革"达到高潮。第六部是"春部"，其实就是尾声，这是一个残酷的春天，笼罩着死亡的气息，霸槽和天布等五位造反派头目被解放军集体枪决。

　　费孝通认为，中国乡土社会的基层结构是一种以儒家伦理体系为根基，体现为一种"父子有亲，君臣有义，夫妇有别，长幼有序，朋友有信"① 的"差序格局"②，古炉村的伦理秩序正体现了这种格局。然而，

---

　　①　梁海明译注：《孟子·滕文公章句》，山西古籍出版社1999年版，第83页。
　　②　费孝通：《乡土中国》，人民出版社2008年版，第32页。

"文革"的"潘多拉魔盒"一打开，人性之恶被极大程度地激发，家族矛盾的急剧上升，古炉村传统的伦理秩序被彻底颠覆。"差序格局"的损毁，使在"文革"中被异化的人性变得更加残暴。于是，出现了像满腹怨气的守灯公然报复村支书，借造反之名抢劫信用社、打死营业员的事件。也出现了如牛路这样本来忠厚朴实的村民，在"文革"中变得凶残可恨，他虐待马勺，对狗尿苔拳脚相加。显然，这种集体异化的人性，折射出整个时代的异化与荒谬。

贾平凹以"文革"亲历者的身份去看取和叙述这段特殊的历史，所以"文革"中发生在古炉村的所有故事都没有具体的时间。小说叙事时间的混沌性与现实历史时间的明确性之间形成了鲜明的对比，作家让纷繁复杂的"文革"事件在自己圈定的叙事时间之内徐徐展开，从而形成了一个独立自足的文本世界，虽然是虚构的，却真实得令人震惊。

（二）疾病隐喻与救赎意象——家国寓言

从宽泛意义上理解，书写"文革"创伤的小说也可以被看作"历史小说"。上述三部小说在处理"历史"与"小说"的关系上，作家们都力求表现新型的"文革"叙事形态。这不仅表现在对"文革"生存困境和历史场景的深度还原上，同时还表现在三部小说均存在一个特殊的疾病隐喻系统。在《古炉》《妙音鸟》和《轻柔之手》中，古炉村、羊角村和拉池城的人，身体或精神上都有着这样或那样的疾病。疾病充斥着整个村庄或小城，也贯穿着整个"文革"的历史进程。古炉村在"文革"期间，暴发了一场大规模的流行病——疥疮，这场疥疮类似于瘟疫，整个古炉村参与派系斗争的人几乎无一幸免。在《妙音鸟》中，虎大凭借权势夺取了秀明婆婆的棺木，为自己打造了一张结实无比的大床。大床散发的松木香味先是让羊角村的动物丧失了食欲，继而精神不振。接下来，羊角村的人无一例外都陷入了如动物一样的萎靡状态之中，哈欠连天，黑白不分地陷入嗜睡之中。而随着秀明婆婆的死亡，这种状态逐渐发生了变化，人们白天昏睡不醒，晚上清醒无比，羊角村的人由此开始了一种黑白颠倒、日夜错乱的生活，连被派来指导工作的苟文书之流也都不能幸免。在《轻柔之手》中，拉池城人的罪行虽然掩盖在冠冕堂皇的"正义"的"文革"话语背后，但是，他们还是摆脱不了应有的惩罚。拉池城人除了长出尾巴、十二个指头、三只耳朵之外，都集体患上了精神病，他们活在曾经的批斗他人的恐惧中，患上了臆想症。在他们的幻觉中，曾经美丽善良的女医生程红缨灵魂复活，而且以凌厉的程队长的复仇姿态出现。于是，在文本中出现了为程队长修建祠堂，以及走进孙家大院在法师面前诉说不安，以寻求解脱等荒谬的场面。在《作为疾病的隐喻》中，苏珊·桑塔格就注意到在中国政治话语里，"文革"被隐喻为"中国的癌瘤"。在贾平凹、张学东和张存学的笔下，患了病的村庄和小城，无疑成为"文革"时期整个中国的缩影。

罹患疾病，就必须治疗。三位作家都在文本中剖析了人性之恶，勾勒出"文革"中惨烈的生存图景。同时，作家也将苦难视为一种整体意义上的生存境遇，使之生命化，这就是海德格尔所描述的"深渊时代"和"黑暗之夜"。然而，当我们随着作家的叙述沉入绝望谷底之后，却不约而同地读出了"希望"——这就是"轻柔之手"，是"妙音鸟"，也是"狗尿苔"，它们代表着救赎的力量。

在《轻柔之手》中，白光的意象是笼罩整部小说的核心意象。小说开篇就写史家大门外的一团白光，它让黑色的、像皇帝一样走来走去的公鸡瑟瑟发抖，白光抚平它的惊恐，公鸡于是驮着白光走进了史家的大门。白光进入史家的东厢房，化成一双母亲的手，它轻柔地抚摸小儿子，并且悲伤地哭泣。拥有"轻柔之手"的人是程红缨，她是爱与善的化身。她在世的时候，是一个医术高超的女医生，是一个美丽且热爱生活的母亲。她死后，化作一团轻柔的、悲伤的白光，默默地注视着家人，抚平家人的绝望和悲伤。她的存在，虽然无法改变她的孩子被凌辱、被践踏的命运，但是，这双轻柔的母亲之手的存在，抚摸着亲人流血的伤痛，烛照着黑暗的人性，使陷入疯狂中的拉池城有了生机和活力，带来了救赎的可能。

在《妙音鸟》中，救赎力量来源于被称为妙音鸟的一种神鸟。妙音鸟，半人半鸟，人面鸟身及妙音，佛教典籍中就有妙音鸟或好音鸟的说法。相传它的叫声婉转动听，美妙绝伦。可以使听者皈依正道，一心向善。小说中的红亮，在刺伤屠户三炮之后出逃，后来在历经苦难之后皈依佛的怀抱，正是听从了妙音鸟的召唤。妙音鸟这一宗教象征寓意的意象，在整部小说中一共出现了三次。正是在代表"善"的"妙音鸟"的引领下，羊角村这些政治灾难中迷途的羔羊才得以迷途知返。

贾平凹的《古炉》，通过一个懵懂少年狗尿苔的眼光，展示了古炉村从"文革"开始到矛盾激化直至结束的全过程，这一过程充分展示了狗尿苔悲天悯人的善良情怀。作为蚕婆从镇上捡来的孩子，狗尿苔被认为是反革命家属。(因为蚕婆的丈夫新中国成立前被抓了壮丁,后来随同国民党去了台湾,因此蚕婆被划成了反革命家属。) 古炉村的人不喜欢狗尿苔,经常取笑他、歧视他。但是,他对古炉村的人却充满善意的关怀。杏开与夜霸槽谈恋爱,夜霸槽却时不时地欺负杏开,只有狗尿苔真正关心她。在批斗他人时,村支书常常无礼地要求蚕婆陪斗,但是支书被送进学习班后,他想尽各种办法给支书送吃的;在"榔头队"与"红大刀"互相对峙、剑拔弩张之际,他自己掀下蜂箱,被蜜蜂蜇得满脸红肿,却化解了一场武斗。在整部小说中,狗尿苔不仅是"文革"的审视者和观察者,同时也代表着一种向善的、救赎的力量。当然,这种救赎的力量,不止于狗尿苔,《古炉》中的蚕婆和善人也是这样的一种存在。

詹姆森认为,"所有第三世界的本文均带有寓言性和特殊性:我们应该把这些本文当作民族寓言来阅读"①。从这个意义上说,三部小说都体现了作家关于"村庄—家族—国家"所构成的寓言叙述。作家们从不同的叙述视角出发,在重构"文革"历史的过程中,以小见大,以个体表现整体,通过具体的人、家庭或家族在"文革"中的经历来表现整个民族、国家的这段痛史,达到窥一斑而见全豹的效果。贾平凹说:"写的是古炉,其实眼光想的是整个中国的情况。"② 张学东说,《妙音鸟》结尾关于"地醒了"的表述,正好应和着唐山大地震,他认为这是大地给那个时代敲响的警钟。③ 可以说,三部小说分别通过患病的村庄或小城隐喻了整个"文革"时代的中国,通过轻柔之手和妙音鸟以及奇异的少年三个不同的意象所生发的救赎力量,指向了人性向善的一面。在历史的黑洞中,烛照人性的善之光芒,也喻示着我们整个民族国家必将走出历史的迷雾。

霍布斯鲍姆说:"解构披着历史外衣的政治和社会神话,长期以来一直是史学家职业义务的一部分。"④ 张存学的《轻柔之手》、张学东的

---

① [美]弗雷德里克·詹姆森:《处于跨国资本主义时代中的第三世界文学》,张京媛译,载张京媛主编《新历史主义与文学批评》,北京大学出版社 1993 年版,第 234—235 页。

② 贾平凹:《古炉》,花城出版社 2013 年版,封面。

③ 周立民、张学东:《唤醒内心觉醒与人性回归之光——长篇小说〈妙音鸟〉访谈录》,载《妙音鸟》,作家出版社 2008 年版,第 292 页。

④ [英]埃里克·霍布斯鲍姆:《史学家——历史神话的终结者》,马俊亚、郭英剑译,上海人民出版社 2002 年版,第 317 页。

《妙音鸟》、贾平凹的《古炉》，在历史之恶与人性之恶交织的"文革"历史场景的还原中，在疾病隐喻与救赎意象交织而成的家国寓言中，将存在意义上的"文革"寓言延展向人自身的探寻和追索，把人从绝望和苦难的深渊中拯救出来。这不仅是对人的终极关怀，同时也具有了哲学的高度，这是西部作家为新世纪文坛奉献的三部力作。与当代长篇小说中对于"文革"历史的言说有很大的差异，这三部小说都颠覆了以往"文革"叙事中从政治、社会和历史出发的旧有模式，穿插于小说中的终极思考与哲学关怀，使我们在了解"文革"历史真相的同时，有了更深远的思考。这样的作品，经历岁月的洗礼会生发出熠熠光彩。

二　饥饿历史的文学见证

饥饿首先是一种生理现象，是由于体内缺乏食物或营养而产生的一种人体的不平衡状态。同时，由于造成饥饿的根源是多种多样的，时代、战争、天灾、人祸等不一而足，饥饿又成为人类生活中与政治、人性、道德相关的一种文化现象。中外作家都对饥饿现象给予高度关注，有关饥饿主题的文学作品层出不穷，饥饿成为作家思考社会制度、政治权力，道德及人性的有效途径，有着较大的文化和文学意义。

（一）饥饿历史的重叙

新世纪以来，随着市场经济的长足发展和国民生活水平的显著提升，中国的苦难历史逐渐淡出人们的视野，历史真相被俗世的红尘所淹没。然而，一些富有责任感和使命感的作家，却不约而同地选择对20世纪不同时段的饥饿历史重新进行文学描述。张浩文的《绝秦书》、杨显惠的《定西孤儿院纪事》和《夹边沟纪事》等长篇小说，就如何书写饥饿历史中的群体和群体记忆中的饥饿，以及对饥饿产生的深层原因的探寻上，表现出了用文学的真实见证历史的努力。

这种努力首先体现为作家对饥饿历史现场的返归。在《绝秦书》《夹边沟纪事》和《定西孤儿院纪事》中，作家用大量事实和细节钩沉历史。根据史料记载，经过三年的酝酿构思，张浩文完成了《绝秦书》的写作。《绝秦书》分上、下两卷，30余万字的宏大篇幅和容量，对民国18年发生在关中大地上惨绝人寰的大旱灾进行了多维度、深层次的书写。以关中平原扶风县绛帐镇周家寨为主要地域背景，以民国15年周氏兄弟相争到民国18年灾难达至最高峰为叙述的时间范围。《绝秦书》的前半部分，张浩文以极为细腻的手法，完整再现了关中地区浓郁淳厚的风土人情和传统士绅家庭农耕生活的习俗礼仪，呈现出三秦大地水乳交融、和谐圆融的景象。而小说的后半部分则描绘了旱灾降临时三秦大地的惨象环生、饿殍满地，书写了灾难发生的起因、骤变、异化以及惨烈无比的整个过程。小说通过一系列的事件凸显了灾荒之中周家寨上演的无数人间惨剧：设坛、迎水、舞龙甚至通过献祭的方式求雨，都没有丝毫效果。饥荒来临之际，周家寨人吃树皮、野菜、雁粪、牛笼头，还是无法度过饥荒。最后，周家寨中有的人甚至干起了杀活人吃肉的勾当……万般无奈之下，周克文支起了赈灾的粥棚，结果，如同洪流一样的疯狂饥民，最后踏平了周家寨。

2000 年杨显惠的《夹边沟纪事》《定西孤儿院纪事》陆续在《上海文学》上连载，引起了强烈的轰动。杨显惠是 20 世纪 80 年代就已成名的老作家，作品《这一片大海滩》曾获 1985 年全国短篇小说奖，早期的创作呈现出浓郁的诗意。90 年代，为了重拾那段被人们日益淡漠的历史记忆，他作出了重返大西北的决定。于是，他每年自费来甘肃，开始了对河西走廊、定西等地的采访。他用了五年的时间，找寻到近百个这段历史的亲历者。不同于《绝秦书》的宏大叙述，这两部作品以真人真事为背景，运用采访体和转述体相结合的纪实文学叙述方式，分别讲述了 20 世纪 50 年代末 60 年代初发生在甘肃夹边沟的“右派”和定西地区的孤儿的人生故事，还原了特定年代一幅幅惨绝人寰的饥饿图景。作家基于调查所得的第一手资料创作小说，确保了细节描写的真实感。例如，在《定西孤儿院纪事》的《独庄子》一篇中，作家写到了定西农村典型的待客礼仪，素不相识的两位老人为展金元煮茶，劝他吃花馍。《夹边沟纪事》的《在列车上》一篇所描写的李天祥和魏长海在夹边沟农场重逢时，两个原本不喝酒的人不知不觉喝了一瓶酒。诸如此类的细节描写，使原本相当枯燥且很难写出艺术闪光点的灾变情节在这些细节的衬托下变得鲜活灵动。

其次，作家叙述立场的转变和对饥饿历史的理性反思。左翼和反思文学中，作家从政治反思视角出发叙述饥饿，他们侧重于强调历史、国家层面的宏大叙事，但缺乏对历史长河中普通人生存样态的关注，为“饥饿”寻求意义的政治意图过于明显，因此，文学常常沦为阐释政治意图的附庸。而寻根、新写实、先锋文学中，作家从民间视角出发叙述饥饿，极大限度裸呈了饥饿的原初状态，还原了特殊历史环境下普通人的生存境遇。然而，过度沉浸于对鸡零狗碎的原生态生活的描摹，使小说缺乏对历史深度的挖掘。张浩文和杨显惠则从知识分子的视角出发叙述饥饿，关注大历史中民族和个人的命运，体现出知识分子的独立批判精神。他们深怀着还原历史和见证历史的使命感书写饥饿记忆，通过深度挖掘历史，呈现饥饿的内在逻辑并揭示其价值理性。在写作中，两位作家都以"接地气"的创作姿态，采用逼近历史、贴近世相的写作方式，冷静地叙述了饥饿历史中复杂而激烈的人性冲突。《绝秦书》中，张浩文将人性的冲突置于三秦大地饿殍满地、易子而食的大灾荒背景中。面对突如其来的灾荒，周家寨人坚守多年的仁义、责任和道德灰飞烟灭，取而代之的是一览无遗的自私、残忍。为了让自己活下去，他们卖儿卖女，甚至易子而食。《夹边沟纪事》中，杨显惠以夹边沟幸存者的身份叙述饥饿，这些人都是特定历史时期的卑微小人物，在面对饥饿灾难时，他们之中有些人为了一口食物而告发其他人。令人更为震惊的是，这种人性扭曲行为不仅不被人们所唾弃，反而得到大多数人的认同。某种意义上，小说试图真实再现极端环境下人性由善向恶的转变。作家们将人性冲突和人性转变与历史事件和历史演变过程建立关联，体现出他们对民族命运的反思，同时在某种程度上也意味着知识分子独立批判精神的复苏。

最后，饥饿叙事作为呈现历史的一种特殊形式，在不同作家笔下有着各具特色的表现形式。《绝秦书》中，张浩文以家族小说模式描写关中大地遭遇的大旱灾，描绘了周氏家族在灾难中历经覆亡的全过程。对灾难惨象的描写，从另一个侧面体现了张浩文对家族精神肯定与重建的努力。《定西孤儿院纪事》和《夹边沟纪事》中，杨显惠以真人真事为叙述对象，重现了特定年代一幅幅惨绝人寰的饥饿图景。作家借个体的不幸遭遇和成长历程隐喻了一个民族、一个国家在历经苦难后的艰难蜕变。这种借助于描写家族或个人成长或覆亡历程书写饥饿的方式，是作家进入历史的一种新途径。

（二）见证饥饿历史的意义

见证，本是法律术语，与文学糅合形成见证文学和见证叙事。20世纪以来，面对世界范围内的历史劫难和历史厄运，许多灾难的亲历者和幸存者用笔纸记录和还原历史。"见证文学是通过灾难承受者见证自己的可怕经历而对人道灾难进行见证的书写形式。"[1] 所以，从严格意义上说，

----

① 陶东风：《文化创伤与见证文学》，《当代文坛》2011年第5期。

《绝秦书》《夹边沟纪事》和《定西孤儿院纪事》都不能算作见证文学。因为见证文学强调见证主体的真实性和亲历性，而张浩文和杨显惠都不是他们小说中历史的亲历者。然而，我们仍用"见证"作为解读他们小说的关键词，不是指他们的小说就是一种见证文学，而是指这几部作品所生发的文学意义在某种程度上暗合了见证文学的叙事伦理，体现出与见证文学特征的一致性。"见证伦理的基本特点，就是'反抗遗忘'和'坚持真实'，它们也是见证文学对待历史、对待现实以及对待写作者和文学自身的最为基本的伦理姿态。"① 张浩文、杨显惠饥饿历史创伤的书写，毫无疑问都具有这种"见证伦理"的特质。

　　首先，福柯认为，重要的不是话语讲述的年代，而是讲述话语的年代。对于历史的认识和阐释，往往会随着话语环境的变化而呈现出某些新的特质。在上述几部长篇小说中，作家提供了新世纪现实语境下关于饥饿的再思考与再认识。对作家而言，饥饿是他们进入历史的原因和关键词，也是体察历史、触摸历史最为接近的方式。饥饿占据了整个小说话语的优先权，它不是被边缘化的"历史"，而是意义清晰、指向明确的过去，对饥饿的书写和阐释体现着作家对历史的内在思索。列维－斯特劳斯认为，历史从来都不仅是"谁的历史"，它也总是"为谁的历史"。这种"为谁的历史"也不仅是从某种意识形态目的出发而撰写的历史，而是为了某个特殊社会群体或公众而撰写的历史。② 从这个角度看，《绝秦书》是张浩文为民国 18 年大旱灾中死难的 300 万个乡亲的"树碑立传"，《夹边沟纪事》和《定西孤儿院纪事》是杨显惠分别为曾经在酒泉农场劳改的将近 3000 多名"右派"分子和定西孤儿院的"遗孤"生活遭遇的一段真实历史的铭刻。从一个个真实具体的、血肉丰满的个体生命出发，作家构建了一种浸润着人文关怀的历史图景。通过对沉落于历史遗忘之谷的个体生命的呼唤，小说传达出一种意味深长的历史之思。

　　其次，尽管饥饿的历史记忆呈现出某种迷乱与繁杂，而且几部作品对饥饿的言说也各具特色，但它们对饥饿历史本质的探求却惊人的一致。作家对于饥饿历史的重构，不仅是对当时具体饥饿场景的还原和饥饿发生原

---

① 何言宏：《当代中国的见证文学》，《当代作家评论》2010 年第 6 期。
② 参见 ［美］海登·怀特《话语的转义——文化批评文集》，董立河译，北京出版社 2001 年版，第 111 页。

因的质询，同时也是对历史演变中"饥饿"被"遗忘"的根源及其背后复杂的社会政治、经济和文化原因的探求。于是，饥饿叙事上升为一种永恒的生存寓言。

最后，米兰·昆德拉认为，深刻的、特立独行的批判意识是小说飞翔的翅膀。这几部小说都全方位展示了普通民众在历史劫难中具有的生存样貌和精神状态，剖析了特定历史情境中的人性之善与人性之恶。无论是灾难的亲历者还是非亲历者，都在为揭示未曾展现过的历史的残酷一面而竭尽全力。由此，小说呈现出鲜明的否定和批判意向。

客观地讲，上述作品并非完美无缺。比如，《绝秦书》前半部分中关于大饥荒来临前的铺叙略显冗长，对引娃等次要人物命运的安排过于草率。《夹边沟纪事》和《定西孤儿院纪事》中，不同篇目包含诸多相似的故事情节，不免让读者产生雷同之感。尽管如此，它们仍旧代表了一种新的写作路向：对饥饿的回顾与重述，也为我们以文学形式进一步反思20世纪的饥荒事件给予一定的启示。也许，上述特点并不具有非常广泛的代表性，但在饥饿历史的书写方面，这几部小说的确有着与以往作品不同的独特书写意义。

第四章 永恒的乡愁——西部乡土小说的怀旧书写

在历史题材的书写之外，面对西部乡土社会逐渐沦丧的现实，西部作家固有的浓厚乡土情结被触发，他们纷纷把目光投向远离繁华与喧嚣的乡土边疆，寻觅自己的精神归宿，由此形成了乡土长篇小说创作的潮流。丁帆认为，作为一种世界性的文学现象，乡土文学无疑是农业社会生活的写照，是其典型的文化标记。乡土文学的产生，追根溯源，可以一直追溯至初民文化时期。然而，在整个农业时代，乡土文学只是一种没有任何参照系的孤立静态的存在。只有当工业文明进入整个社会之后，在人类的思想和思维发生根本性的变革后，乡土文学在两种文明的对峙、碰撞与交流中，才表现出意义。① 20 世纪 90 年代至新世纪以来，中国的乡村和城市受到来自全球化与市场化不同程度的冲击，中国广袤的大地上，出现了前现代文明、现代文明及后现代文明并置、相互冲突交融的奇异景观。西部作家清晰地感受到乡村社会的种种变化，应和着西部乡村文化语境转型的社会现实，他们乡土小说的创作，生发出许多值得重视的新特点。

由于受历史文化变迁和地缘因素的影响，90 年代以来，中国东部与西部的发展出现了明显的差异。东部地区，经济快速增长，都市文明迅猛发展，城市逐渐取代了农村，城市文明逐渐成为东部文化的主旋律。东部的文学创作也呈现出了明显的都市化倾向，文学与网络、影视的结缘，东部文学商业化的特征越发明显。西部地区，历来被人们认为是地广人稀、偏远蛮荒之地，多民族交融所形成的民俗风情丰富而驳杂。然而，市场经济之风也逐渐侵蚀这片古老而贫瘠的大地，西部的乡村也面临着陷落的危机。尽管峻急的经济之风想要完全穿透厚重的西部文化仍然还需要很长的一段时间，但是，西部作家敏感的神经已被挑动，在现代性入侵的焦虑之

---

① 丁帆：《中国乡土小说史论》，江苏文艺出版社 1992 年版，第 1 页。

中，乡土又一次成为西部作家表达情感的最好载体，怀旧亦由此成为西部乡土小说主要的情感基调。

贾平凹的《秦腔》、阿来的《空山——机村传说》（六部）、刘亮程的《凿空》、高建群的《大平原》，都诉说着村庄即将消逝的危机，小说中涌动着作家情真意切的怀旧情绪。郭文斌的《农历》和石舒清的《底片》，则以追忆方式，叙述乡土社会美好安详的民俗人生，充满宗教习俗的乡土风物，氤氲在一幅幅风俗画与风物画之中，是作家的挽歌情怀。而西部作家笔下"最后一个"系列人物形象的塑造，也因承载了作家的"乡愁"而变得分外迷人。上述无论哪个维度上进行的西部乡土怀旧书写，都包含着作家对西部乡村自我身份的认知和确立，这是在全球化浪潮中西部维系自我历史、现在和未来，防止历史中断可能的一种有力保障。

第一节　怀旧溯源及西部乡土小说怀旧之缘起

从古至今，由中到西，"怀旧"是一个意蕴丰赡的词汇。在医学、心理学、社会学以及文学领域，怀旧都有着不同的释义。对文学而言，怀旧既是一种情绪，也是一种手段。而西部乡土小说突出的怀旧特征，与新世纪以来的社会文化环境有着不可分割的关系。

一　何谓"怀旧"

怀旧（nostalgia）一词，由两个词根 nostos 和 algia 组成，nostos 意为回家，而 algia 则是指渴望回家的一种状态，确切地说，是一种强烈而焦灼的痛苦。1688 年，瑞士医生 J. 霍弗尔（Johannes Hofer）首次创造了nostalgia 这个词，最初主要是指一种疾病——思乡病。这种思乡病有其形成的生理特质，霍弗尔医生认为是由于"轻快精神经由中脑纤维的持续运动，而中脑中仍然黏附着关于祖国思想的印痕"① 造成的。这种病的患者主要是服务于欧洲统治者军团的瑞士雇佣兵，长时间身处异国他乡，使这些士兵产生了一种臆想症，他们分不清现实与幻想、过去与现在的关系，脑海中唯一的想法就是回家。这种思乡病，还会引起患者身体上的种

① See Fred Davis, *Yearning for Yesterday A Sociology of Nostalgia*, New York: The Free Press, 1979: 2.

种不适反应，主要有厌食、高烧、忧郁和情绪化，甚至还会引发轻生的念头。

怀旧由一种生理病症转变为一种心理情绪的过程，大致是在19世纪末20世纪初，许多精神分析学家开始关注怀旧，认为它更为主要的是一种精神病症，是指："精神脱离常轨或大脑失控的含义，它着重体现为一种精神病态，并越来越与忧郁症、疑病症、强迫症或幽闭症类似。"① 20世纪中期以来，西方社会的科技与经济高速发展，社会及文化的巨大变迁，怀旧的生理学、心理学意义被逐渐淡化，越来越多的学者开始关注怀旧的社会学意义，怀旧研究的领域也从病理学拓展到心理学乃至社会学，怀旧经历了一个由生理病症转变为心理情绪再变为文化情怀的演变过程。

西方社会对于怀旧理论谱系的构建，始自卢梭。18世纪中前期的法国思想家卢梭认为，现代科技和工业文明损害了纯朴的自然、损害了人的自然本性。他提出，人们应该以回返自然的方式来对抗现代工业文明的消极影响。卢梭的回返自然，并不是对现代文明的彻底抛弃，不是回到原始社会。这里的自然，实际上是指人的一种善的本性。而回返一词带有鲜明的追忆、怀旧的特征。卢梭试图在追忆原初自然和本真的存在中，挖掘人的善之本性，希望能以审美救赎的方式对抗现代理性。在卢梭这里，怀旧被演化成一个广义的美学问题，它不只拘囿于鲍姆加通意义上的"感性"，更是一种人生信念的体验、一种艺术化的生存和一种崇尚自由的人文精神。

卢梭之后，席勒在继承卢梭"回返自然"观念的基础上，又提出了怀旧新的自然观念。在席勒看来，值得人们景仰的自然必须具备两个条件。其一是本身就是一种自在存在的自然；其二是一种自然性格，这种自然性格的实质就是一种圆满统一的人性。如何重回这样一种自然世界，席勒认为，应该回到古希腊时代，回到希腊人的想象方式、感受方式和思维习惯。由此，卢梭的向善回归变成了席勒的向美回归。"从伦理学意义上的自然和善发展到美学意义上的自然和美，这大概是卢梭的自然观与席勒

---

① ［英］埃里克·霍布斯鲍姆：《史学家——历史神话的终结者》，马俊亚、郭英剑译，上海人民出版社2002年版，第76页。

的自然观之间最微妙也最重大的差异。"① 席勒认为回到自然的方式是一种审美体验，他通过"素朴的诗"与"感伤的诗"的对比，认为文学作品中应该以"游戏冲动"弥补和纠正"感性冲动"及"形式冲动"，由此开启了在文艺中表达怀旧母题的风气。如果说："卢梭的怀旧还只是倾向于一种善良的人性，注重自觉自立的道德责任感和人性在没有受到压抑扭曲之前的本真，由此他所崇尚的感性、情感和感觉等因素更恰切的是道德完善的一种辅助手段，道德体验才是最本质的东西。而到了席勒这里，怀旧所向往的是和谐完整的人性，是感性专制和理性专制的彼此消解与相得益彰。这种状态只有通过将传统的生活方式内在化与审美化才能获得，审美体验取代道德体验成为回归自然的唯一途径。"②

对于如何回返自然，如何修复被文明玷污的自然和分裂的人性，卢梭寄望于道德体验，席勒则求助于审美体验和艺术感知，黑格尔则以哲学思辨的方式寻求答案。黑格尔通过艺术终结论，不仅表达了对古典艺术的向往和热爱，还发展了怀旧的反思功能。他的目的就是要借助启蒙自身的力量来克服启蒙所带来的现代性的分裂。这是一种发展的观点，也是一种积极的努力。在此，怀旧不再局限于对"过去"的价值取向和情感趋势，而延展为一种哲学化的思维方式，一种全面认识现代性的审美策略；怀旧也不再只是一种对现实"破"的力量，而已上升到一种"立"的精神。怀旧与反思一样都意味着对存在和现在（被认同为一具体化的和有限的形式）的超越，都是为将来的尽善尽美做准备。

无论是对存在与时间的分析，还是对现代技术的诗性批判，以及对人类诗意栖居之地的憧憬，海德格尔的著作始终萦绕着一种挥之不去的怀旧情绪。海德格尔认为，在现代性的进程中，人的主体性的确立，以对自然的开发与破坏为前提。现在社会的这种"人性中心论"，使人类根本地远离了存在之根。而如何回到人类生存的本真状态，海德格尔否定了技术自救的思路，指出诗意地栖居是返乡的唯一途径。

① ［德］席勒：《论素朴的诗与感伤的诗》，载张玉能译《秀美与尊严》，文化艺术出版社1996年版，第263页。

② 赵静蓉：《在传统失落的世界里重返家园——论现代性视域下的怀旧情结》，《文艺理论与批评》2004年第7期。

　　在自然的立场上对抗历史的前进，在回返过去与自然的过程中寻求发展的生机，自卢梭开始，在海德格尔这里达至顶点。事实上，在海德格尔之前，西方的哲学家斯宾格勒已经将怀旧的客体从传统的田园、乡村或自然转向了城市，怀旧开始真正地亲近每一个现代人，斯宾格勒开始从空间维度思考和开掘怀旧理论。这一从时间向空间及深度的转折，基于现代人对现代生活的认可和现代人质疑启蒙的策略调整。斯宾格勒将现代生活的本质认定为大城市的"思乡病"，指出了城市人四处漂泊，又受缚于现代文明没有心灵自由的宿命。斯宾格勒重新对历史、文化进行了全新的阐释，认为全人类的历史并不存在，存在的只是各种文化的历史，而文明则是"文化不可避免的归宿"。[①] 文化的没落和文明的崛起，使现代人从文化世界中的"文化人"变成了文明世界中的"文明人"。面对从"文化人"到"文明人"的转变，以及由此给人们带来的精神危机，斯宾格勒认为应该以将来的立场认同现实，为了现实的缘故而热爱现实。由此，自我认同在人对自身的异化现状及断片式生存的救赎中占据了越来越重要的地位，斯宾格勒的怀旧理论为探讨现代文化的转型展开了另一种可能性。

　　与上述西方社会侧重于从理性层面对怀旧理论谱系的构建不同，中国大批的诗人、作家注重从感性层面抒发他们的"怀旧"情怀。正如斯蒂芬·欧文所说的："中国古典文学渗透了对不朽的期望，它们成了它的核心主题之一；在中国古典文学里，到处都可以看到同往事千丝万缕的联系。'后之视今，亦由今之视昔'，既然我能记得前人，就有理由希望后人记住我，这种同过去以及将来的居间的联系，为作家提供了信心，根本上起了规范的作用。这样，古典文学常常从自身复制自身，用已有的内容来充实新的期望，从往事中寻找根据，拿前人的行为和作品来印证今日的复现。"[②]

　　追根溯源，中国文人的"怀旧"可以追溯到春秋战国时期。《礼运·大同篇》中记载了孔子的怀旧：昔者仲尼与于蜡宾。事毕，出游于观之

---

① ［德］斯宾格勒：《西方的没落：世界历史的透视》（上），齐世荣、田农等译，商务印书馆1995年版，第54页。

② 参见［美］宇文所安《追忆——中国古典文学中的往事再现》，郑学勤译，上海古籍出版社1990年版，第1页。

上，喟然而叹。仲尼之叹，盖叹鲁也。言偃在侧，曰："君子何叹？"孔子曰："大道之行也，与三代之英，丘未之逮也，而有志焉。"孔子在这里感叹的他没有赶上的世界，就是后文中的"大同世界"。尽管原始社会生存条件十分恶劣，可是，对于天地万物的崇拜，对于祖先的敬仰，使孔子在幻想中虚构出一个自由、平等，人与自然和谐共处的理想之国。作为儒家先圣宗师的孔子十分希望回到和谐的"大同世界"里去。除了孔子，春秋时期老庄对于天道自然的赞颂，也可以看作一种对已逝黄金时代的追寻。《诗经》中，"昔我往矣，杨柳依依；今我来思，雨雪霏霏"，这是从残酷战争归来之后，饱经沧桑的心灵对逝去的青春的怀念和感叹。而屈原的《离骚》，恰是悲情的爱国诗人对过去岁月和生活的哀叹，是屈原意识深处怀旧情结的隐现。曹操"譬如朝露，去日苦多"的伤感，陶渊明对"桃花源"的塑造与渴慕，都可以看作知识分子心灵深处"回归"意识的形成，这种意识自然而然地实践于其创作中，让中国文学充满了伤感而浓郁的怀旧色调。即使是在繁盛的大唐帝国，我们依然可以感受到崔护"人面不知何处去，桃花依旧笑春风"的惆怅，李白"日暮乡关何处是，烟波江上使人愁"的思乡。在李煜"故国不堪回首月明中"的追悔中，在苏轼"小轩窗，正梳妆"的如水深情里，在马致远"夕阳西下，断肠人在天涯"的伤感中，中国文学在浓重的怀旧氛围中一路走到了明清之际。清代后期出现的《红楼梦》，曹雪芹在追忆逝水年华的同时，在家族文化的书写中，显示出怀旧风生水起的开阔视野；在追忆家族崩塌的没落过程，营造出了"好一似食尽鸟投林，落得片白茫茫大地真干净"的庄严怀旧主题。

可以说，整个中国文学浸透了对逝去岁月的留恋！"怀旧"作为中国文学中常用的创作手法，从远古至清末，在历史和文学的更迭变化中，被反复激活、筛选、沉淀，渐渐成为古代文学家和艺术家创作中的"原型"思维结构，一种表现中国古典文学文艺思想连续性的潜在心理，其意义是不言而喻的。"作为一定心理结构，作家的怀古情结不同于一般意义上的咏古和回忆，也不是偶尔萌发的思古之兴，而是一种经过无数次刺激后积淀在潜意识中的深层记忆。它平常或许不露痕迹，但当诗人遇到类似的情感刺激时，便条件反射式地显现出来，影响诗人的情感和人格。它能把诗人心中最普遍、最深刻的东西通过怀旧的方式表现出来，并形成情感表达的一贯性和连续性……这是一种深层次的心灵观照，是一种高境界的社会反思。"①

古往今来，中西对照，对怀旧的追根溯源中，可以得出如下结论。

第一，怀旧首先是一种意识行为、心理现象，也是一种情绪或情感。它指向过去，通过对过去美好的忆念和想象，完成对当下不完满、不和谐现实的调节，从而使人最终获得一种审美愉悦的感受。

第二，怀旧是对过去的重构和对过去历史的再创造，这种重构和创造过程对于个体而言有着寻找自我认同的积极意义。当面临社会的急剧变革，传统与现实生活严重脱节时，怀旧可以使个体在变更的社会中重新找回自我，把握自我，从而继续展开对生存意义和生命归属的确证，有效防止认同危机的发生。而对于一个民族、一个国家而言，在怀旧中，传统的集体记忆被激活，可以防止人类整体历史突然中断的可能，从而使民族文化得以传承。

第三，怀旧面向过去，指向未来，在对过去的审视中蕴含着对未来的展望。"怀旧是人类的天性。那浩如烟海的典籍，那林林总总的博物馆，都是人类怀旧的杰作。人生每天都在创新，又每天都在怀旧。历史长着两双眼睛，一双向后，一双向前。"② 在对怀旧的本源进行探究的过程中，我们发现，怀旧不仅有其存在的理论基础和现实依据，更体现为一种指向未来的价值："怀旧是朝后看的镜子，但是从不可挽回的过去中发现的东西，或许有助于思考未来。"③

怀旧的本质是相同的，但怀旧主体想象过去，把过去现实化乃至协调自身与过去，与现在之间的矛盾冲突方式却不尽相同，由此怀旧的表现类型也各有差异。怀旧大致可以分为回归型、反思型及认同型三种类型。

首先，回归型的怀旧是怀旧主体最容易产生的一种冲动，怀旧主体认为过去的一切都是好的，而现实情况却是令人不满的，因此有强烈的返回

① 傅绍良：《论李白的怀古情结与心理调适》，《陕西师范大学学报》（哲学社会版）1995年第4期。

② ［美］阿克塞尔：《环球遍刮怀旧风》，《现代妇女》1995年第6期。

③ ［荷兰］杜威·佛马克：《无望的怀旧　重新的凯旋》，王浩译，《云南大学学报》（社会科学版）2004年第4期。

过去的倾向。回归型的怀旧对过去是否真的好并不存在质疑，而是以一种绝对的回望姿态表明对过去无可置疑的怀恋，往往通过现在与过去的对比，从而彰显出过去的温情、美好与神圣。这种回归型的怀旧最易演变成现代社会中具有商业气息的东西。或者说一种怀旧文化，比如说，"老照片""怀旧家具"以及"怀旧金曲"等。

其次，反思型的怀旧是现代怀旧中最频繁发生的一种形态，反思型怀旧对过去和现在都进行深入思考，对过去进行反思的同时，也对怀旧行为本身进行反思。反思型的怀旧一方面对过去充满依恋，但另一方面又质疑这种美好的真实性。在过去与现在的碰撞中，反思型怀旧主体的精神批判性得以彰显。反思型的怀旧认为不可能通过回归过去改变现实，因此，在过去与现实之间游移不定，表现出一种普遍化的乡愁情绪。

最后，认同型的怀旧是所有怀旧类型中最深刻的怀旧，是指以怀旧的方式完成认同。如果说，回归型的怀旧是朝向过去，反思型的怀旧是面向现在，那么认同型的怀旧就是指向未来。为了解决现实情境中的认同危机，怀旧主体在回顾过去、调整现实中保持自我的历史不被中断，从而获得进一步的发展。

二　西部乡土小说怀旧之缘起

当代社会中，全民性的怀旧之风兴起于 20 世纪 80 年代。以"上海怀旧"和"港式怀旧"为主要代表，"上海怀旧"的主体是"老上海"，即 20 世纪三四十年代，处于西方殖民文化语境下的上海。再现声色犬马的十里洋场、灯红酒绿的歌厅舞会，以及带有复古意味的旗袍、月份牌、爵士音乐、好莱坞老电影等，成为许多作家书写不辍的表现对象。上海作家素素的图文散文集《前世今生》，以图文并茂的方式，在大众阅读视野中重新建构老上海的时尚生活，《前世今生》由此成为引发上海怀旧风潮的一种信号。作家陈丹燕的"上海三部曲"——《上海的风花雪月》《上海的金枝玉叶》和《上海的红颜遗事》，以类纪实文学的形式，"寻访散落在街巷中的历史遗迹，回望她不曾经历过的旧日时光"，[①]带来一种新的上海怀旧叙事。资深编辑家、《良友》主编马国亮以《良友忆旧》为题，以旧上海的时尚杂志为切入点，回首前尘。而程乃珊则以"地道"的上

---

① 陈丹燕：《上海的风花雪月》，作家出版社 1998 年版，封底。

海人的身份，撰写"上海词典"专栏，并结集为《上海探戈》。90 年代，王安忆接续了怀旧的流风余韵，她的《长恨歌》是典型的上海怀旧的小说，通过一个曾被选为"沪上名媛"的女子王琦瑶的一生，见证整个城市的荣辱兴衰、沧桑变化。

这些作家共同建构了庞大的"怀旧社群"。作家们通过各种文化元素的整合，建构"想象中的上海"，完成了对老上海的认知。正如安德森（Benedict Anderson）所言，"想象"成了怀旧"认知"的内核。而想象的彼岸则是一个在历史脉络中淡去的文化"乌托邦"，其中蕴藏着"某一整套社会秩序和文化理想"。① "上海怀旧"体现出四个特点：一是"上海怀旧"是"绝对属于上海人的"，② 体现出上海人对于本土身份认同的追寻；二是"上海怀旧"体现出一种对中产阶级生活的向往，是上海人对于昔日繁华的自豪与留恋；三是"上海怀旧"是对于 1949 年之后上海地位衰落的"逆反"与不满，也是对于上海在现代化进程之下重新飞腾的自信与追求；四是"老上海之所以成为怀旧论述一再召唤的历史断片，实是因其乃是推动全球城市空间塑造的双重镜相交会之处：老上海既是过去，也是全球城市的未来"。③ "上海怀旧"虽然面向过去，实则暗含上海人在全球化时代对于再造辉煌的渴望。

与"上海怀旧"相同，"港式怀旧"也是一种都市怀旧。但是，港式怀旧产生的根源却大相径庭。"香港原是个政治冷漠的地方，在文化身份上任由英国与中国的国族叙事加以构造，但自 80 年代初中英谈判开始后，香港现有殖民地身份的消失，忽然唤醒了港人的本土文化意识，于是有了大量的重构香港历史的'怀旧'之作。"④ 作家董启章的小说《永盛街兴衰史》，以一位海外回归者的视角，探索香港一条街道的历史，在文字记录的永盛街渐次消失的过程中，表达出对香港历史追寻的一种迫切感。而李碧华的《胭脂扣》等小说以及由此改编的电影，在对旧香港风情的展现中，也有追忆香港历史的怀旧情绪。

---

① ［美］爱德华·希尔斯：《论传统》，上海人民出版社 1997 年版，第 277 页。

② 李欧梵：《上海的摩登与怀旧》，《中国图书评论》2007 年第 4 期。

③ 黄宗仪：《全球城市的自我形象塑造：谈老上海的怀旧论述》，《文化研究》2005 年第 9 期。

④ 赵稀方：《小说香港》，生活·读书·新知三联书店 2003 年版，第 155 页。

　　相比于以强劲的风潮之势出现的"上海怀旧"和"港式怀旧"，西部文学的"怀旧"则显示出了"润物细无声"的潜流状态。西部文学中的怀旧之风，应该肇始于80年代中后期，在以"追寻民族传统文化"为主旨的"寻根文学"的引领下，西部文学由此踏上了对原始神话、部落宗族、民风民俗、祖先前贤的"文化寻根"之旅。"绝对偶像的坍塌导致的不仅是人类信仰的毁灭，也把个体抛置到一种无所归属和意义虚无的荒凉境地。个体是脆弱无力的，但个体又不得不承担起在文化的荒原上重建意义价值范式和人类精神支柱的使命，因此把获救的希望重新寄托在古老的传统文化中。"① 其中代表性的作家是陕西籍的贾平凹。他在对故乡陕南山山水水、一草一木、历史传说和民俗风情的叙述中，展开了带有淡淡乡愁的怀旧之旅。张承志的《黑骏马》《金牧场》和《错开的花》，在对往昔生活的回视中抵抗现实的冷漠，全力捍卫在现实世界越来越遥远的信仰，凭着这一份倔强，他的小说成为西部文学怀旧之风中极具魅力的一个组成部分。而扎西达娃的《西藏，隐秘的岁月》中，也从民族之根中寻找重新崛起的缘由。

　　首先，新世纪以来，比之于中东部地区，中国西部地区还处于前现代和现代交织的发展时期。可是，随着现代化进程的加剧，西部工业化、城市化的脚步也持续推进，西部以农耕文明为主的乡土社会也逐渐受到侵袭。在物质生活逐渐丰富的同时，也伴随着人性堕落、道德恶化，世俗众生在无限物欲的追逐中，遗落了信仰与激情。面对新世纪的新变，许多西部作家开始回首西部乡村，西部乡村小说表现出对西部过往的人文景观、农村风情、历史事件、传统文化等的关注，在传统和现代的对照之下，由当下而抚今追昔，其中的怀旧意味显而易见。应该说，这是西部乡村小说兴起的现实基础。

　　其次，传统的乡村社会地域共同体的形成，以及由此产生的乡土感，是引发作家乡村怀旧的内因。费孝通在《乡土中国》一书中指出，乡土社会是一个"熟悉"的社会，"每个孩子都是在人家眼中看着长大的，在孩子眼里周围的人也是从小就看惯的"。② 他们生于这片土地，长于这片

――――――――――

　　① 赵静蓉：《怀旧》，载周宪主编《文化现代性与美学问题》，中国人民大学出版社2010年版，第46—47页。

　　② 费孝通：《乡土中国》，上海人民出版社2007年版，第9页。

土地，老于这片土地，因为彼此熟悉而相互信任。在农村的街坊四邻之间，关系也是如出一辙。而且乡村社会的街坊邻里之间，基于共同的语言、习俗、环境和历史等而相互联结，有着"持久的真正的共同生活"①。这种基于地域限制的共同居住极易形成一种"地缘共同体"。"共同体即一种生机勃勃的有机体，作为一种原始的或者天然的状态而存在。人们基于意志的相互选择和结合，在共同体之内生活和劳作。"② 共同体可以分为三类，分别是血缘共同体、地缘共同体和精神共同体。地缘共同体的形成以及由此衍生的浓厚的乡村人情味，都会对曾经有过乡村生活经历的西部作家有着持久的吸引力。然而，随着现代化进程的推进，熟悉的乡土社会正在渐次消失，地缘共同体也因之瓦解，往昔的乡土岁月已从乡村社会的日常生活走向历史的深处，转化为一份颇具地域色彩的乡土记忆。每个作家都有一片属于自己的乡土，怀旧是对过去的建构，西部作家对即将失去或已经失去的乡村的书写和忆念，是西部乡村小说具有浓郁怀旧氛围的根本原因。

　　最后，自 20 世纪 90 年代以来，从国家政策层面实施的西部大开发的发展策略，使原先相对偏远的西部各个省份，在新世纪以来也日益卷入全球化的进程之中。全球化的发展通过标准化、统一化和有效性来消灭地域性、差异性和民族性，从而追求建立一个井然有序的世界。在以西方为中心的现代文明已普遍渗入西部乡村的日常生活时，与此相应的代价则是西部本土的历史记忆、生活经验和传统文化的逐渐流失。当遭遇传统断裂的危机，西部作家在延续性缺失之下感受到的是扑面而来的认同焦虑。为了缓解和消除这种焦虑，西部作家希望通过对乡土地域、传统文化的重新发现和再审视，寻求到自我认同的归属感。西部作家主要展示乡村传统文化中温情和美好的一面，加深了读者对于过去的文化认同。但是它同时也将传统文化的断裂以哀婉的叙述生动地置于读者眼前，并不旨在呼吁回归传统，而在于以怀旧的形式悼念传统。西部作家首先展示了传统的美好，继而又将这份美好打碎，于是作家和读者都处在对传统文化的无限缅怀之中。

---

　　① ［德］斐迪南·滕尼斯：《共同体与社会：纯粹社会学的基本概念》，林荣远译，北京大学出版社 2010 年版，第 45 页。

　　② 同上。

第二节 即将消逝的"村庄"

"在 1990 年到 2010 年 20 年时间里，我国的行政村数量，由于城镇化和村庄兼并等原因，从 100 多万个，锐减到 64 万多个，每年减少 1.8 万个村落，每天减少约 50 个。它们悄悄地逝去，没有挽歌、没有讣文、没有祭礼，甚至没有告别和送别，有的只是在它们的废墟上新建文明的奠基、落成仪式和伴随的欢呼。"① 在这段略显伤感的文字中，一个毋庸置疑的事实摆在我们面前，即在全球化、工业化、城市化的历史大趋势中，在资本的不断侵蚀下，中国农村正在经历着从传统农牧文明向现代工商文明、从传统社会向现代社会的转变，中国的村庄正在悄悄地消失。

从 20 世纪 80 年代开始，中国的西部开始迈入一个前现代与现代交织发展的历史时期，虽然拥有自己的城市和城市文化，但总体发展态势仍然是属于乡土的。那些散落林立着的各式各样的村落，成为西部作家批判和咏叹的对象，共同构建起西部乡土文学色彩斑斓的风景。然而，新世纪以来，在全国性的村庄消失的浪潮中，西部的村庄也面临着委顿和消失的命运。西部作家"农裔城籍"的身份，他们早年在农村的生活经历，都让他们不得不对即将消逝的村庄投去深情的回望：他们眷恋着静态的乡土文明和村庄的传统文化形态，为日渐远逝的村庄抒写着悲怆的"挽歌"。这是新世纪西部乡土小说怀旧的主调，在忆念即将逝去的乡村文明进程中，包含着寻找自我认同的过程。另外，对于传统乡村社会的种种落后现象，西部作家也有着清醒的认识和反思。他们既渴盼村庄在现代化进程与城市文明侵蚀中获得新生，又对乡村的传统文明恋恋不舍。因此，作品中出现了一种游移和惶惑的情绪。而"游移是反思型怀旧最主要的审美风格"②，由此，在认同与反思两个方面，西部乡土小说的书写恰恰应和了怀旧的两种主要审美类型。

---

① 李培林：《从"农民的终结"到"村落的终结"》，《传承》2012 年第 5 期。

② 赵静蓉：《怀旧》，载周宪主编《文化现代性与美学问题》，中国人民大学出版社 2010 年版，第 37 页。

一　村庄及村庄意象

什么是村庄，不同的学者提出了各自的看法。刘沛林认为："村落成为农村聚落的简称，成为长期生活、聚居、繁衍在一个边缘清楚的固定地域的农业人群所组成的空间单元，是农村政治、经济、文化生活的宽广舞台。"① 而"社会学、民俗学研究认为，村落是社会的基本单位，它是由家族、亲族和其他家庭集团结合地缘关系凝聚而成的社会生活共同体"②。我们从这些定义中可以看出，村庄应该具有如下特点：（1）地理位置相对明确固定；（2）村庄所承载的群体必须是农民；（3）村庄有着特定的文化因子。

中国大地上的村庄分布广泛，历史悠久，形态多样。从地域上看，中国地域跨越四个温度带，内陆、海洋、平原、山地等地形地貌多种多样，造成了不同地域的村庄和村庄文化纷繁复杂、各具情态的现状。从历史上看，既有形成于南北朝时期的历史久远的古村落，又有着现代迁徙中形成的新村庄，其在形态的差异中演绎着中国社会历史的变迁。从称呼上看，由于种种历史、地理和文化的原因，不同地域对村庄有着不同的称呼：庄、屯、寨、坪、铺、岗、沟、营、堡等，不拘一格。从类型划分上看，按照民俗学的划分，村庄可分为"同姓村落"和"杂姓村落"。作为"自然生存"的社区形态，它的生产、消费几乎完全依靠大自然，所以与"人为存在"为特性的城市相比，村庄在抗争自然和改造自然的能力方面较差。近代以来随着工业化、全球化时代的来临，村庄开始了艰难转型。在西方现代文化强烈冲击下，旧有村庄格局被彻底摧毁，甚至很多村庄在这一过程中走向了消亡。与此同时，一些崭新的村庄在现代文化的影响下逐渐兴起。

所谓意象，是指"主体与客体之间形成的一种契合，是以具体可见的'象'，来表现抽象的、不可见的'意'"③。在中国传统美学中，意象是中国古代文论中非常重要的一个概念。"意象是中国传统文学艺术独

---

① 刘沛林：《古村落：和谐的人聚空间》，生活·读书·新知三联书店 1997 年版，第 1 页。

② 王恬主编：《古村落的沉思》，载《中国古村落保护（西塘）国际高峰论坛文集》，上海辞书出版社 2007 年版，第 68 页。

③ 李黎：《审美意象初探》，《上海文学》1984 年第 7 期。

有的一个概念，恐怕也是中国传统艺术思想中一个最重要、最基本的概念，其中积淀着深厚的中国文化意识，特别是哲学意识美学意识。"① 意象也是一个独特的美学范畴，在绘画、书法、文学，以及文学研究和艺术批评等领域，意象都发挥着重要的作用。"意象作为中华民族极有光彩和特色的叙事方式和谋略，从历史的深处走来，接受了时代的考验和询问，在融合外来的现代思潮和叙事经验中，丰富了自己的形态，深化和更新了原意象的含义，创造了新的意象组织形式和意义形态，从而焕发出更加璀璨的神采了。"②

从文学产生之初开始，村庄意象就是许多作家持之以恒的表现对象。然而，村庄作为一个现代性的文学意象出现，却是在现代社会兴起以后才开始的。工业文明诞生后，农业文明作为一个独立的形态才被放大和凸显了出来。在西方，19 世纪工业文明的推进，其与农业文明的冲突催生了大批乡土作家和文学创作，法国的哈代、美国的库波、意大利的维加尔等人的创作都在这一背景下诞生。中国古典文学中虽然有大量书写田园风光与田园生活的诗歌、散文，可是，村庄作为一个独立的意象却出现在五四后的现代文学中。这是因为，古老的中国传统社会以农耕文明为主体，农村所占比例远远超过了城市。而农业经济发展缓慢，超稳定的自给自足的经济模式造成了手工业、商业的缓慢发展，直到近代中国社会大部分依然是"鸡犬之声相闻，老死不相往来"的小国寡民状态。因此，"中国的历史，是一部村落演变的历史，任何一部地方史志，都是从一个小小的村落开始写起的。因此，中国是由不计其数村落组成的传统的农业大国"③。随着近代社会的结束、现代社会的开始，20 世纪 30 年代，中国出现了历史上第一个国际化的大都市——上海。至此，中国的城市、小镇、村庄才有了明确的界限，各自的职能才日益明朗起来。生活在都市中的居民与分布在不同区域土地上的农人，在各自不同的社区中发展着不同的文化。中国广袤大地上的村庄仍然延续着传统的存在形态，但是，随着外界的现代化的力量以势不可当的冲击力突入封闭的村庄世界，古老的村庄开始了艰

---

① 郜元宝、张冉冉编：《贾平凹研究资料》，天津人民出版社 2005 年版，第 100 页。

② 杨义：《中国叙事学》，人民出版社 1997 年版，第 329 页。

③ 贾兴安：《村庄里的事物：中国民间的乡土文化情绪》，河北教育出版社 1996 年版，第 4 页。

难的蜕变。村庄由此也开始进入了现代文学的视域，成为作家思想情感表达的重要载体。

中国现代文学伊始，鲁迅首先开创了乡土文学写作的传统，乡土文学由此成为中国新文学中的重要组成部分。乡土文学的出现有其深刻的社会历史渊源和文化背景，1840 年之后，中国被迫卷入世界现代化的进程中，现代文化的兴起，使传统的乡土社会面临着没落的危机。现代文化所隐藏着的一个重要命题就是：探讨那些在现代化进程中行将湮灭的东西。传统乡土社会主要以村庄为单位构成，村庄意象由此成为中国现代乡土文学中的一个重要发现。"绿树村边合，青山郭外斜"的自然风光，"方宅十余亩，草屋八九间。榆柳荫后檐，桃李罗堂前"的村街房舍，各具特色的阡陌交通，"百里而异习，千里而殊俗"的村庄社会所特有的生活习俗和价值观念。这些古代文人诗词歌赋中经常咏叹的村庄，在新文学作家的笔下，不断地被赋予更加丰富独特的内涵。在鲁迅、沈从文、废名和赵树理的笔下，出现了未庄、茶峒、黄梅村、刘家峁等一系列风格各异而又发人深思的"村庄"。与古典文学中的村庄相比，在 20 世纪风云际会、跌宕起伏的历史大变迁和社会大变革中塑造的村庄形象，蕴含着更为丰富的现代性意味。

新时期以来，从历史的演变、文化与人性的变迁中，作家们塑造出形态各异的村庄形象。这些村庄都是转型期中国乡土社会的生动写照，它们承载着作家的情感与思考，折射出不同时代、不同地域村庄人的情感变迁，既有对乡土中国走过道路的反思，揭示了转型中村庄的困境和尴尬；也有对即将逝去的村庄的审美观照，有浓厚的乡愁意味。李锐笔下太行山麓的矮人坪、郑义的老井村，迟子建小说中东北边地的北极村，孙惠芬关于辽南歇马山庄的塑造，阿来笔下的藏东南边地的机村，路遥《人生》和《平凡的世界》中陕北高原上的高家庄、双水村，贾平凹陕南山地中的棣花街，李佩甫的呼家堡，阎连科的受活庄，雪漠笔下的黄沙梁、沙湾村……文学世界中的村庄塑造变得越加繁荣，在地域分布上已经遍布整个中国地理版图。"村庄形象"的谱系更迭，所表现的就是中国农村社会历史的变迁。

二　西部乡土小说中的"村庄"

新世纪西部乡土小说中的"村庄"，本质上是西部作家认识和叙述西部乡村的一个角度，是一种话语方式，将其放在整个当代西部文学的背景中去考量，有着独特的价值和意义。在"十七年"文学中，以柳青为代表的乡土叙事，在政治话语背景中叙述的村庄，有着强烈的政治色彩。而新时期以来，柏原、邵振国、杨争光、陈忠实等作家，继承了以鲁迅乡土小说为代表的启蒙叙事，村庄的落后愚昧，村民的保守、不思进取，是他们进行社会批判和文化批判的主要话题。而贾平凹、路遥、雪漠等人的笔下，接续了废名、沈从文为代表的"田园牧歌"式的叙事传统。乡村中淳朴的风俗民情、单纯美好的人性、人情，成为他们返归故乡找寻精神宿地的有效途径。新世纪以来，开端于20世纪80年代末期的西部乡土社会转型，其节奏呈现明显加快的趋势。与上述话语环境中的"村庄"不同，转型期文化语境中的"村庄"，呈现出诸多新的特质。

　　新世纪西部乡土小说中建构了两类看似不同，实际上却代表了相同历史发展趋势的"村庄"。前者以贾平凹《秦腔》中的"清风街"、阿来《空山》中的机村、刘亮程《凿空》中的阿不旦村为代表，传统的农村正在没落，谁也无法扭转它倾颓的局势，它不可避免地要面对或被现代化的利器"凿空"，或从在地理上彻底消失的命运。后者则以高建群《大平原》的"高家庄"为代表，《大平原》的结尾，崭新的"第四街区"取代了"高家庄"，此类村庄可以称为"崛起的村庄"，是已经开始迈入现代化的村庄。不管是传统旧村庄的没落，还是现代化新村庄的建立，它们指向的都是中国农村发生的变革，以及在这一变革中传统意义上村庄的"消逝"或"终结"。"中国数以十万计的内陆村庄正在蜕变成'空心的村庄'，被现代化所遗弃的性质使之忍受着孤寂和无言。……对很多人来说，'乡村'这个词语已经死亡。不管是发达地区的'城中村'，还是内陆的'空心村'，它们都失去了乡村的灵魂和财宝，内容和形式。一无所有，赤裸在大地上。"① 面对即将消逝的村庄，西部作家根深蒂固的乡土情感被激发，他们以自己的文字为故乡树碑立传，唱响一曲曲动人的挽歌。

　　2005年，贾平凹出版了50万字的长篇小说《秦腔》，这是作家试图为故乡"树碑立传"的一部作品。小说中的清风街，实指贾平凹的故乡棣花街。"我的故乡是棣花街，我的故事是清风街，棣花街是月，清风街

---

① 柳冬妩：《打工诗人：在城中村抱住最后的土》，《读书》2014年第6期。

是水中月，棣花街是花，清风街是镜里花。"① 小说采用密实的流年式的叙述方式，将清风街一年多时间里鸡零狗碎的日常生活，以及清风街人的生老病死呈现于文本之中。清风街裹挟在商品化、市场化的大潮中，逐渐发生着悄悄的变化，这种变化看似是在不经意间发生的，然而，它们一点一滴累积起来，就会发生翻天覆地的变化。这种变化是不可逆转的，贾平凹对此有着清醒的认识："我清楚，故乡将出现另一种形状，我将越来越陌生。它以后或许像有了疤的苹果，苹果腐烂，如一泡脓水，或许它会淤地里长出荷花，愈开愈艳。"② 这种变化在小说中随处可见。《秦腔》中的清风街，是带有着传统色彩的陕南村镇，村民居住的主要是一明两暗的硬梁房，村镇的街道有木板门面老街，有高高的台阶和大的场子，清风寺、戏楼、染坊、压面房、铁匠铺、裁衣店和纸扎坊都林立于村镇中。然而，随着 312 国道的改造，使清风街损失了半个屹甲岭，四十多亩耕地和十多亩果园，也让原来从土改到改革开放期间一直担任清风街村委会主任的夏天义下了台。夏天义辞职以后，夏君亭成了新任村主任，上台伊始，他就要在清风街建农贸市场：

> 他就展示了蓝图，竖一个能在 312 国道上就看得见的石牌楼；建一个三层楼做旅社，三层楼盖成县城关的"福临酒家"的样式；摊位一律做水泥台，有蓝色的防雨棚。他不看大家反应，拿了树棍在墙上划着算式给大家讲：以前清风街七天一集，以后日日开市，一个摊位收多少费，承包了摊位一天有多少营业额，收取多少税金和管理费，二百个摊位是多少，一年又是多少？说毕了，他坐回自己的位子，拿眼睛看大家。君亭本以为大家会鼓掌，会说：好！至少，也是每个脸都在笑着。但是，会议室里竟一时安安静静，安静得像死了人。③

农贸市场的建立的确可以给清风街带来了一定的经济效益，但它是以损失几十亩肥地为代价，因此，以夏天义为代表的一部分清风镇人对此极

---

① 贾平凹：《秦腔》，译林出版社 2012 年版，第 480 页。
② 同上书，第 478 页。
③ 同上书，第 75 页。

力反对。但是，农贸市场还是在乡政府的批准下建起来了，而丁霸槽与夏雨就借此机会模仿城市建立了酒楼，酒楼招引来了大吃大喝，招引来了投机客商，招引来了舞女和妓女。由此，土地更加抛荒，原本宁静安详的清风街逐渐开始蜕变为一个商业型的村镇。

　　清风街的变化，不止于高楼代替瓦屋，流行音乐代替秦腔，更重要的是清风街在农村变革的大潮中，素朴乡土人情和伦理秩序都呈现出的衰败局面。如前所述，传统的乡土社会形成的"地缘共同体"，其显著特征就是因熟悉而亲密，因亲密而产生的患难与共的乡土人情。然而，在《秦腔》中，这种素朴的乡土人情正在逐渐消失。清风镇上，决定着人与人关系的是权力与金钱。小说中的村支书秦安与村主任夏君亭在是否修建农贸市场的问题上存在分歧，君亭没有想办法通过正常途径解决，反而出"阴招"，趁秦安等人在文化站玩牌时举报派出所抓赌。秦安被抓后，颜面扫地，请辞村支书一职，君亭如愿以偿地建起了农贸市场。除了干部之间为了政绩而发生的钩心斗角，小说还通过抓超生工作的白雪的堂姊改改这样一个事件，写出了在完成政绩和指标的考虑下，乡土社会的人情已经荡然无从。受到与改改家有矛盾的乡民当存（两家以前为地畔吵过架）的举报，妇女干部金莲等带人入户抓捕改改，改改藏在白雪家，金莲等人甚至不惜向以前的好友白雪施行缓兵之计，故意把她引开，然后入户捕人。小说这样描写：

　　　　柴草棚里的蚊子能把白雪的婶婶吃了，她不敢拍打，只用手在脸上胳臂上抹，抹得一手腥血。金莲当然回家去了，刘西杰和周天伦还坐在大西堂门口把守，赵宏声去做结扎手术时手术已经做不成，对刘西杰和周天伦说改改怕是要生呀。刘西杰说："那你就接生吧，孩子一生下来处理掉！"赵宏声说："生下来了咋能捏死?!"刘西杰说："生下来了你喊我！"刘西杰和周天伦在前边的药铺里喝酒，你一盅我一盅，喝得脚下拌蒜。[①]

　　不管是因为私仇而举报他人的乡民，还是置情谊不顾施行计策的金莲，无不让人觉得寒心。除此之外，为了钱，原本纯情的翠翠与恋人陈星分道扬镳，在省城出卖肉体。羊娃因偷盗 200 元而杀人；庆玉与黑娥、三

---

　　① 贾平凹:《秦腔》，译林出版社 2012 年版，第 301 页。

踅与白娥因金钱而存在的苟且关系；武进捉奸、李英民赔钱；等等，不一而足。小说写出了平静的清风街背后暗流涌动的欲望、失序的乡村现实、混乱的人心，乡土社会本来应该拥有的美好恬静、古道热肠，就这样离我们越来越远了！在《秦腔》的后记中，贾平凹表达了他在小说中未尽的挽歌情怀和文化没落的伤感情绪：

> 体制对治理发生了松弛，旧的东西稀里哗啦地没了，像泼去的水，新的东西迟迟没再来，来了也抓不住，四面八方的风方向不定地吹，农民是一群鸡，羽毛翻皱，脚步趔趄，无所适从，他们无法再守住土地，他们一步一步从土地上出走，虽然他们是土命，把树和草拔起来又抖净了根须上的土栽在哪儿都是难活。……我站在街巷的石破子碾盘前，想，难道棣花街上我的亲人、熟人就这么快地要消失吗？这条老街很快就要消失了吗？土地也从此要消失吗？真的是在城市化，而农村能真正地消失吗？

一切都处在变动之中，故乡土地上的人物、生活方式、乡土人情也在逐渐逝去，而且永远流失，一去不回。贾平凹借小说中的"清风街"为自己的故乡棣花镇唱响了一曲跌宕起伏的挽歌。

阿来的《空山》，由《随风飘散》《天火》《达瑟与达戈》《荒芜》《轻雷》和《空山》六卷组成，这是作者继《尘埃落定》之后的第二部长篇小说，也是他在十年沉淀之后为故乡唱响的一曲忧伤的挽歌。阿来有条不紊地讲述了川藏边地一个以藏民为居住群体的名叫机村的小村庄，在20世纪50—90年代四十多年时光中发生的历史变迁。然而，阿来在《空山》中，表述的重点不是机村的历史，而是在现代性政治意识形态和经济合围冲击之下，这个偏僻的藏族村庄注定也被迫消亡的现实。阿来在接受《新京报》记者采访时所说："乡村不再是自己主宰自己的命运，乡村的命运是被另外的，或者抽象的叫国家也好，政治也好，具象的是以城镇为中心的政权辐射乡村，所以乡村已经没有自然发展，很多事件不是连续的。"①

---

① 阿来：《〈空山〉问答》（1），当当网（http://read.dangdang.com，content_ 639637ref=read-3-C&book_ id=2259）。

　　第一卷《随风飘散》，讲述的是机村的少年格拉的悲剧。格拉是一个私生子，父亲身份不明，母亲桑丹人长相很漂亮但有些神志不清，她一会儿清醒一会儿糊涂，与机村不同的男人纠缠在一起，是别人眼中的坏女人，机村人因此看不起格拉。唯有恩波的母亲经常照顾格拉和他的母亲桑丹，所以格拉对恩波一家充满了感激。恩波的儿子兔子从小就跟格拉一起长大，两人感情甚笃。机村修好了公路，在庆祝通车的时候，兔子被鞭炮所伤。所有的人都不承认是他们炸伤了兔子，将矛头对准并不在场的格拉。兔子因为外伤感染死去，格拉在机村中受尽冷漠，也随着疼爱自己的额席江奶奶一同死去。少年格拉的悲剧说明，现代性以无孔不入之势让藏族的宗教文化和伦理道德渐渐发生着改变，人们变得势力、冷漠。机村人曾经的善良热情、温暖的人性已经随风飘散了。小说以一个饱受苦难的少年形象统领全局，耐人寻味。

　　第二卷《天火》，开篇叙述的是为了获得来年庄稼的丰收，按照机村多年的惯例，巫师多吉冒着进监狱的危险，放火烧荒。多吉按照他的预想进入监狱，不久，"文化大革命"开始，一直以来庇护他的拘留所所长老魏和村长格桑旺堆被年轻人取代。一场原因不明的天火降临在机村周边的森林，人们开始紧急救火。为了灭火，指挥部决定炸湖引水扑火，结果，湖出人意料地坍塌了，大火却将机村的山林尽数烧光。在这场貌似偶然的天灾背后，隐藏的其实是人祸。原本相信万物有灵、信奉神话的机村人，在强势的政治意识形态的影响下，不但生存环境受到破坏，而且他们的生活方式和人生信仰也都发生了彻底改变。在机村逐渐消逝的过程中，美好神秘的藏族文化也在发生着改变。

　　小说的第三卷《达瑟与达戈》，这是《空山》中唯一一卷以人名命名的篇章，讲述的是两个青年人之间的友情从建立到破灭的故事。在去求学的途中，达瑟遇到了惹觉·华尔丹，两人成为朋友。"文革"爆发后，达瑟带着大批书籍来到机村，与此前为了心上人抛弃了军队前程，成为机村的一个猎人的惹觉·华尔丹重新相遇。惹觉·华尔丹被机村人称为达戈，即"傻瓜"之意。达瑟将房子建在树上，他的树屋中放满了书，但是真正能读懂的只有画满各类植物与动物的《百科全书》。达戈为了心上人美嗓子色嫫建造了一座房子，可是，他并没有得到色嫫。为了色嫫想要的电唱机，他违背机村人兽和平共处的原则，将猎枪对准了猴子。达瑟因为达戈滥杀猴子与之决裂，后来达戈与熊同归于尽。小说中的达瑟，秉承着机村人与自然和谐共处的古老观念，他的树屋、《百科全书》都具有这样一种隐喻功能。而达瑟则代表着机村的另一种力量，为了功利的目的而破坏古老的法则。在《达瑟与达戈》中，阿来不仅关注外来的政治文化对机村的破坏，还将忧虑的笔触指向了在功利、金钱的诱惑之下，机村人对自然生态的破坏。

第四卷《荒芜》与《天火》一样，也讲述了天灾——一场泥石流，对机村造成的损坏。然而，与土地的荒芜相比，更大的损害来自人心的荒芜。多年之后，很多人都离开机村外出赚钱，土地荒芜，无人耕种。与当年在泥石流之后，林驼子带领村人寻找土地形成了强烈的反讽。

《轻雷》是整部小说的第五卷，市场经济以雷霆之势席卷整个机村，拉加泽里来到被机村人称为"轻雷"的双江口镇，靠做木材生意发了家，由于砍树一天的收入可抵得上种庄稼一年的收成，机村人因此纷纷效仿。第三卷中，为了阻止火灾，伐木场曾经将放倒了机村周围山上的许多树木，这些树木放下山被泥石流所淹没。在金钱欲望的刺激之下，机村人想方设法挖尽了这些树木后，又将砍伐的矛头对准曾经赖以生存的郁郁葱葱的大森林，连珍稀树木都不放过。机村人不再敬畏自然，自然成为他们致富的工具。

最后一卷中，这个在政治运动和经济发展双重刺激之下的小山庄，由于修建水电站而即将消失。

小说看似讲述了六个不同的故事，实则是一个统一的整体。综观小说的各卷，"随风飘散""天火""荒芜""轻雷"和"空山"，都是饱含深意的重要意象。风与火之后是荒芜，轻雷的声音是空山变异的前奏，而这一系列既是物质的也是精神的隐喻，最终造就了"空山"的整体意象。这不是王维田园诗作中的"空山"，而是作家带着疼痛和悲悯的"空山"。阿来聚焦藏族的一个小村庄，在历史与现实两个维度，展示了一个曾经自然原始、人神共处的乡村逐渐被外来的政治文化、金钱至上的观念所异化、陨落和消失的整个历程，为逝去的机村唱了一曲孤独悲怆的挽歌。这一点，与贾平凹的《秦腔》有异曲同工之处。

刘亮程的《凿空》，小说在"西气东输"时代大潮中展开叙述。在阿不旦村，当人们听闻"西气东输"和传说中的"西部大开发"，受到利益的驱使，阿不旦村的张旺财和玉素甫开始偷偷地在村子下面挖洞。两人怀着不同的目的在黑暗中挖洞，却都逃不过悲剧的结局。《凿空》看似讲述了一个荒诞不经的故事，却充满着极大的隐喻意义。在小说中，钻井架、输油管道、油田、卡车、拖拉机、三轮车、柏油马路等现代化的物象已经开始入侵阿不旦村，与阿不旦村人以前生活密切相关的驴子、坎土曼等传统的交通、生产工具逐渐被淘汰。在阿不旦村人浑然不觉中，他们居住的村庄已经被"凿空"。事实上，凿空的主要力量，不是张旺才和玉素甫，而是现代化无孔不入的强力。刘亮程选择了"凿空"一词，来喻指村庄的现实境遇。

2008年，同为陕西籍作家的高建群出版了他的长篇小说《大平原》，在其扉页上，高建群写下了这样的作者题记：

> 谨以此
> 献给我的从黄河花园决口中逃难出来的母亲；
> 献给我的所有故世的和健在的亲人们；
> 献给渭河平原；
> 献给在世界工业化和都市化进程的今天，所有那些已经消失和正在消失的中国村庄。

这段题记鲜明地传达了作家创作本书的主旨，就是在对家族的历史和今天的叙述中，为即将逝去的村庄树碑立传。高建群曾经说道："《白房子》是我献给新疆的作品，《最后一个匈奴》是写给陕北高原的作品，但是一直没有一部作品写给生我养我的故乡——渭河平原，这就是我为什么要写这样一部作品。"① 高建群用《百年孤独》式的家族史的叙事方式，叙述了渭河平原上几代人的生活，苦难中交织着幸福，死亡中孕育着新生。在一个家族的历史变迁中，高氏家族赖以生存的高家村的形象也浮现在读者面前。在这一带有自传色彩的家族史和村庄史的书写中，作家也借此开始了自我的怀旧旅程：童年的记忆、故乡的面貌、作家对精神家园单纯而浓烈的情感，以及即将被取代的哀婉和眷恋之情，都通过小说文本得以淋漓尽致地体现。

小说中巧妙地选取了一个童年视角，叙述苦难与幸福交织的家族历

---

① 黎峰：《我把每一件作品都当作写给人类的遗嘱——对话高建群》，西部网（http://cul. cnwest. com/content/2009-08/28/content_ 2352773. htm）。

史，以此来回返精神家园。"童年体验作为人类个体的一种本真的生命体验超越了世俗的干扰，是对经历物所作的天然纯真、直观的把握，因而这种体验最接近人的本性，是最真实、天然的，也是最具有普遍的人生意义的。"① 高建群在小说中写父辈和自己的童年记忆，都采用亲历者的叙事方式，让童年记忆更加真实而美好。小说开篇写到让人啼笑皆非的乡间生活的一幕戏剧，即被称为乡间美人的祖母高安氏的骂街。高建群细致入微地描写了高安氏骂街时的外貌打扮，以及她从东堡子到西堡子、又从西堡子到东堡子的整个骂街过程。此后，又交代了高安氏骂街的原因。高安氏的丈夫即我的爷爷并不是高村人，他只是顶门来到高村并继承了高老太爷家产的人，这直接导致了高村人的不满，在高老太爷死后，他们决定把高安氏一家赶出去。自此，开始了"我"的祖母的骂街，并以这种方式，使一家人在高村站稳了脚跟。小说以童年视角下这样一副乡间生活的戏剧为开局，逐渐衍生出高二圆房、高大娶亲、顾兰子生娃、黑建出头等高家的一幕幕人生剧。凡是在农村中生活过的人都知道，骂街是乡间常见的一种情景。乡村社会多有一套属于自己的伦理秩序，这是一个属于"人治"而非"法治"的社会。乡村中人发生各式纠纷，会采用不同的方式来解决，骂街就是常见的一种。乡村中性格泼辣的女性，往往以骂街方式来发泄不满。而这一戏剧化场景的书写，往往会引起许多人的共鸣。高建群笔下祖母的骂街，我们感受到的不是丑恶，反而是一种温情的存在，它正好体现了乡间生活充满野性且生机勃勃的一面。

　　高建群对于精神家园的回返，不仅表现在对于乡间童年、少时印记的回忆，小说还大篇幅描绘了渭河平原的风景。如果说贾平凹在《秦腔》中皴染了一幅当代农村社会变革的"清明上河图"，那么，高建群以工笔描绘的手法绘制出了一幅渭河平原波澜起伏的风景图。小说第一章写"渭河和渭河平原"，著名评论家胡平认为："这个一开始的环境描写，是我所见过这十年里面长篇小说开头的环境描写最好的，里面有东西。这种东西是作者下了功夫的。"② 作者写渭河的形成过程，说它是一条北方的哀伤、滞重、沧桑的河流。接下来作者写渭河平原，写它的历史，写渭河

---

① 童庆炳：《现代心理美学》，中国社会科学出版社 1993 年版，第 106 页。
② 《高建群〈大平原〉作品北京研讨会会议全文》（2009 年 12 月），西部网（http://news.cnwest.com/content/2009-12/30/content_2687145_17.htm）。

平原上村庄的诞生。由景及人，寓情于景，作家实际表明了一方水土与一方人的关系。一方面，以河流和土地的苦难来隐喻生活在其中的民众的苦难；另一方面，借河流的左奔右突、拐弯抹角、百折不挠来象征人民在苦难面前进行的不屈抗争的生存姿态。除了第一章以专章呈现渭河及渭河平原的壮阔之外，其他各章也时时出现对故乡风景的深情描绘，这样一幅幅渭河平原的风景画，与小说最后乡土风景终究被城市景观所取代，高家村也被第四街区所替代形成鲜明对比，意味深长地传达出作家浓浓的乡愁。

在作者的心中，大平原不仅是地理意义上的物质家园，更是心理意义上的精神家园。大平原是作者生活中的恩师，它教会人们如何面对生活中的苦难，小说中，作者处处流露出对于大平原的感恩之情。"故乡啊，我亲爱的故乡！我看见过苦难，经历过苦难，但是，我永远不抱怨生活。相反，我应当永远怀着感恩戴德的心情，感谢这块平原在那个困难的日子收留了我。这种阅历是一笔财富，它将够我终生受用。"[①] 大平原不仅是作者本人的精神家园，也是全人类精神家园的一部分，从中可以获得人生的真谛和存在的意义。然而，大平原却在现代化进程中消失，因此在作者心中留下了巨大的悲痛。作者在小说中将这种苦痛之情写得悲天动地："如今这些村庄，这些故事，这些人物，都将被残忍地抹掉，像风一样地刮去，从大地上消失，从人们的记忆中消失。"[②] "你看见过这些古老的、笨重的、冒着炊烟的村庄，被从大地上连根拔掉时，那悲壮的情景，那大地的颤栗和痛苦吗？"[③] 高建群在书中用高家的老槐树被挖象征大平原上的一切都被连根拔起，连那深埋的文化、文明都被斩断，只留下夕阳西下一群无所依傍的人们。一旦人们连对精神家园的情感记忆也能抹去，即便我们很富有也会最终变为成功的牵线木偶和金钱的匆匆过客。总之，高建群对于大平原的书写，既是精神家园的回返，也是人文精神的寻根。韩少功认为作家们对区域文化的挖掘"不是出于一种廉价的恋旧情绪和地方观念，而是一种对民族的重新认识，一种审美意识中潜在历史因素的苏醒，一种追求和把握人世无限感和永恒感的对象化表现"[④]。高建群在大平原

---

① 高建群：《大平原》，北京十月文艺出版社 2009 年版，第 179 页。

② 同上书，第 263 页。

③ 同上。

④ 韩少功：《文学的"根"》，《作家》1985 年第 4 期。

中正是通过对渭河上高村家族史的变迁，来重新认识这一地域民族的生存样态和精神品格，既让我们徜徉在瑰丽奇幻的民间文化中，也为我们寻找到一种安顿心灵的人生哲学。

在《秦腔》《空山》《凿空》和《大平原》中，作家们在小说文本中建构了"清风街""机村""阿不旦村"和"高家村"等村庄意象，借此传达出对西部大地上即将消逝的村庄的认知。在贾平凹的笔下，清风街从里到外、从物质到精神，都显示出一副破落、衰败的气象。阿来的机村，则即将从中国的版图上消失，"阿不旦村"的地底已被凿空，"高家村"则被崭新的第四街区所取代。"村庄"就这样消逝了，它只能成为作家记忆里的一种乌托邦式的存在。作家在面对和处理村庄不可避免的消逝命运时，有一种"无可奈何花落去"的沧桑和悲凉。

三　村庄意象与认同危机

本雅明曾经用形象化的诗句言说过去与未来，写道："天使想停下来唤醒死者，把破碎的世界修补完整。可是从天堂吹来了一阵风暴，它猛烈地吹击着天使的翅膀，以至于他再也无法把它们收拢。这风暴无可抗拒地把天使刮向它背对着的未来，而他面前的残垣断壁却越堆越高直逼天际。这场风暴就是我们所称的进步。"[①] 这里"新天使"的隐喻，正是处于现代性裹挟之中许多西部作家的写照。作家们回首过去，却不得不在现代性的激流裹挟中面向未来。村庄在现代性进程中不可避免地离我们渐行渐远。作家们唯有在小说中凭借记忆和想象来建构村庄的历史，慰藉着怀恋过去的心，这正是新世纪西部作家怀旧心理的典型映现。有的村庄在地理位置上开始消失，被崭新的开发区所替代；有的村庄虽然物理上并没有消失，可是已经显示出倾颓的迹象，恬静美好的村庄田园景象注定被钢筋水泥浇筑的高楼大厦取代。基于地域的封闭，生活于乡土村庄中的人，拥有一种"稳固的温暖或亲密的关系网络"，而这种关系网络已经开始逐渐被打碎，取而代之的是现代社会中人与人之间的"礼貌的疏远"[②]。街坊四邻熟稔亲切的乡土情感注定被隔离，被一种新的关系所取代。

①　[德] 瓦尔特·本雅明：《启迪：本雅明文选》，汉娜·阿伦特编，张旭东、王斑译，生活·读书·新知三联书店 2008 年版，第 70 页。

②　[英] 安东尼·吉登斯：《现代性的后果》，田禾译，译林出版社 2000 年版，第 90 页。

　　西部乡土小说中的村庄意象，一方面是通过对村庄历史的回顾，让我们再度感受那份久违"乡土感"——由生于斯、长于斯所决定的熟人环境和共同劳作的亲密关系。作家身居都市而遥想乡土的村庄，从而生出一种浓厚的乡愁。另一方面是通过"返乡"，作家展开对村庄现实的书写。抚今追昔，在现实与历史的对照中，发现古老的村庄正在经历着巨大的变革，现代性已经改变了我们曾经生活过的村庄，已经没有任何可能的途径重返故园。返乡，乡愁更无法治愈。现代人身当此际心系过往，却加剧了因由时光的变迁和空间的位移带来的悲伤与失落。

　　在中国古典文学中，"村庄"是感性的存在，它常常与"家园"一词相连，是对出生和栖居之地的经验性表达，寄寓着熟识、亲近、眷恋及舒适等情感因素。人类现代性的进程，实质就是村庄或家园被不断瓦解的过程。乡土家园已无法修复，并在现代人的视野中渐行渐远。乡土家园的沦丧意味着地缘共同体的瓦解，与此相伴而生的便是身份认同的焦虑。伯曼说："正是开发的过程，甚至在它把荒原变一个繁荣的物质空间和社会空间时，都在开发者自身的内部重新创造出了那片荒原。这就是开发的悲剧起作用的原因。"① 在告别乡土家园之后，个体在成长中遭遇断裂，心灵在荒原中游荡而无所皈依。于是，"无家可归"的个体在延续性缺失的情况下开始在记忆中寻求认同。"认同"（identity）一词又被译为"身份""同一性""自我同一性"或"自我认同"等，最初的提出者是德国心理学家埃里克·埃里克森。他指出，认同"是指一种自然增长的信心，即相信自己保持内在一致性和连续性的能力。这种信心是与他对别人保持的一致性和连续性相协调的"②。埃里克森认为，认同危机多发生在一个人的青春期。事实上，由于生活方式或模式巨变对现代人生活的巨大冲击，许多成年人也极易发生认同危机。在面对认同危机时，人们不约而同地转向对历史、过去的追寻，"怀旧是我们用来不断建构、维系和重建我们的认同的手段之一"③。西部作家以自己的一腔乡情书写西部村庄的历史和现实，为故乡树碑立传，希望故乡在他们的文字中得以永久存活。通过寻

---

　　① ［美］戴维·哈维：《后现代状况》，阎嘉译，商务印书馆 2003 年版，第 26 页。

　　② 莫雷主编：《20 世纪心理学名家名著》，广东高等教育出版社 2002 年版，第 797 页。

　　③ ［美］弗雷德·戴维斯：《怀旧和认同》，载王丽璇、毛如雁译、周宪主编《文学与认同：跨学科的反思》，中华书局 2008 年版，第 105 页。

找永恒的"在家感",从而使认同危机得以缓解。然而,鲍曼尖锐地指出,"一旦它开始赞美它独一无二的勇气,热情地讴歌它的原始纯洁的美,并坚守附近的地盘,即它冗长的宣言要求它的成员欣赏它的奇妙,并要所有其他的人要么敬佩它要么就闭嘴,那么,可以肯定的是,这一共同体也就不再成为共同体了"①。我们由此可以得知,作为地缘共同体存在于小说中的村庄,作家讴歌它的美好,缅怀它的逝去,可是这一切的赞美与怀念、向往与想象,都意味着它的消逝,并永不复现。村庄的消逝,也意味着现代人的认同危机无法从根本上得以解决。"日暮乡关何处是,烟波江上使人愁",在村庄的没落中,西部作家有了浓得化不开的乡愁。

第三节　民俗人生与风物追忆

"西部是中国的民族博览会,是民族文化的百花园。"② 中国西部的大地上遍布着不同的民族,每个民族都有着自己独特的、风格各异的民俗风情。与中国东部相比,西部的民俗风情更为驳杂丰富。而且西部人对异质民俗风情的接受,要比其他地区的人显得更容易。"西部人的心灵挟带着多层面的声音,造就了他们对异质文化具有较强的容受渗化能力、视角转换能力和智慧杂交能力。"③ 从 20 世纪 80 年代开始,西部作家对西部民俗风情的书写,成为乡土小说创作中一个惯常主题,也成为形成西部小说独特审美风貌的主要因素。

新世纪以来,除了以"消逝的村庄"为意象,表现对即将远去的乡土社会的挽歌情怀之外,西部作家同时也将关注的目光投向西部的民俗人生。在对民俗世相和民俗风物的追忆中,西部民俗不仅作为作家的审美资源,而且是他们表达乡土情结的载体。在物欲喧嚣的现代性语境中,西部作家笔下安详的民俗人生、动人的民俗画卷,是他们得以重返故乡、安放灵魂的有效途径,其中都渗透着或浓或淡的怀旧情绪。

---

① [英] 齐格蒙特·鲍曼:《共同体:在一个不确定的世界中寻找安全》,欧阳景根译,江苏人民出版社 2003 年版,第 7—8 页。

② 肖云儒:《西部热和现代潮》,《人文杂志》2000 年第 4 期。

③ 同上。

一　民俗与民俗怀旧

所谓"民俗"，主要是指"创造于民间，流行于民间的具有世代相袭的传承性事象（包括思想与行为）"①。存在于乡土社会中风格各异的习俗风尚、歌谣小调及神话传说等都可以被看作民族深层文化精神的外在表现，民俗中蕴含着一个民族的文化精神。在整个 20 世纪中国小说中，风俗画和风情画的描绘，与人物形象塑造、故事情节展现、思想主题表达一样，都是小说创作中非常重要的叙事元素。作家们通过对不同地域民俗风情的书写，对国民的精神结构进行分析，赞美乡间淳朴的人情人性，探寻乡土社会现代化进程的变革。可以说，整个中国现代乡土小说就是一部社会大变革时期的民族风俗演变史。

将民俗写进小说，始于鲁迅。鲁迅对于民俗的表达，首先是对陋俗、恶俗的抨击，他对寡妇守节、捐门槛、吃人血馒头等陋习都进行过决绝的批判，从而达到其"国民性改造"的目的。然而，在小说集《呐喊》和《彷徨》中的《社戏》和《故乡》等少数篇目，以及散文集《朝花夕拾》的大量篇幅中，鲁迅对于民俗的书写，更多传达出对故乡的一种悠远回忆，弥漫着一种怀旧的感伤情绪。童年时期曾经回浙东农村消暑的经历，让他对水乡的民间故事、传奇人物、方言俗语、岁时节庆，以及目连戏、迎神赛会、女吊等民俗事象都有所了解。成年之后，当他开始创作，故乡记忆自然成为他创作的源泉。这些民俗描写，都渗透着鲁迅早年生活的美好体验，展现出乡间民俗纯朴活泼的一面。

周作人是比较早地对"民俗"进行研究的作家。他认为，虽然民俗的研究不在文学的范围之内，但是，因为民俗与一个国家的民众的性情生活有很大关系，因此，国民文学的建设，与作家对民俗的研究有很大关系。②他认为文学创作应该表现"土气息、泥滋味"。在他的散文中，我们看到了绍兴的《乌篷船》，感受到了《北京的茶食》，品味到了《故乡的野菜》，领略到了水乡民间戏曲的风姿（《谈"目连戏"》）。这些散文的字里行间都浸润着或浓或淡的乡愁情绪，在作家娓娓道来的絮语中，

① 张紫晨：《中国民俗概况》，载《民俗学讲演集》，书目文献出版社 1986 年版，第 222 页。

② 周作人：《永日集》，岳麓书社 1988 年版，第 43 页。

可以看出他对民俗文化的认同和眷恋。

在鲁迅创作实绩的感召和周作人理论阐述的引领下，中国现代小说中关于风俗民情的书写可谓此起彼伏。"五四"乡土小说作家群的笔下，出现了乡村械斗、"冲喜"、"冥婚"、"水葬"等乡村陋俗，展示了乡土中国宗法制社会里的沉疴痼疾，以此达到与鲁迅同样"揭出病苦，以引起疗救的注意"的目的。但是，即使是写陋俗、恶俗，他们的笔下也有一种"隐约现着乡愁"的哀婉情绪。

怀旧的审美类型主要包括回归型、反思型以和认同型三种类型。回归型的怀旧多运用于商业文化中，而反思型和认同型怀旧在文学创作中比较常见。鲁迅所开创的"批判国民性"的新文学写作传统，借民俗的书写批判中国传统文化中"非现代性的因素"，他对七斤"剪辫子"的风波、阿Q的"革命"等看似现代性的因素进行着尖锐的嘲讽。在对"过去"和"现在"的质疑中，鲁迅的怀旧书写体现了反思型怀旧的特点。到了20世纪30年代，沈从文对以都市文明为代表的现代性负面因素的洞察，使他建构了由里及外皆美轮美奂的"湘西世界"。一个民性美好、民情淳朴的世外桃源的建构，意味着现代文学对民俗的书写进入新的阶段。沈从文由此开辟了不同于鲁迅反思型怀旧的另一种类型，即认同型怀旧。怀旧"是对一个被净化了的传统而非历史的叙述"[①]，所以，其"不再是对现实客体（过去、家园、传统等）原封不动地复制或反映，而是经过想象对它有意识地粉饰和美化，怀旧客体变成了审美对象，充溢着取之不竭的完美价值"[②]。在沈从文的一系列小说中，湘西大地上的赛龙舟、赶鸭子、耍狮子龙灯等种种节日习俗，"走水路""走官路"等婚恋习俗，各类民间歌谣以及关于山神、水神的种种神话传说皆进入文本的叙述中，共同营造出世外桃源般的"边城"。在湘西形形色色民俗风情的完美展现中，沈从文构建人性"希腊小庙"，完成了对都市现代"文明病"的抵抗。40年代，萧红创作了《呼兰河传》，这是女作家对于童年生活的深情回顾。萧红用清丽动人的文笔为故乡作传，童年的家乡和家乡的童年成为作家心

---

① Scott Lash and John Urry. *Economies of Signs and Space* ［M］. London：Sage Publications，1996：247.

② 赵静蓉：《怀旧》，载周宪主编《文化现代性与美学问题》，中国人民大学出版社2010年版，第27页。

灵深处的温馨家园。故乡的一草一木、一砖一瓦，故乡人物的一颦一笑，连带着那些或淳朴，或野蛮的习俗，都成为萧红忆念的对象，小说中始终流淌着汩汩不息的怀旧之情。

当代文学领域，民俗与怀旧的耦合，开始于新时期。在"寻根"文学思潮中，作家对民族文化之根的寻找，昭示出一种怀旧的力度。接续沈从文的衣钵，汪曾祺建立了自己的高邮小镇世界，在对凡夫俗子人生的观照中，苏北风情跃然纸上。李杭育的葛川江系列小说、贾平凹的商州系列小说、韩少功对巫楚文化的表现、莫言对家族故事的言说，也将民俗风情作为重要的审美内容。在具体的风俗画和风情画的描绘中，作家对"根"这一极具抽象意义的名词给予了具体的阐释。有学者认为，自近代以来，随着现代化的逐步入侵，民俗已经成为一种被改造的对象。而这种由政治意识形态和政治方案所规划、改造的民俗，在"文革"中被界定为"文化的遗留物"而加以革除。直到新时期以后，民俗在人们的日常生活中才逐渐被重视。① 其实，作为"文化遗留物"的民俗，不仅在日常生活中得以重生，事实上，自新时期以来，文学中对于民俗的表现已经形成了"一江春水向东流"的壮阔之势。

上述从历史性角度出发对 20 世纪中国文学中的民俗叙事的考察，不仅厘清了民俗叙事的发展变迁脉络，同时也明确了民俗书写在现当代文学中发挥的参照作用。就其本质而言，民俗是一种具有历史性的文化积淀，是指向过去的。因此，对民俗的书写，带有天然怀旧的色彩和性质。20世纪中国作家正是在对民俗"常"的一面的书写中，映射出乡土社会现代化进程中"变"的一面。在"常"与"变"之间，展示出"乡土中国"现代性转型的种种困境和作家复杂而迷茫的文化心态。他们既渴望民族和国家在现代化的过程中获得生机和活力，改变落后愚昧的现状，又在民俗叙事中流露出对过去的回忆和留恋，以及对现代性的反思与质疑。而 20 世纪中国文学中的民俗叙事的这几种典型模式，在新世纪文学中都得到了不同程度的继承和发扬。

二　西部乡土小说中的民俗人生与乡土风物

与 20 世纪中国文学中的民俗叙事相一致，新世纪以来西部乡土小

---

① 立阳:《中国民俗学会第六次代表大会在北京召开》,《民俗研究》2006 年第 3 期。

说的民俗呈现与书写，既带有普遍的审美体验，又彰显着鲜明的西部特色。西部作家似乎有意过滤掉民俗中落后和丑陋的一面，转而彰显"美"与"善"的一面。此外，西部作家在呈现具有民俗文化色彩的乡土人生时，往往与乡间小儿女的成长交织在一起，自有一种"安恬"的意境。

20世纪90年代以来，宁夏青年作家开始陆续在文坛崭露头角，大致相同的成长环境和创作环境，使他们的作品体现出较为一致的美学特征，成为中国文坛上一道别具风格的西部风景。他们的小说和散文，特别注重书写在西部酷烈的生存环境中，生命的悲凉与洁净的精神追求。自新世纪以来，郭文斌和石舒清分别出版了长篇小说《农历》和《底片》，从节日习俗和乡间风物两个方面聚焦西海固的农村，他们以肯定或赞美的姿态描写乡间的风俗人情，叙述承载着朴素乡土情感的旧物、旧事和旧人，展现出一幅幅令人流连忘返的传统乡村社会中"美""善"交织的风俗画、风情画和风物画。这是他们记忆中的田园牧歌和精神家园，他们身居都市而回望乡土，借民俗书写点燃心灯，以此来照亮"回家的路"。

郭文斌的《农历》，构思巧妙，由十五个章节组成，每一个章节用一个节日名来命名，从"元宵"起，到"上九"止。节日和节气是农耕文化的产物，乡土社会中的农人，借节日和节气来感受时间的更替，指导农事活动，进而在人的衣食住行等各个方面都产生着重要影响。节日不仅是一种习俗，它更包含着中国人对神灵的敬仰、对祖先的怀念，以及对美好生活的向往。郭文斌笔下的十五个节日，虽然在名称上与其他地域并没有区别，然而，它确是属于西海固的节日，有着特殊的气质禀赋。郭文斌借《农历》，对西部民俗文化中的节日习俗给予了集中展览。小说以乔家上庄里乔占林一家的节日活动为主要叙事线索，通过自由自在生长于乡间的两个少年五月、六月的眼睛，将乡民们为何过节、如何过节，有怎样的过节流程、什么样的禁忌都做了全面展示。在节日文化的书写中，贯穿着各类不同的民间故事、神话传说，以及歌谣、戏曲和谚语等，它们共同组成了生动盎然的节日叙事。在对一整年的节日习俗的叙述中，一个恬静祥和、淳朴温暖的民俗文化世界跃然纸上。

通过考察郭文斌笔下纷繁复杂的节日，可将节日习俗大致分为如此几类：第一类是以享乐型为主的节日习俗，主要以元宵节、端午节和中秋节为代表。在这些节日里，整年辛苦劳作的乡民们享受乡间节日独有的美食，身心得以短暂休息。小说第一章写到元宵节，娘和五月捏荞面灯盏，五月和六月送灯，一家人吃荞麦长面、供灯、守灯的全过程。端午节则写吃甜醅子，蒸花馍，采艾叶，做香包、绑花绳等一系列流程。中秋节则从六月爹在果树摘梨写起，然后写到村中每家每户对自己果品的分享，最后写到在皎洁明亮的月光下，六月一家人享受果品的经过。在细腻唯美的笔触中，西海固独特饮食文化和节日习俗的画卷徐徐展开。第二类是与农业生产和农事活动相联系的节日习俗。比如，干节中打干梢、集干堆、读祭文、撩干、跳火的一系列准备，就是为了扬灰，而通过扬起的灰的形状，来判定来年种什么才能丰收。而在"龙节"和"小满"中，需要唱《一把灰歌》和《小满歌》来祈求丰收。此类习俗寄予着人们祈福消灾、渴望丰收的美好愿景。在进行这些习俗活动的同时，也使人们的生产技能得到锻炼。第三类是祭奠祖先和崇拜神灵的节日习俗。例如，"清明"和"寒节"是两个重要的祭祀祖先的节日。"清明"需要买祭纸、印纸钱、挂纸幡、祭祖先、修坟墓，而"寒节"则有卖彩纸、缝寒衣、烙麻麸馍、送寒衣等规程。这两个节日都体现了乡民对祖先的怀念。中元节需要目连戏来报答神恩，而重阳节则点灯笼、祭众神。这些带有宗教意味的习俗，表现了人们对神灵的崇拜，并借此希望获得神灵的庇佑。在这些隆重繁复的习俗中，每一个环节都有致"善"的含意。"虽然这些'善'的内容具有一定的历史阶段性、阶级性和民族性，但它毕竟满足了民族生存与发展的需要，本民族人民就对它产生一种文化认同感。"①

《底片》是石舒清的第一部长篇小说。与郭文斌的《农历》不同，石舒清的《底片》讲述的是一个以回民为主要居住群体的西海固小村庄。在这部小说中，石舒清并没有采用长篇小说的惯常创作手法，而是用短篇小说的方式创作长篇，采用片段式的结构将存留在记忆中的西海固农村的旧物、旧事、旧人连缀在一起。以唯美诗意、质朴的散文化语言，将伊斯兰宗教的虔诚、纯净情怀渗透对物、事、人的回忆中，书写了一部朴素生动的西海固农村的风物史。小说的第一部分为"物忆"，顾名思义，分别由几个日常生活中最常见的物品如被子、木床、信件等

---

① 苏仁先：《论民族民俗文化对民族审美心理的模塑》，《中南民族学院学报》1995 年第6 期。

展开叙述，其后的"爷爷""痕迹""奶奶家的故事""母亲家的故事""邻居家的故事"和"另几片叶子"等各部分，也都是围绕着家族中的人、事、物，由近及远，由亲而疏，有条不紊地展开叙述。小说以回忆的方式记叙每一件充满故事的旧物，以及每一个带着温度的人物故事。在对物与人的故事叙述中，西海固农村充满回族风情的风俗画、风物画徐徐展开。这些充满宗教意味的民俗风情，与生活息息相关，充满人性的温暖、人道的朴实、人情的共鸣。经由《底片》，石舒清完成了对乡土故园的重返。

《底片》的《琴》一篇中，石舒清写到回族不同于其他民族，他们对于"娱乐"普遍持淡然谨慎的态度："我们这样的纯回族村庄，总是对种种娱乐和娱乐方式有着忌讳，似乎是对人的欢乐有着一种轻蔑和警惕，好像种种欢乐中伏藏着祸端似的。"这是本民族的宗教信仰对乡民的规约，在这种规约中，乡民们过着看似孤寂然清静却又自得其乐的生活。乡民们的日常生活，也是将诵经读典放在首位。按照经典指导的方式去修行，是庄子上村民的必修功课，也是日常生活最普通的组成部分。在整部小说中，《衬衫》一篇中石舒清借一件有神奇力量的衬衫，让我们看到在乡民们的日常生活中，宗教习俗闪现出的神秘魅影。这件衬衫，原是回族教门上的苦修者贴身穿过的，具有神奇的医治效果，小孩子病了，能让孩子安静下来。这件衬衫是平凡家庭的一个宝物。小说文末写道："现在母亲专门做了一个锦囊盛装这件衬衫，装进去，轻轻拉一根线，锦囊的口儿就会自行收紧起来，像捏合了一只饺子。"这是乡民们对宗教的虔诚和敬畏，一种神圣而美好的情感透过小说文本散发了出来。在《晚福》一篇中，石舒清讲述了四外爷和四外奶奶的故事。年轻的时候，四外爷性格暴躁，经常打四外奶奶，老了之后，他们都成了虔诚恪守教门的教民，暴躁毒辣的四外爷，性格也归于柔软，这里既有生活对人的磨砺，也有宗教习俗对人的潜移默化。除了重点描绘宗教习俗之外，在石舒清的《底片》中，还写到了西海固回族人民特有的饮食习俗和服饰习俗，我们在油馕的香味和缝皮子衣服的味道里，感受到西海固特有的味道。

三　民俗怀旧书写的特征及其价值

不管是郭文斌关于岁时节日民俗的书写，还是石舒清笔下宗教习俗的表达，都与乡民的日常生活联系紧密地在一起，它们共同构成了西海固乡民们自给自足、自娱自乐、安恬祥和的民俗人生。郭文斌曾认为，对于很多人而言，大家只看到西海固的尖锐、荒凉、贫穷和苦难，却没有看到西海固深藏不露的博大、优美和宁静。在郭文斌眼里，西海固是具有"寓言"性的，有一种动态的安详和宁静。① 这种安详，在郭文斌眼里，主要源自作家对儒释道思想的融会贯通。郭文斌笔下的节日习俗，与"仁义礼智信"为核心的儒家文化传统有着深刻的关联。比如写龙节剃头的习俗，五月、六月的父亲就讲到了"仁"。"人自己一不会生，二不会死，就连剃个头，都得靠别人，因此要对别人好，要对天地感恩，要对众生感恩。"除此之外，小说还写了中元节演出皮影戏时，在供奉着各类神佛的道堂中，五月和六月同时感觉到了一种庄严肃穆的氛围。而其后他们母亲讲到有一个人的媳妇因拿了庙里的软匾做裤头穿，导致一直怀不住娃娃的故事，更增加了他们对神佛的敬畏。这些蕴含着儒家传统文化与道家思想和佛教经典的故事风俗，实际上都是儒释道思想的仪式化，他们在潜移默化中以强大的自律功能规约着人们的行为方式和道德取向。小说书写了两个纯净的乡村少男少女，在父辈们的引导下，虔诚地依俗行事，谨遵伦理道德规范。

在石舒清的笔下，安详却是另一种状态。《底片》的整体布局不大，书写的也都是平凡人物的日常琐事，却能以小见大，将荒凉、贫瘠的西海固人坚韧、顽强的生命力量及朴素、洁净的精神追求完整地体现出来。小说主要写宗教习俗对人们生活的影响。小说每一个篇章中的物品、人物几乎都与宗教信仰息息相关。西海固的回族乡民因为拥有信仰，他们能够在普通、贫瘠的生活里苦中味甘。比如《黄花被》中写爷爷从劳改队回来的 1973 年，村里人送我们家的一瓶油、一小袋洋芋，以及奶奶的堂妹送我们的一床黄花被，在物质极端困难的生存环境下，它给我们带来的美好和希望，由此彰显出的是一种乡间朴素的人情和人性之美。《叔叔》一篇中，回忆自己叔叔的人生经历，尤其浓墨重彩地书写叔叔对爷爷的孝顺，这种父子之间亲密的人伦情感，因为信仰的介入而带有了别样的意味。爷爷归真后，叔叔穿上爷爷的衣服，每天夜里给爷爷走坟。为了寄托对爷爷的思念，他在自己家的院子里盖了一个拱北，每天都将里面收拾得一尘不染。《二太太》中写二太太的家，屋子虽然小，但是因为做礼拜，所以总是香喷喷的，有一种安宁和静足的气息。二太太的家中散发的静谧感和盈

———————

① 郭文斌：《回家的路：我的文字》，《朔方》2008 年第 4 期。

实感，长久地留在作者的记忆中。由此可以看出，《底片》中承载故事的物件，静穆的回族老人，都散发着一种恪守道义和宗教信仰的精神之美。

借节日习俗和宗教习俗，郭文斌的《农历》和石舒清的《底片》，都书写了民俗文化对于乡民们的规约。但是，两部小说中都从少年视角入手，它的介入使民俗的规约功能被弱化。《农历》中，在五月和六月的眼中，过节的烦琐礼俗、仪式和规程，都化身为一种神奇且好玩的游戏，他们对此乐此不疲。比如元宵节捏荞面灯盏，六月对灯盏表现出的兴趣，绝对不仅是因为它是用来供奉的。而他们演目连戏，唱节气歌、十字歌、引龙歌，也只是孩童时代对歌谣的天生兴趣。尤其是在"端午"一章中，写五月、六月一家人在山上采摘艾草，用采来的艾草做香包，在给谁做香包的问题上，引发了娘的感慨，她说："有些东西啊，恰恰是自家人占不着，也不能占。给了人家，就吉祥，就如意。"在"中秋"一章中，五月、六月的父亲将家中梨树上结的梨子分给全村的人，一开始，五月、六月舍不得，还不太愿意。可等他们送完梨子，发现自己的包里多了很多乡亲们给的东西，他们为自己出门时的小气暗暗惭愧。在乡村平凡生活单纯的礼尚往来之中，天真纯朴的小儿女学习到了最初的道德知识，感受到质朴的乡村道德带来的美好与快乐，也传达出了自身温馨美好的生命情感，蕴含着美与善的安详。石舒清的《底片》，以少年视角回忆家族的旧物及长辈，在对陈年往事的追忆中，氤氲在物与人之上的宗教习俗成为一种温情的存在。正是由于它们对乡民潜移默化的影响，才使西海固的人情如此温暖，人性如此美好，西海固苦难的土地上的人生，才能开出艳丽的、生命力旺盛的花朵。而阅读整部《底片》，我们在作者真挚的宗教情感中，心灵被洗涤，感受到一种宁静和安详。

"民俗长期充当了寻求本真之物的一个工具，满足了逃避现代性的渴望。"[①] 现在我们通常所谓的现代化的过程，其实际也是一个理性化的过程。理性化亦即马克斯·韦伯所谓的，用工具理性思维取代感性思维的过程。随着科学技术的发展，工具理性思维慢慢渗透人们的日常生活。因此，现代人破除传统的束缚，并在对传统祛魅的基础上将其改头换面。在当代社会，追求利益最大化的工具理性乘风破浪，一往直前，伴随而来的是传统的逐步瓦解。新世纪以来，西部社会的文化转型逐步加剧，西部人

---

① 户晓辉：《现代性与民间文学》，社会科学文献出版社 2004 年版，第 61 页。

也步入了追逐现代与进步的滚滚洪流中，工具理性逐渐淹没了价值理性。西部作家面临日益崛起的城市和逐渐被"虚空"化的农村，感受到了乡土社会中风俗人情的逐渐失落。他们在小说中对这种失落的乡风民俗的怀旧书写，表达出他们对传统民俗的一种向往。"工业化和现代化的迅速步伐增加了人的向往，向往往昔的较慢的节奏、向往延续性、向往社会的凝聚和传统。"① 在《农历》的附录《望》一篇中，郭文斌深情地回忆了童年、少年时期在乡村过年的经历，他事无巨细地历数了贴对联、请门神、做炮仗、点灯笼、吃长面等一系列过年的细节。结尾处，他说："我打开电脑，开始写这些文字，以一种书写的形式温习大年，我没有想到，它会把我的伤心打翻，把我的泪水带出来。"现代人在都市快节奏的生活中行色匆匆，传统的节日习俗往往被化繁为简。西部作家笔下乡民生活中扮演着重要角色的、极具仪式感的各类习俗，与现实生活中它的凄凉的"晚景"形成鲜明而强烈的对比。西部乡土小说中对于民俗风情和乡土风物的流逝，生发出无限的感慨和浓浓的挽歌情怀。种种感伤情绪，都指向对现代工具理性思维的反思和批判。现代化是面向未来的，而民俗作为"一个民族集体创作的抒情诗"②，是指向过去的，它"反映了一个民族对生活的挚爱。对'活着'所感到的欢悦。他们把生活中的事情用一定的外部的形式固定下来，并且相互交流，溶为一体"③。西部小说对"美"和"善"的民俗风情和乡土风物的展示，在步履匆匆的现代人的内心吹起一股怀旧之风，在读者心里注入往日的美好与温情，加深了读者对过去的认同。他们以怀旧的形式完成了对民俗人生和乡土风物的追忆，试图在传统、现在与未来之间找到一种延续性，给人一种有根有源的安全感。

第四节　远去的"最后一个"

传统文化，以及传统文化与现代文化的冲突、对立，是 20 世纪中国小说一以贯之的表现主题。无论是《家》《四世同堂》《财主的儿女们》

---

① ［美］斯维特兰娜·博伊姆：《怀旧的未来》，杨德友译，译林出版社 2010 年版，第19 页。

② 汪曾祺：《〈大淖记事〉是怎样写出来的》，《读书》1982 年第 8 期。

③ 汪曾祺：《又读〈边城〉》，《读书》1993 年第 3 期。

中以一个家族的分崩离析表现家族文化难以传承的困境，还是《白鹿原》中描写的在战火纷飞的动荡年代，历史大变动中儒家文化如何一步步走向衰落的必然结局；抑或《人生》《浮躁》《高老庄》中描写的在市场经济的入侵下，父母与儿女在价值观念、思维方式上的冲突，传统的伦理观念逐渐在子孙后代眼中淡化。这些小说所表现出的共同关注点就是，现代化无论以何种形式进入老中国大地，它已经落地生根，并且逐步瓦解着传统文化。现代文学中，传统文化、区域文化的书写总是与"最后一个"人物形象相生相成。进入新时期以来，西部乡土小说的创作中，王新军、邵振国、路遥、陈忠实、阿来等作家已经塑造出"最后一个"人物的系列群像。新世纪以来的西部小说，在此基础上又进行了新的开掘，提供了新的创作可能性。

新世纪以来，西部作家在乡土小说创作中叙述村庄的历史变迁与现实际遇，讴歌淳朴美好的民俗、人情，以及再现乡土社会人间百态的同时，一个个承载着作家情感的鲜活人物形象也显现于小说之中，他们是西部大地上独特的"最后一个"，也是"最后一代"。《秦腔》中的夏天义是最后一代农民的代表，夏天智是最后一代秦腔文化爱好者的典范，而白雪则可以被看作秦腔最后一代演唱者的典型。李学辉的《末代紧皮手》，是唱给凉州大地上颇具神秘意义的最后一代大地紧皮手的挽歌。在阿来的《空山》卷二《天火》中，作为机村森林守护神的巫师多吉，则可以被看作最后一个巫师的代表。西部长篇小说中"最后一个"系列人物形象的建构，表达了作家在全球化浪潮中，对本土文化的坚守与忧思。

一　戏终人散

贾平凹的《秦腔》，既是为故乡"树碑立传"，也是为故乡人物所作的传记。作家书写了夏天义、夏天智及白雪命运的遭际，这些人对于土地和乡土文明的坚守姿态，在历史洪流泥沙俱下时期的悲剧命运，都带着较为明显的隐喻意义。

小说中的夏天义，贾平凹并没有把他写成一个力挽狂澜的末路英雄，他不是陈忠实笔下的白嘉轩。小说以戏谑的笔法写夏天义在土改时期占俊奇娘便宜的风流韵事，写他不为"美人计"所迷惑还坚持批斗俊奇爹，以及后来照顾有心脏病的俊奇在清风街当电工的往事；写他在重新分地运动签名时摔断了书正的左腿踝骨等的行为，这些都表明他不过只是一个农村的基层干部，手中拥有权力时也会以权谋私。小说同时也写了他的不少壮举，比如他在水库放水等事迹。所以，在新中国成立后很长的一段时间里，他都是清风街的主心骨，是"清风街的毛泽东"。跟大多数中国的普通农民一样，夏天义对土地充满着无以言表的深情厚谊。正是因为出于对土地的热爱，才会发生当312国道改造要侵占清风街后塬的土地时，他为了不破坏清风街的风水而组织村民抵抗312国道建设的事件，为此背上了处分，并最终导致了他的下台。当然，这仅是表层的原因，根本的原因是夏天义"为民请命"的道义和宏愿已经不能适应急剧变化的时代，因此，他的村主任的位子必然也要被更与时代合拍的晚辈夏君亭所取代。

君亭上台后，为了发展清风镇的经济，极力主张建农贸市场，遭到了夏天义的强烈反对。他认为，应该通过在七里沟淤地的方式谋求发展，这也是他担任村干部时为清风街制定的大政方针。在他看来，农民都是土命，"土农民，土农民，没土算什么农民？"虽然他没有完成七里沟的淤地就下台了，可是即使下了台，他依然带领着一个哑巴孙子和一个傻子引生在七里沟淤地。虽然他在七里沟淤地的事业最后以失败的结局而告终，可是，贾平凹将年事渐高的夏天义，在儿女集体反对的情况下依然前往七里沟淤地的行为，以及他在七里沟劳动的场面都书写得非常动人。在他的身上，闪耀着一种愚公移山的悲壮精神，这种抗争精神，得到作家的赞许，也给读者留下了深刻印象。小说的最后，夏天义吃干土的怪异行为，写土在他的嘴里像炒黄豆一样香。这会使我们联想到费孝通在《乡土中国》里关于出门在外的游子，喝从家乡带出来的土来治疗思乡病的叙述，它们都指向中国人天然对土地的依恋之情。对土地的深情，以及面临土地流失时无望的反抗，都让夏天义在小说的后半部分闪烁出一种光彩。小说的结尾，夏天义在淤地时被一场泥石流所淹没，魂归大地。"这一天，七里沟的东崖大面积地滑坡，它事先没有迹象，它突然地一瞬间滑脱了，天摇地动地下来，把草棚埋没了，把夏天智的坟埋没了，把正骂着鸟夫妻的夏天义埋没了。"小说清风街的"最后一个农民"魂归大地的悲怆结局，为清风街，也为整个处于现代化大潮中的中国乡村世界敲响了凄凉的晚钟。

如果说，夏天义对土地的坚守代表了一种农民朴素的财富观，那么小说中他的兄弟夏天智则代表的是一种乡土文化即将没落的隐忧。这位酷爱秦腔的老人，有着在省城干大事的儿子夏雨，也有着冰雪聪明、与他有相同爱好的儿媳白雪。小说以夏风与白雪结婚，夏天智请村中人看秦腔为始，描写他对秦腔的热爱，在村里人明显对秦腔演员不如以往热情的情况下，他自己出钱出力，对秦腔演员表现出应有的礼遇和尊敬。他痴迷于秦腔，不但自己能唱、能演，还能在马勺上面画出栩栩如生的秦腔脸谱，甚至想出版一套名为《秦腔脸谱集》的书。最后，他在儿子与儿媳即将离婚的打击下离世。小说极为细致地描写了夏天智去世之后，村中人为他装殓的过程。按照他生前的愿望，他的头底下枕着六部《秦腔脸谱集》。按照清风街的惯例，还需要在他的脸上盖一张麻纸，可是，麻纸好几次滑落，与他心有灵犀的白雪，顿悟他想盖一张自己绘制有秦腔脸谱的马勺，马勺盖上后，"那脸谱马勺竟然大小尺寸刚刚把脸扣上"，小说通过这一极具神秘意味的细节描写，写尽了夏天智对秦腔的痴迷。作家给夏天智一个体面华丽的葬礼，在秦腔高亢悲凉的唱腔中，一代秦腔文化的爱好者逝去了。

与夏天智一起见证秦腔的华丽与悲凉的，是他的儿媳白雪。如果说，夏天智的大儿子夏风是"清风街"决绝的离去者，那么，白雪则可以看作乡土文化的固守者和传承者。夏风是 20 世纪 80 年代以来乡村"离去者"群像中的一员，从高加林（《人生》）、孙少平（《平凡的世界》）、金狗（《浮躁》）、子路（《高老庄》）直到夏风，他们的离乡代表了新一代乡村人的选择。然而，白雪对于乡村的坚守，则与路遥、贾平凹前期小说中固守农村的巧珍、小水、菊娃有很大的差别。如果说后者留在乡村是因为没文化、无法适应都市生活的一种被动选择，那么，白雪留在清风街则具有一种明显的主动性。她是秦腔的演唱者和传承者，美丽多情，为清风街很多人所爱慕。她嫁给了在省城工作的夏风，他俩的结合，被认为是天作之合。然而，小说一开始就写了她与夏风的矛盾，夏风一心想将她调往省城，她却想留在农村继续演唱秦腔。小说叙述白雪的困境，其实也是叙述秦腔的没落。白雪所在的县秦腔剧团因团长夏中星的离开而解体。秦腔不再像往日那样受人喜欢，新一代人更愿意听流行歌曲。贾平凹曾称秦腔是秦人"大苦中的大乐"，又说"恶的也在丑里化作了美的艺术"[1]。可是，在小说的末尾，白雪只能走街串巷，成为只能在别人的红白喜事上演唱的散兵游勇。她希望通过孩子来挽救她和夏风的婚姻，可是，身体有

---

[1]　贾平凹：《秦腔》，载《贾平凹散文精选》，陕西人民出版社 1992 年版，第 324 页。

残疾的孩子使这个家庭陷入了混乱，反而加速了她和夏风的悲剧婚姻结局。

小说以夏风和白雪的结婚为开端，在秦腔的锣鼓喧天声中拉开了清风街故事的帷幕，以一场大雨、一场泥石流淹没七里沟为小说的结局。夏天义、夏天智、白雪就这样暗淡谢幕，小说颇具《红楼梦》"好一似食尽鸟投林，落得片白茫茫大地真干净"的悲凉意味。

二　悲怆的紧皮手与巫师

李学辉的《末代紧皮手》，叙述了凉州巴子营大地上第 29 代紧皮手余土地悲歌慷慨的一生，余土地以自己的悲欢离合，见证了凉州土地和农耕文化的兴衰荣辱。

紧皮，是凉州大地的一种传统习俗。巴子营的人认为，土地在入冬后要进行紧皮，也就是打地，才能够保证来年春播后粮食欣欣向荣。紧皮有一套完整隆重的仪式，"仪式把守着神圣的大门，其功能之一就是通过仪式唤起的敬畏感保留不断发展的社会必不可少的那些禁忌；仪式，换句话说就是对神圣的戏剧化表现"[1]。紧皮这种仪式正体现出农耕社会农民对土地的崇拜以及浓厚的"土地情结"，它主要包括"撮土、请鞭和紧皮"三个步骤。撮土，就是用巴子营土地上的泥土为土地神捏生殖器，然后安装，最后由特别选出来能够参加此仪式的女子摘取并收藏，这与农耕社会的乡民们的生殖崇拜相关。请鞭，所请的"鞭"叫"龙鞭"，鞭是猪牛羊马狗五种牲畜的皮革精心编织而成，而"请"则是紧皮手精赤着身子，由两位身强体壮的男性将"龙鞭"紧紧缠在他的身上，然后，德高望重的年长者将缠绕在他身上的龙鞭逐一拍遍。紧皮手紧接着被抬到"龙窝"前祭"龙窝"，他需要将事先准备好的虎爪子扔进龙窝里，龙窝里的水便翻滚起来。最后一步就是紧皮，"紧皮"是凉州方言，意思是通过外力使某物服帖，有警戒之义。紧皮的过程是，紧皮手抡圆了鞭子，在巴子营的土地上，走一步就抽打一鞭。对紧皮手来讲，这是一个充满艰辛的过程，紧皮过程中，不能中断也不能休息。所有需要紧皮的土地，都有人监督。所以，往往紧皮手在一次性紧完所有的土地后，就会累得口吐鲜血而晕厥

---

[1]　［美］丹尼尔·贝尔：《资本主义文化矛盾》，赵一凡、蒲隆、任晓晋译，生活·读书·新知三联书店 1989 年版，第 192 页。

过去。

与"紧皮"这样一种颇具神秘色彩且带有明显农耕文化底蕴的民俗相关联的，是紧皮手，即"紧皮"这一过程的执行者。在凉州巴子营大地上，紧皮手是一类近神又近巫的人物。近神，是指紧皮手类似于土地爷的替身，他受人供奉，替苍天行道，为庶民发愿。近巫，主要是指紧皮手的成型过程，一旦被选为紧皮手，必须历经激水、拍皮、挨鞭、砸烂生殖器、入庙等一系列残酷而严格的考验，并从此留姓改名，终身不沾女人。就成型的过程而言，紧皮手与萨满教的巫师有很多相似之处。紧皮手的主要任务是在每年立冬后，需要提龙鞭给土地紧皮，直到死后才有新的紧皮手产生。

小说的主人公余土地，本名叫余大喜，在巴子营第 28 代紧皮手死后，经村民何三等人的推选产生的，他历经上述严苛而烦琐的仪式，最终成为第 29 代紧皮手。按照常理，余土地应该像历代紧皮手那样，被人们供养，给土地紧皮，然后老去。可是，随着 1949 年的到来，以袁皮鞋为代表的革命力量的出现，让余土地的命运发生了前所未有的变化。在"左倾"路线的执行者袁皮鞋看来，"紧皮"是一种封建迷信活动，紧皮手则是应该被改造的对象。所以，余土地被划成"四类"坏分子之一，不许他再"紧皮"。然后，小说围绕着暗中保护余土地的巴子营的农民，与试图改造余土地的革命力量的斗争中展开叙述。巴子营农民对余土地十分信赖，对他实施着力所能及的保护。虽然余土地与两位女性——地主女儿何菊花和烈士遗孀王秋艳，有着情感纠葛，但她们都以自己的方式保护着余土地。就连大队书记都对袁皮鞋阳奉阴违，暗中支持着余土地。事实上，对土生土长的巴子营人民来说，余土地不仅是一个"紧皮手"，他更是一种信仰、一种力量，对土地的崇拜使他们自发地保护余土地。小说的结尾，何菊花为了保护"龙鞭"而死，余土地受批斗，被逼与王秋艳"结婚"，郁郁而终。在当代社会政治的疾风暴雨中，末代紧皮手的生命终结了。农民们对土地的信仰感无以寄托，植根于农耕文明的"紧皮"仪式的消失，可能带来一种传统文化的断层。小说的最后，王秋艳在雪中洗澡、拍打土地的情景，给小说带来了一种苍凉的格调。《末代紧皮手》中，交织着作家对凉州大地的深情、感伤和无奈的一声叹息。

余土地死了，古老的凉州巴子营大地不会再出现新的紧皮手。小说以末代紧皮手人生的起伏为主线，生动地传达出在解放、运动、"文革"等政治意识形态入侵下，凉州土地逐渐历经祛魅的整个过程。失去紧皮手的土地，如何还能得到往昔人们的尊重和保护，这是土地的悲剧，也是一个时代的终结。随着"机耕时代"的来临，土地只能沦为给人们提供物质资源的一种工具。从这个意义上说，作家叶舟对《末代紧皮手》的评价可谓一语中的："在中国的现代化进程日渐走向深入的时刻，它用 23 万字的篇幅，做了一场隆重的道白和惜别。——这是真正意义上的乡愁，是对土地和传统文化的一次知性尊重，是对近代甚至当代知识分子文化记忆的一次唤醒，也是对大地（土地、乡村）的一次顽固的想象与书写。所塑造的'紧皮手'这一形象，将与鲁迅的闰土、萧红的呼兰河、沈从文的边城、莫言的高密东北乡、贾平凹的商州系列等，同列对农耕文化最后的怀念和渴望，并留下一纸热泪滂沱的见证。"①

与紧皮手的命运相似的还有阿来《空山》第二卷《天火》中的巫师多吉，他是机村中的最后一个巫师。这位"机村"卑微的农人，新时代来临之后，他被抛弃。只有在每年机村烧荒的惯例中，他的巫师身份才会被人想起。小说在开篇描写了他挥舞红绿旗帜，呼唤神灵，口念祷词与神灵对话的情景。只有在此时，他的佝偻的腰才能绷紧，身材才会孔武有力，混浊的眼睛才能放射出灼人的光芒。为了机村人来年的丰收，他年年烧荒以致多次被投入监狱。当机村周围大火蔓延时，多吉从监狱出逃，藏于山洞中日夜作法，想改变风向阻止大火。最后，因为发力过猛而导致已经受伤的心肺破裂，血流不止而死。在守护机村的金野鸭飞走之后，多吉立志做机村森林的守护神。多吉与后来出现的只会不断开会、吃罐头、看电影的灭火队形成了鲜明对比。借助多吉这个人物形象，在人与自然的角力中，阿来表达了对一个荒谬年代的讽刺。

西部乡土小说中生动鲜活的"最后一个"人物形象的书写，表达出作家对传统文化温情、审美一面的认知，传递着作家无限的哀婉、依恋的姿态和深切的乡愁。毫无疑问，作家的写作姿态具有"滞后"与"回顾"的特征，但是，这并不意味着作家落后——对于传统，他们并不是固守；对于现代化的历史进程，他们也不是盲目否定。只是新世纪以来，偏远的西部地区也日益卷入全球化进程之中，全球化的进程要求以标准化、统一化来取代地域性和差异性，追求建立一个整齐划一的世界，这必然造成与

---

① 《名家热评李学辉长篇小说〈末代紧皮手〉》，《武威日报》2010 年 5 月 17 日第 2 版。

本土文化的冲突与碰撞，造成西部人自我的丧失。当现代文明普遍渗入西部乡村的日常生活时，与此相应的则是西部本土的历史记忆、生活经验和传统文化的逐渐流失。传统文化与现代文化的角逐中，传统文化必然败下阵来。面对传统文化即将断层的可能，西部作家在延续性缺失之下感受到的是扑面而来的认同焦虑。为了缓解和消除这种焦虑，西部作家希望通过对乡土地域、传统文化的重新发现和再审视，寻求到自我认同的归属感。查尔斯·泰勒认为："为了保持自我感，我们必须拥有我们来自何处，又去往哪里的观念。"① 现代人往往步履匆匆地赶往明天，争先恐后地挤上驶往未来的列车，但经常忽视追问自己"来自何处"，这就造成了自我历史与未来的脱节，这是全球化浪潮中不可避免的缺失，对个人、民族和国家，都是如此。西部作家旨在通过"最后一个"人物形象的书写，唤醒人们对于本土历史、本土文化和本土身份的认知，从而避免在"他者"蓝图的诱惑之下、在转型时代复杂暧昧的文化环境中丧失自我。而且西部作家在建构"最后一个"人物形象时，在喧哗与骚动并存的新世纪中国，所表现出的悲怆感和孤独感，无疑具有清凉和镇静的作用。我们借此形象，追忆民族的过去，从而更清楚地认识现实和自我，这也是此类形象出现的文学意义。

三　西部乡土小说怀旧书写的潜力与限度

不管是对个人还是集体，怀旧主要发生在转变和断裂的历史转折时期。相比于东部地区，西部的全球化进程相对缓慢，但在进入新世纪后却表现出明显加快的趋势，西部以农耕文明为主的乡土社会也逐渐受到侵袭。在物质生活极大丰富的同时，人文精神失落，道德堕落，人性恶化。人们在追逐金钱、满足欲望之时，信仰失落，激情消失。面对新世纪社会文化语境的诸多新变，许多西部作家开始回首西部乡村，这是西部乡土小说中频繁出现怀旧情绪、挽歌情怀的主要原因。当全球化的浪潮逐步渗入中国西部的各个角落，当西部农村的青壮年劳力集体涌入城市，成为"农民工"，他们以自己的劳动换来金钱，换来在城市的立足之地。他们的妻子、儿女随之也进入城市，慢慢地成为城市人群中的一员。在西部的

---

① ［英］安东尼·吉登斯：《现代性与自我认同：现代晚期的自我与社会》，赵旭东、方文译，生活·读书·新知三联书店 1998 年版，第 60 页。

城市文明得到逐步发展的同时，西部的农村却在逐渐衰落。坚守在农村的，往往是一些或因现实原因，或因主观原因难以离开村庄的留守老人和孩子，土地大片荒芜，随之而来的是人心的荒芜。面对这种乡土沦落的社会现实，西部作家纷纷拿起自己的笔，哀悼即将消逝的村庄。往昔农村日出而作、日落而息的生活节奏，带着浓厚人情味的乡土伦理，以及形成的极具归属感的生活，都是作家笔下"村庄"的具体内涵，西部乡土小说通过对记忆中故园的书写，完成了自己精神上的还乡之旅。

另外，全球化进程的加快，西方文化以强劲的力量进入中国大地，整个中国都面临着文化同质化的威胁。比之于中东部地区，西部所面临的局面更为严重。因为在西部占据其文化主体地位的是乡村文化，而西部的乡村文化也正受到城市文化的猛烈冲击，很多传统的乡村文明逐渐没落。面对这样的危机，很多西部作家开始关注西部的乡村文化。他们追忆逝去的乡村风物，赞美乡村社会中美好的风俗民情，刻画乡村社会中的"最后一个"人物形象，从而在西部乡村的历史与现实中寻求着文化认同。由此可见，西部乡土小说中所展现的身份认同、文化认同的危机，是全球化、城市化的必然结果，西部作家正是通过"怀旧"表达自己对于西部文化特性的坚守。这是西部与东部、与世界不断接触、碰撞、交流的一个必要前提。

可以说，自我和文化认同危机的发生，是西部作家以乡土小说为载体，进行怀旧书写的根本原因。然而，恰如本雅明所言：过去的真实图景一去不复返，哪怕历史地描绘过去也并不意味着"按它本来的样子"去认识它[1]。时光总是一去不复返，过去只能存在于人们的记忆中。而当人们身处当下，对现实产生种种的不满时，在隔着一定的时空距离回望过去时，往往会产生一种雾里看花、水中望月的审美感受，总是在一定程度上对记忆中的人、事进行美化。在博伊姆所谓的怀旧的两种类型中，第一种为反思型的怀旧，第二种为修复型的怀旧。前者注重怀旧的过程，强调回忆的不完备性，而后者则表现出对不完美记忆的修补和对失落家园重塑的渴望。新世纪以来，西部长篇小说中的怀旧书写无疑将二者并重，它侧重从个体情感、个体叙事出发，关注历史和当下的距离，在距离中美化过

---

[1]　[英]瓦尔特·本雅明：《启迪：本雅明文选》，汉娜·阿伦特编，张旭东、王斑译，生活·读书·新知三联书店2008年版，第267页。

去，反思现实，却清楚地认识到历史并不能重返，因而我们需要清楚地认识现实。这种怀旧就像一种镇静药，既不是放纵人们沉迷于过去，又能在疲惫的现实中获得短暂的平和，这是西部作家乡土怀旧书写的潜力之所在。

然而，西部乡土小说中的怀旧书写，只能减轻、缓和西部作家及西部人的认同危机，并不能从根本上消除这一危机。事实上，新世纪以来，有很大一部分西部小说仍然聚焦农村的社会现实，尤其侧重于书写西部乡民进城后的生存状态和精神状态。贾平凹的《高兴》、阿来的《轻雷》、雪漠的《白虎关》是此类叙事的经典文本。作家对打工农民这一现象进行了持久而深入的理性思考，其深刻而理性的现实主义笔触消解了怀旧书写中温情脉脉的忧伤色彩，以及前现代乡村田园理想的表达，由此从另一个层面上体现出对现代化大背景下中国乡村命运的思考。应该说，这类长篇小说的出现，恰好弥补了西部乡土小说怀旧的局限，也从另一个维度上昭示出西部长篇小说的丰富内涵。

第五章　西部长篇小说的诗性建构

在"历史"与"乡土现实"之外，西部长篇小说对西部自然及自然与人的关系的诗意呈现，使小说洋溢着一种浓厚的诗性特征。关于"诗性"概念的界定，不同的学者有不同的看法。有的学者侧重从抒情、意境、故事弱化等小说的文体特征出发界定诗性概念。也有学者将"诗性"看作一个美学概念，认为诗性是充满神秘性的、印象性的一个朦胧概念，无法准确界定。还有的学者在维柯的"诗性智慧"，尼采、海德格尔的"艺术拯救人生""诗意的栖居"等西方思想的影响下，试图在本体论层面界定诗性，认为诗性是世界的本体，决定了诗人在"失落于历史之中"，通过语言中介去寻访、表现诗意、信仰、爱、神性，追求人生归依等本体性问题从而"诗化"人生。[①]

上述从文学、美学、哲学等层面界定诗性的概念，都有其合理性。但是，当我们以"诗性"这一概念去描述新世纪西部长篇小说的本体及文体特征时，其大致有这样几个方面的含义：一是作为对"诗意栖居"的一种回应，西部小说对自然与人的关系进行重新定位和书写；二是"诗性"体现为一种对灰暗人生现状的提升和转化，使之趋向于理想、和谐的状态，具体在西部小说中则主要表现为一系列理想人物形象的塑造；三是西部小说在艺术形式和审美追求上的独特建构，接续了新时期以来西部小说形成的诗性特征，在此基础上又有所创新。在民间文化资源、传统文学形式以及方言、古语的借鉴和融入中，西部小说文体层面的诗性特征得以彰显。

第一节　西部自然的神性书写

人和自然互动互生，贯穿于人类社会孕育发展过程的每一个阶段。不

---

① 刘小枫：《诗化哲学》，山东文艺出版社1988年版，第45页。

同地域的自然环境千差万别，人与自然的互动方式通常因地域的不同而不同，即使在同一地域中，人与自然的互动方式也会因人的不同而有所差异，由此形成了现实世界中的多元文明形态。在中国辽阔的地理版图上，东、西部之间存在诸多显著的差异。中国的西部，广袤与荒寒并存，丰饶与贫瘠共处，这里有高耸入云的青藏高原，有沟壑纵横的黄土高原，也有浩瀚绵延的西部草原。此外，西部境内还有以黄河为首形成的大大小小的支流、湖泊。总而言之，西部复杂的自然环境，孕育了西部独特的地域文化和民族文化。

作为一种地域文学，西部文学与西部的自然物象有着千丝万缕的联系。"艺术的地方色彩是文学的生命力的源泉，是文学一向独具的特点。"① 自 20 世纪 80 年代以来，综观文学思潮的整体演进不难看出，西部作家始终谛视脚下的土地，旷野、荒原、林海、雪峰、狼群、骆驼、藏獒、鹿群都因为作家灵魂的烛照而成为一种充满灵性的存在。一方面，西部作家为壮阔雄奇的自然所折服，他们赞美西部并将其人格化，赋予它们某种隐喻或象征意义；另一方面，西部作家也认识到西部的荒凉贫寒是造成西部人生活艰难、民性落后的重要原因之一，西部的自然物象也因此成为他们批判的一个切入点，对本土自然物象的审美表达是其群体的文学特征得以确立的一个原因。

西部作家对于本土自然的书写，经历了从 20 世纪 80 年代以来的"人化自然"，到进入新世纪后对自然生命本体观照的演变。所谓"人化自然"，主要指作家赋予自然景物或动物某种隐喻和象征。西部自然物象承担着作家渲染气氛、烘托场景、引导人物出场，或者抒情言志的某种叙事功能。新世纪以来，西部作家对自然生命本体的观照，让笔下的自然逐渐焕发出自己的生命力，体现出一种神性特质。主要表现为：首先，西部作家着力渲染了西部粗犷原始、富有野性魅力和神性色彩的自然风景，使其角色由背景走向前台，主体形象得以确立；其次，西部作家突破了以往"禽兽比德"和"动物报恩"的传统书写模式，灵性动物形象的建构使动物获得了与人等齐的生命；最后，以"追寻"为重要艺术手段，书写人与自然的和谐关系，以及自然对人的拯救。西部作家用合于自然性情韵味

---

① ［美］赫姆林·加兰：《破碎的偶像》，载《美国作家论文学》，刘保瑞等译，生活·读书·新知三联书店 1984 年版，第 84—85 页。

的文字，构建出一种理想的诗学镜像，对"诗意栖居"时代内在的精神诉求予以响应。而神性和诗性是不可分割的一对双子座，它们相辅相成、共生共灭。因此，西部作家对西部自然的神性书写，成为西部小说诗性建构的重要特征之一。

一　自然风景主体形象的确立

在中国古典文学中，风景是一个至关重要的文学质素，托物言志是中国古代文人最常见的一种表达手法。但是，风景在小说中出现，却被看成是一个"现代小说与传统小说的重要区别"。① "在黑格尔提出了历史逻辑中的个人主体之后，作家才可能站在传统之外、历史之外、环境之外对'客观世界'进行一种细致的描写，正因为这个原因，18世纪以后随着启蒙运动的发展产生出来的现实主义小说与传统传奇史诗的一个非常基本的区别就是现实主义对环境的描写。这种描写在巴尔扎克那里达到了顶点，在巴尔扎克的小说中，常常出现有时长达数页的环境描写。"② 在中国，"五四"新文学的诞生与发展无疑受到西方文学的巨大影响，因此，从一开始，鲁迅、叶绍钧、茅盾、萧红、沈从文等人的笔下，风景便以不同的面貌进入小说文本，与作家的不同书写目的相联系，成为作家们表情达意的一种重要工具。然而，20世纪中国文学中的自然风景，很少以自己本来的原始面目出现，也很少具备自身的内在价值。进入90年代后，随着工业化进程的加剧，以及由此引发的人类对自然生态的破坏，使越来越多的作家开始关注自然风景的自身存在及其价值。西部作家以其特有的敏感，开始了对西部自然风景深层的观照，粗犷原始、富有野性魅力和神性色彩的自然，逐渐以独立的形象出现于小说文本之中，成为一种极具审美价值的文学存在。西部小说中自然风景主体形象的确立，主要得益于以下两种叙述策略。

（一）着重叙述西部风景粗犷原始的特征，展现大自然的野性与力量之美

狄德罗说："诗人需要的是什么呢？生糙的自然还是经过教养的自

---

① 李杨：《抗争宿命之路——"社会主义现实主义"（1942—1976）研究》，时代文艺出版社1993年版，第98—99页。

② 同上。

然？动荡的自然还是平静的自然？他宁愿要哪一种美？纯净肃穆白天里的美，还是狂风暴雨、雷电交加，阴森可怕的黑夜里的美呢？诗人需要的是一种巨大的粗狂的野蛮的气魄。"[①] 西部作家笔下高耸入云的雪峰，沟壑纵横的黄土高原，浩瀚无垠的草原、戈壁，奔涌不息的长河大江，自然界的风雷闪电雨雪，西部独有的种种的植物，都在作家笔下以独立、原始、野性的面貌登场，给人留下挥之不去的难忘印象。

"西高东低"是对中国大陆自然地貌的准确概括，西部不仅有高耸入云的属于第一阶梯的青藏高原，还包括了内蒙古、甘肃、宁夏、青海以及新疆等属于第二阶梯的西北高原。西部作家对于雪峰、高原、草原、沙漠等情有独钟，他们注重呈现这些自然物象的原始面貌，强调其雄浑、阔大的美感特征。范稳笔下的卡瓦格博雪山："层层蛮荒的山峦在天地间铺展开去，像无垠的大海中凝固了的波浪，山峦之上是白得发亮的云团。云团飘浮在蓝得纯净如天国的天空中，还有一座金字塔似的雪山耸入云天。它是如此的秀美纯洁，像一个冰清玉洁的无言美人，吸引着每个第一次看见它的人。"这是未曾沾染世俗尘埃的卡瓦格博雪峰，是藏族人眼中的神山。每一个目睹过它真容的藏族人，都会磕长头以示敬意。小说中的卡瓦格博雪山秀美、壮丽，但同时独立于世、不容侵犯。从西方远道而来，想要很快翻越它并征服它的神父，在备尝艰辛之后终于败退。雪峰无言静立，以其险峻给予入侵者沉重一击。杨志军的《藏獒》中"党项大雪山气势逼人，似乎就在头顶的天空，就要崩溃在眨眼之间。更加逼人的是冰光，它一轮一轮地奔涌而来，试图穿透所有走向它的肉体"。然而，小说后半部分的雪山，与前一部分的西结古草原一起，不仅成为藏獒们殊死搏斗的场地，更以其神秘与威严独立于文本之中，成为与藏獒一样并存于小说中的主角。红柯以纵横捭阖的笔墨，描写出了中国最大沙漠的动态之美：

> 塔克拉玛干不是死亡之海。当最后一名骑手被坦克压碎时，所有的沙子跟马鬃一样唰唰抖起来。沙丘连着沙丘，沙丘越来越高，沙丘奔跑起来，一身的金黄，金光灿烂，直追太阳。太阳往高空里退缩，天空更加辽阔。金色的野马狂群狂叫着逼着群山往后退，昆仑山和天

---

① 朱光潜：《西方美学史》（上卷），人民文学出版社 1979 年版，第 273 页。

山让出一条通天大道，马群的洪流向西向西一直向西，把群山也裹挟进去了；起自帕米尔高原的群山一下子跃到马背上，很雄壮地起伏着。越来越多的群山跃上马背，越来越多的沙子和牧草跟马鬃一样抖动起来，起自帕米尔高原的群山在高加索被黑海挡住了，不管多么迅速的马群总会被海水挡住。

中国东部与西部的地理区别在于，东部多水而西部多山，西部是"两岸连山，略无阙处。重岩叠嶂，隐天蔽日"，而东部则"襟三江而带五湖，控蛮荆而引瓯越"，"落霞与孤鹜齐飞，秋水共长天一色"。事实上，在西部小说中，山与水平分秋色。西部作家笔下不仅群山傲然挺立，西部的大河、湖泊也呈现出一种雄姿英发、骄傲不屈的动态之美。20世纪80年代，张承志在《北方的河》中就写到了壮丽雄伟的黄河。在他的笔下，黄河"冲出雄伟的巨谷、闪着浩浩荡荡的波涛从天尽头蜿蜒而来，大河深在谷底，但又朦胧辽阔，威风凛凛地巡视着它折腰膜拜的大自然"。与黄河相似，范稳的笔下也有一条散发着阳刚之气，具有野性力量的西部之江："源自西藏高原的澜沧江是一条从云层之上倾倒下来的天河，巨大的落差使江水不是向前流淌的，而是跳跃着往天上蹿。河岸的两侧巨石乱布，波浪撞在上面嘶喊哀鸣、粉身碎骨，终日在他们身边发出愤怒的吼声，像一场接一场的惨烈战争。"在辽阔的高山与大河之间，西部作家放任自己的激情，淋漓尽致地表现着西部阳刚雄壮的野性之美。

在普通人眼中，沙尘暴是一种自然灾害。但是，在西部作家的眼中，沙尘暴是一种充满野性的力量，他们小说中的沙尘暴不仅折射出西部地域的荒凉和粗犷，也代表着一种重生之力。红柯在《喀拉布风暴》中就写到了"冬带冰雪，夏带沙石，所到之处，大地成为雅丹，鸟儿折翅而亡，幸存者衔泥垒窝，胡杨和雅丹成为奔走的骆驼"的黑色沙尘暴。郭雪波的《沙狐》中让人凛然生畏的大漠之风："而风势仍不减弱，以铺天盖地之势席卷、吞没着一切。"京夫的《鹿鸣》中狰狞狂暴的沙尘暴，蔑视着自以为是的人类："好大的风沙，整个天穹如同沙的世界、风的天下，风沙立体地全方位地席卷肆虐，搅得周天混沌，大地摇撼，仿佛世界末日来临，或是又把人类倒回到创世之初。"雪漠《野狐岭》"末日"一章中描述了惊心动魄、置人于死地的沙尘暴，"末日来临的时候，我首先看到的，是一个巨大的黑熊，从野狐岭上，扑向天空，只一下，就咬去了天的西北角。然后，黑熊便开始喝天。它真的是在喝天，它张了大口，一吸，天就成了液体，流进了他的嘴。它就那样一口一口吸，只消几下，天就没了"。作家从一开始设置的巨大悬念在此处得到了答案，驼队之所以失踪，就是因为这场席卷一切、淹没一切的沙尘暴。红柯曾经坦言自己被西域的壮美风景所折服："初到新疆，辽阔的荒野和雄奇的群山以万钧之势一下子压倒了我，我告诫自己：这里不是人张狂的地方。在这里，人是渺小的，而且能让你强烈地感觉到自己的渺小与无助。"① 这是因为拥有一颗对自然的敬畏之心，所以，西部小说中的"自然有了品质、意志、精神和灵魂，在它深邃的胸膛里，搏动着一个巨大的、永不衰竭的，令人感动又令人惧惮的生命"②。

（二）赋予西部风景神性色彩

作家将西部充满神性特质的自然风景与村庄、人物命运建立关联，用前者去影射后者，二者形成一种同质同构的关系，构成了一个抽象而宏大的美学想象空间。在阿来《空山》的第二卷《天火》中，有一段关于机村的神湖色嫫措的描写：

> 一大片湖水，就在他们眼前微微动荡，不要照耀，也能在自身梦一般的漾动中微微发光！
> 溢出的湖水越过自然生成的堤岸，从脚下的山崖上飞垂而下，绿玉般的水一路落下去，落下去，在悬崖的巨石与孤树身上碰成白雾一片。

出现在藏族姑娘央金眼中的色嫫措，动静相宜，闪烁着神奇的梦一般的光辉。色嫫措的神秘之处，主要是与机村一直流传着的关于金野鸭的神话相关。机村的色嫫措里飞来金野鸭之后，让从前荒芜贫瘠机村风调雨顺，草木生机盎然，人民平安喜乐，色嫫措于是成了机村的神湖。在阿来的神来之笔中，机村古老的神话与神秘、幽深的湖水浑然一体，分外引人入胜。然而，外来扑火队的强行炸湖引水扑火，使色嫫措湖底坍塌，金野鸭飞走，机村因此陷入了衰败，直至最后消失。

---

① 红柯：《敬畏苍天》，上海人民出版社 2002 年版，第 5 页。
② 曹文轩：《中国八十年代文学现象研究》，作家出版社 2003 年版，第 157 页。

红柯的《西去的骑手》中，在马仲英与哥哥们比试刀法时，被大阿訇看中，他因此被大阿訇带到神马谷："在祁连山深处，有个神马谷，那是骏马的归宿之地，马的灵骨化成一片沃土，生长出如血的玫瑰。"荒山野岭中的玫瑰园，美得如梦如幻。红柯笔下的神马谷和玫瑰已不再是一种单纯的背景，而是与马仲英之间形成了一种神秘的关联。马仲英在神马谷中闻到玫瑰散发的血腥味，他接受大阿訇赠予他的生命之书，在打开书的刹那间，"黄土不再干燥，荒山野岭不再让人绝望，岁月之河随风而逝又随风而来，生命不再与时间皆亡"，马仲英洞悉了生命的奥秘，成长为一个真正的军人。红柯的笔下，神马谷的神秘与马仲英的传奇人生合而为一，二者形成了同构的关系。

刘亮程说："作家是那种有心灵的人。有心灵的人，他的'灵'就可以跟其他事物的'灵'去相遇、去交流、去对话。可以感知彼此的存在。什么叫文学？最好的文学就是靠作家的心灵，让你的文字在事物中自由穿行。你的文字到达一根木头的时候，这根木头是有灵的；到达一片树叶的时候，这片树叶是有灵的。你的文字所到之处，整个世界，灵光闪闪。"[1]秉承这样的创作理念，他在其小说《虚土》中，塑造出一个万物有灵的世界。

新世纪长篇小说创作中，当东部作家将关注的目光投向都市，书写都市风景，尤其注重书写都市人的复杂情感，以及金钱对人异化、物欲的膨胀导致人性的萎缩之时，西部作家则在高山大河、草原湖海之间找到了自己的审美观照点。他们纵情挥洒，笔下千姿百态、具有生命力和主体形象的自然风景，在小说中担负起独立的表意和叙事功能，获得了自身的存在价值和美学意义。

二　灵性动物形象的塑造

20世纪90年代以来，生态危机成为全球范围内几乎所有国家遭遇和面临的亟待解决的问题，文学界的诸多有识之士也开始关注生态问题，开始从文学的角度探讨人与自然的关系。在这股创作潜流中，"生态小说成

---

[1]　刘亮程：《凿空》，浙江文艺出版社2013年版，第414页。

为西部作家的创作中心，由此形成了生态小说的'西部高地'现象"①。在西部生态小说中，西部作家们摆脱"人类中心主义"，他们变换"人的尺度"为"生命的尺度"，开始以"生命伦理观"观照西部动物。在他们的小说文本中，成长于西部广袤大自然中的野生动物如狼、鹿、狐狸和西部的家养动物如马、羊、骆驼等都获得了与人等齐的生命伦理意义。西部作家颠覆或继承发展了"禽兽比德"和"动物报恩"的传统叙事模式，从动物的外在特征、内在性格、精神品质等全方位、多角度凸显动物形象，体现出西部小说自然书写的神性与诗性特质，成为当代文学动物叙事的重要组成部分。

所谓"禽兽比德"，就是把动物的某些生物特征与人的道德观念相比附，赋之以人的某种品德。②"禽兽比德"这种观照自然、观照动物的方式，从《诗经》的《硕鼠》就已开始，一直到柳宗元的《黔之驴》，《红楼梦》中也有影射贾迎春悲剧的"子系中山狼"这样的诗句。在整个中国文学中，这种书写具有普适性，既是一种传统的审美思维，也是一种惯常的文学构思模式。但是，"禽兽比德"这种模式，是以人为中心、为尺度，将动物放置在人的对立面或作为人的附属物而存在，动物只能是用来"比德"的一种工具性的存在。在新时期以来的西部文学中，这种借动物来观照人生、喻示历史和现实的书写模式得到了广泛运用。张贤亮的《邢老汉与狗的故事》中，用一只狗的悲惨命运来印证历史的荒谬、人性的黑暗，从而对"文革"作出反思。张承志的《黑骏马》，也是用一匹草原骏马来表达作家对草原的眷恋和热爱之情。此类小说在对动物形象的传神描绘中，动物虽然具有人类的一些特征，成为人类在逆境中生活时的亲密伴侣，但是动物在小说中依然是一种与人相关的附属性的存在，因此，它们也是作家进行文化批判和历史批判的一种工具。

姜戎、杨志军、京夫、郭雪波、雪漠在新世纪创作的长篇小说中，一系列动物形象的书写带给我们耳目一新的感受。《狼图腾》中野性十足、桀骜不驯的草原狼，英姿飒爽的骏马，懦弱胆小的黄羊；《藏獒》中忠贞不渝、英勇善战的藏獒；《鹿鸣》中矫健、充满灵性的鹿，《银狐》中通

---

① 雷鸣：《危机寻根——现代性反思的潜性主调》，博士学位论文，山东师范大学，2009年。

② 姚立云：《羔羊之义与禽兽比德》，《黑龙江教育学院学报》2001年第1期。

人性、带着神秘色彩的狐狸；《野狐岭》中吃苦耐劳、忍辱负重的骆驼；《凿空》《虚土》中善解人意的驴子，对这些具有立体感的、丰富的动物形象的书写，既体现出作家一种新的观照动物的方式，也为西部小说的动物叙事带来了生机和活力。

（一）西部作家以传神的笔墨，描绘动物神态各异的外貌特征，生成了栩栩如生的西部动物群像图

姜戎、杨志军和京夫分别对狼、藏獒和鹿的刻画，有着异曲同工之妙。书写草原狼、藏獒以及头鹿的野性魅力和王者形象，叙述的侧重点在于群体中的"这一个"，达到窥一斑而知全豹的效果。《狼图腾》中陈阵眼里的草原狼是这样的："在晚霞的天光下，竟然出现了一大群金毛灿灿、杀气腾腾的蒙古狼。离他最近的正好是几头巨狼，大如花豹，足足比他在北京动物园见到的狼粗一倍、高半倍、长半个身子。此时，几十条蹲在雪地上的大狼呼地一下全部站立起来，长尾统统平翘，像一把把即将出鞘的军刀，一副弓在箭上，准备扑杀的架势。狼群中一头被大狼们簇拥着的白狼王，他的脖子、前胸和腹部大片的灰白毛，发出白金般的光亮，耀眼夺目，射散出一股凶傲的虎狼之威。"杨志军笔下的藏獒："冈日森格仰头扫视着獒群，几乎把所有的獒群都看了一遍，然后死死地盯住了一只带着微笑望着它的虎头雪獒。……它身形伟岸，姿态优雅，一脸的王者之气，顾盼之间八面威风然然而来。它的一只眼睛含着斗士必有的威严和杀气，但行动却是傲慢和迟缓的，充满着对来犯者发自内心的蔑视。"《藏獒》的主角是一只名叫冈日森格的藏獒，杨志军虽然没有正面描写冈日森格的外貌，但通过它的眼睛可以观察到同类的形象，读者也大致可以勾画出冈日森格的形象，进而对藏獒的整体形象了然于心。京夫的《鹿鸣》中，雄鹿峰峰高贵动人的形象，和它的悲剧命运始终牵动人心，它是鹿王，是养鹿人林峰的助手，小说着重描写了头鹿的鹿角："峰峰的王权象征是那副多齿巨大如同红珊瑚一样美丽无与伦比的长角，任何公鹿的长角在它面前都相形见绌，黯然失色。"正是因为峰峰秀美无比的鹿角，让它不得不面对身首异处的死亡结局。

郭雪波的《银狐》和雪漠的《野狐岭》书写狐狸和骆驼，小说对动物外在形象的刻画，主要通过具体的环境描写，为其出场做足铺垫，渲染出浓厚的神秘色彩。如《银狐》中出场的狐狸："那兽倏地伏在雪地上，融入月色，与皑皑雪地共色。此兽遍体白毛，灿如银雪，匍匐在地，无声

无息，无影无迹。唯有一双眼睛碧绿碧绿，在雪地上一闪一闪，犹如镶嵌在雪地上的两颗绿宝石。"《野狐岭》中，雪漠讲述两支驼队神秘失踪的故事，在幽暗的深夜中，作家持咒招魂，众多亡灵复活，其中一个主角叫黄煞神的骆驼讲述了自己的故事。小说中出场的黄煞神一身白缎子似的驼毛，跑起来有飞沙走石之感。在雪漠笔下，骆驼的外在形象与整部小说中云谲波诡的神秘氛围合而为一，引人遐思。

（二）对动物内在性格乃至精神特质的书写，赋予动物与人平等的地位

作家对动物性格特征和精神品质的拟人化处理，让它们具备人一样的灵性特质。作家突出书写了它们博大而丰富的情感，它们的喜怒哀乐，它们的爱情、亲情以及友情等多维情感。

《狼图腾》中，草原狼独具魅力的故事让人心潮澎湃。小说的独特之处在于，在新时期以来的西部小说中，存在大量以"动物报恩"为母题的故事，这类故事突出表现一种人与动物互相依存、和谐共处的亲密关系。《狼图腾》以额仑草原为背景，叙述了在恶劣生存环境下人与狼之间的对抗关系。除此之外，姜戎还改写了中国的民间故事和寓言中关于狼凶残、狡猾的负面形象，其笔下草原狼的主要特征是聪明机智，深谙草原的生存法则，具有高度的组织性、纪律性和团队协作能力。小说详细叙述了草原狼如何机智地与人周旋，如何在严酷的环境中保持自我种群的生存和繁衍技能。写它们在草原上如何组织庞大的团队伏击黄羊群，它们怎样以最大的效率猎获黄羊，甚至知道如何将吃不完的黄羊藏在雪地里储存起来作为来年春天的食物。它们知道如何利用暴风雪俘获军马，在狂风暴雪之夜，它们利用风雪以及黑暗的威力，围猎军马群，将马群驱赶到大水泡子里，然后吃掉。更为称奇的是，他们比人更了解草原的生存法则，因此从不赶尽杀绝，往往会口下留情，维持着草原的生态平衡。可以说，姜戎在《狼图腾》中为我们提供了一部生动翔实的草原狼的百科全书，我们可以通过狼性来反思人性。

在杨志军的《藏獒》和郭雪波的《银狐》中，两位作家对传统"动物报恩"的母题有所发展。传统"动物报恩"的书写模式仍然是以人为中心，动物与人的地位是不平等的，只有当人给予动物一定的恩惠时，动物的灵性才会被激发出来。杨志军和郭雪波则将动物与人置于同等的位置，由此来书写他们之间的亲密关系。杨志军为一条名叫冈日森格的藏獒

作传，通过它与虎头雪獒，与饮血王党项罗刹以及狼的数次战斗场面，刻画出一只忠诚勇敢、聪慧机智的藏獒形象。小说中的藏獒，不仅是草原上威风凛凛的战神，它同样也是温情和懂得感恩的人类的守护神。在草原上，藏獒与牧民的地位是平等的，他们之间遵循生存关系，形成了亲密的伴侣关系。杨志军说："我写藏獒，也有一种用动物启蒙人类的冲动……我写藏獒，其冲动就是补缺，补缺人类的道德精神在物欲横流中被磨损被销烛了的那一部分。藏獒是一种高素质的存在，在它的身上，体现了青藏高原壮猛风土的塑造，集中了草原的生灵应该具备的最好品质：孤独、冷傲、威猛和忠诚、勇敢、献身以及耐饥、耐寒、耐一切磨砺。它们伟岸健壮、凛凛逼人、疾恶如仇、舍己为人，是牧家的保护神。"①

刘亮程在《凿空》中，塑造出与阿不旦村人有着密切关系的驴子的群体形象。驴子不仅与阿不旦人的现实生活相关，而且驴子在阿不旦有着悠久的历史渊源。阿不旦村的驴子，它们能听得懂彼此的叫声，每个驴子都有自己的情人。阿不旦村的孩子，在驴的叫声中出生，也在驴的叫声中成长、老去。在驴背上，骑着阿不旦村的男人，驴车里，拉着女人和孩子。长期以来，阿不旦村的驴和人都亲密和谐地相处。郭雪波在《银狐》中，也是从与人的关系入手，塑造出充满灵性与神秘色彩的银狐。在茫茫大漠中，它与怀有身孕的珊梅互相依存、彼此照顾，将银狐身上的母性情怀体现得淋漓尽致。

雪漠的"大漠三部曲"中，每一部小说中都有关于动物的精彩描述，例如《大漠祭》中的鹰、《猎原》中的狼和狗、《白虎关》中的豺狗子。在《野狐岭》中，他开始写骆驼，整部小说的主角就是骆驼和骆驼客，因此这部小说可以被看作一部关于西部驼场、驼队、骆驼客和骆驼的百科全书。关于骆驼们如何放场、如何养膘、如何发情配种，以及如何争夺驼王的位子都事无巨细地进行了全面书写。更为称奇的是，雪漠在小说中将已经化为驼神的黄煞神与野狐岭中悉数登场的人类亡灵视作一样，直接赋予骆驼以人的情感和思维。通过黄煞神的自述，读者了解到它与俏寡妇以及蒙驼褐驴子之间复杂的情感纠葛。黄煞神与褐驴子为了俏寡妇而发生了驼斗，黄煞神眼看俏寡妇被其他骆驼侵犯时的恼怒，褐驴子对俏寡妇的一往情深，乃至至死不渝的忠贞，都突破了我们以往对骆驼形象的认知。在

---

① 《青藏高原，写不尽的原野》，《青海日报》2006 年 2 月 24 日第 3 版。

雪漠的笔下，它们成为野狐岭故事的核心组成部分，共同上演着婆娑世界的爱恨情仇。

总体而言，新世纪西部长篇小说建构了一系列极富新质、神态各异的动物形象。从外在特征到内在品质，不同作家笔下动物形象塑造的着眼点虽各不相同，但它们有着共同的美学趋向，即突出呈现了动物的自我性格、精神与尊严，使动物形象在文本中获得了与人等齐的地位。这些传达着作家生命理念的灵性动物形象的塑造，体现出西部作家独特的人文情怀。

三　人与自然和谐关系的呈现

大自然既是一个富有丰沛活力，同时又具有其自身严谨规则和秩序的生命整体。人存在于自然之中，与自然中的一切息息相关，人成为自然的有机组成部分。在人类社会早期，人类崇拜自然，赋予自然神秘的力量，认为自然界的万事万物中都蕴藏着神明和精灵。对自然万象的尊崇，使中国古代的文人不断从自然中获取写作的资源，取得心灵的和谐。但是，随着工业化、现代化进程的逐步加快，进入现代社会以后，人类以不同的方式对大自然进行"祛魅"，大自然神秘的外衣逐步被剥离。人类与自然的位置发生置换，人变成了自然的主人，丧失了对自然的敬畏之心。

然而，西部作家对西部自然的钟爱和赞美，让西部的戈壁沙漠、雪岭冰峰、黄土梁峁、静夜荒滩、春阳残月、寒风雪路——人文，处处都闪现着作家对万物生灵的顶礼膜拜。他们将大自然视为精神的原乡，以"追寻"为其重要的艺术手段，对自然进行美学观照，从自然中获得审美感知。在小说中恢复已经被"祛魅"的自然的神性色彩和魅性特质，传达出对人与自然和谐关系的认知，由此呈现出一种别开生面的现代性追求。

西部作家尽情展现着自然的神性与魅性，在他们始终濡染着温暖诗意的笔端，大自然的万事万物都是灵性的存在。在阿来的《随风飘散》、红柯的《大河》中，都塑造出一个自然与人完美融合的神性世界。《随风飘散》中的格拉，只要他"停下脚步，竖起耳朵"，就开始进入动物们的奇幻世界。他能听得懂野兔为什么奔跑、松鸡为什么叫，也能进入猫头鹰的梦乡。《大河》中，小女兵认为情人死后变成了白桦树，她之所以能够嫁给老金，是白熊做了他们的媒人。女兵与老金结婚后，将房子建在森林边上，夜晚伴着满天星星入眠，吃的是从森林里采摘的鲜嫩可口的蘑菇，喝的是自家牛身上挤出来的牛奶。女兵的孩子从小就是大力士，还能和树、老鹰等说话。白熊能够与河里的鱼聊天，鱼甘愿被白熊吃。仅从文本层面看，作家讲述的是一个个或凄美或温婉的人生故事，而故事的更深层面却是要表达一种自由、和谐、美好的自然生命状态。《随风飘撒》和《大河》中的主人公都相信万物有灵，他们热爱自然、敬畏自然，认为自然是他们唯一的家园。世间万物间原本的分界线在这些小说中不再存在，物与物、人与物之间的阻隔被神奇的想象力所打通，生命之门洞开，自由流淌。于是，人与万物诗意栖居在小说营造的文本世界里。

在《生命树》中，红柯进一步将物的灵性发挥至极致，他将人与物的关系重新定位，甚至将物凌驾于人之上，书写物对人心灵的抚慰及对悲剧人生的化解。《生命树》全文的中心意象是生命树，这是一棵神奇的树，它长于地心，每片叶子都闪耀着灵魂。围绕着生命树，作者还描写了洋芋、牛粪及和田玉，每一种不同的物体都对应着相应的人物，都体现着物与人之间奇妙而神秘的关系。小说中高才生马燕红人生遭遇重创，精神崩溃，终日恍惚，父亲将她送到老战友的村子里静养。她在村子里偶遇一个挖洋芋的小伙子，被其挖到的洋芋深深吸引。后来她沐浴阳光，穿越田野，洞穿了天地万物的秘密，身心都得到了自然的抚慰，终于抚平了内心的悲伤，与种洋芋的小伙子成家，生下儿子王星火。马燕红一家就靠种洋芋卖洋芋为生。后来，她家那头通人性的老牛，在因吃灵芝草死亡后，丈夫将它与洋芋一起葬在沙漠里，长出一棵巨大的生命树：

> 少女长大成人的那一天，生命树将高入云天，枝杈遮盖整个大地，长满灵魂的叶子，跟星星一样吸引人类，树窟窿有房子那么大，美丽女子从房子里走出来，那一天，她就不再吃大洋芋了，生命树也不吃了，荒漠变成花园了。

海德格尔说："拯救不仅是使某物摆脱危险；拯救的真正意思是把某物释放到他的本己的本质中。"[1] 洋芋不仅拯救了马燕红，而且将她的命运与生命树紧密联系在一起。生命树支撑着地球，大地荡涤了人内心的创伤，荒漠变成花园，人在花园中诗意的栖居。这是红柯的期许，也是他的

---

[1]　［德］海德格尔：《筑·居·思》，载《海德格尔选集》，孙周兴译，上海三联书店1996年版，第1193页。

写作理想。

红柯说："我的那些西部小说就是梦中惊醒后的回忆，《奔马》《美丽奴羊》《阿力麻里》《太阳发芽》《鹰影》《靴子》，这些群山草原的日常生活用品——闪射出一种神性的光芒。"① 事实上，不仅红柯如此，西部作家在其长篇小说中对西部大野的想象和构建，从某种意义上说，也是完成了一次灵魂对记忆中诗意家园的追寻。追寻起因于人类对于自身生活现状的不满或对理想生活的期待，人类通过想象来构建种种理想境界，并将其作为一种寻找和探求的动力。西部作家用合于自然性情韵味的文字，构建出一种理想的诗学镜像，对"诗意栖居"时代内在的精神诉求予以响应。

第二节　理想人物谱系的构建

所谓"理想人格"，是指能表现一定学说、团体以至社会系统的社会政治伦理观念的理想的、具有一致性和连续性的典范的行为倾向和模式。② 人格理论认为，"理想人格是时代精神的凝聚"，它以"'虽不能至，心向往之'的特殊功能提升着实有人格和贫乏的现实"③。进入新世纪以后，西部作家笔下出现了一系列散发着迷人的、具有理想人格魅力的人物形象。我们大致可以作如下分类：第一类是儒家"仁义"观念的忠实贯彻者和执行者，他们都具有孔子所谓的"君子"人格。儒者形象的构建，反映了作家对儒家传统文化的全面认知和深刻理解。第二类是兼具神性、血性和雄性特征的男儿形象，借助这一形象，作家传达出对生命高贵与尊严的认知。第三类是乡土社会中的"明亮"少年，他们是乡村社会中身心健全的少男少女，眼神明亮，心灵纯洁无邪，身上都闪烁着人性的温暖光辉，寄予着作家对美与善的表达。西部作家对理想人物谱系的构建，成为其小说诗性建构的重要表征之一。

---

① 红柯：《敬畏苍天》，上海人民出版社 2002 年版，第 100 页。

② 刘辉：《儒家理想人格略论》，《社会科学战线》2005 年第 4 期。

③ 程金城：《二十世纪中国文学中的"理想人格设计"概观》，《文艺研究》1989 年第 6 期。

一　儒家理想人物

儒家关于"理想人格"的设计，最切近普通人的是"君子"人格。孔子认为君子是居仁尽礼，通权达变，在仁礼规范体系中是谨慎守中的积极实践者。可见，儒家关于理想人格的核心理念是"仁义"，并将"仁义"辐射至道德的完善、行为与责任的担当等诸多方面。

从"五四"新文化运动开始，关于儒家传统文化中的理想人物，文学中通常将其置于"启蒙"立场的对立面进行全面否定。典型代表是鲁迅的《狂人日记》中关于狂人形象的塑造，作为一个新的理想人物，狂人的反叛直接指向了以封建伦理道德规范为支撑的儒家传统文化及其理想人格。20世纪30年代直至解放初期的文学叙述中，儒家传统文化中的理想人物也依然被当作批判和改造的对象，只不过这一时期作家的"启蒙"立场发生了改变，由"五四"时期关于文化的建构转向国家、社会制度的建构，政治立场和阶级立场在这一时期的文学叙述中占据主导地位。80年代末至90年代，在"寻根"文学的热潮中，作家们开始重新审视传统文化并重估其价值，文本中出现了一批传统儒家文化中成长起来的理想人物，例如，郑义《老井》中的老井村人，张炜《古船》中的隋抱朴等。90年代末，陈忠实创作出备受好评的《白鹿原》，在探询"一个民族的秘史"的同时，塑造了一位深受儒家文化滋养的理想人物白嘉轩。

新世纪以来，在陕西作家张浩文和宁夏作家郭文斌的笔下，出现了两位具有浓厚儒家传统文化色彩的人物形象周克文和乔占林，这两位人物形象承载着作家对于儒家文化视域中理想人物的重塑，并借此重塑传达出作家对传统文化价值的肯定。

《绝秦书》是作者张浩文的呕心沥血之作，旨在为故乡民国18年的大旱灾树碑立传。《绝秦书》的价值，不仅在于小说呈现了一段创伤的历史记忆，更是塑造出一个血肉丰满的儒家理想人物周克文的人物形象。这个人物形象的出现，同陈忠实《白鹿原》中的白嘉轩一样，成为西部文学人物群像中极其引人注目的一位。郭文斌的《农历》，主要写西海固的一个小村庄在一整年的时间中如何过每一个农历节日的故事，小说的主人公是两个单纯明亮的乡村少年五月和六月，他们的父亲乔占林则是整个小说的配角。可是，正是因为有这样一位通晓儒家典籍、熟悉各类民间戏曲、了解每个节日的来龙去脉，以及各种乡间规程、礼俗的父亲，才使五月、六月的"天问"得以完满解答，乔占林可以被看作儒家传统文化中成长起来的一位智者。

周克文和乔占林都是儒家"仁义"道德准则的规范践行者。小说从背景的设置、细节的叙述，以及通过"他者"的形象来对比或映衬等多种不同的方式，完成对他们理想人格形成轨迹的描述，凸显了其理想人格的主体形象。在《绝秦书》中，小说叙述的特定地域是中国近现代时期的陕西"关中"，这不是一个虚构的地域名称，而是一个真实具体的存在。司马迁认为："关中自汧雍以东至河华，膏壤沃野千里，自虞夏之贡以为上田，而公刘适邠，大王王季在岐，文王作丰，武王治镐，故其民犹有先王之遗风，好稼穑，殖五谷。"① 优越的自然地理环境，使关中成为中华民族的文化发祥地，儒家传统文化在这里形成了深厚的根基。即使到了近代，"在辛亥革命飓风的裹挟下，关中从清王朝的统治中挣脱出来，步入了一个尚未建立起秩序的、各种政治力量相互斗争、充满内忧外患和动乱的中国历史的大背景之中"②。通过细读文本便可发现，在《绝秦书》中，周克文的儿子周立功从北京返回家乡，试图通过新式教育改变周家寨的面貌，但结果是屡屡碰壁。由此可见，尽管时代风云激荡变化，关中依然是未受新风侵染的仁义之地。《农历》中的乔占林生活在西海固的一个非常贫瘠的小山村，虽然小说的叙述时间已经是新世纪，但是，郭文斌有意淡化时代色彩和苦难意识，小说中的乔家村，依然是一个秉持着日出而作、日落而息生活节奏的、世外桃源般的人情淳朴温暖的乡土社会。所以，不管是民国时期的周家寨，还是新世纪的乔家村，它们都是作家笔下人物理想人格形成的温床。

背景的设置为理想人物形象的塑造探寻到适宜生长的土壤，而日常生活极富诗意的细节叙述则进一步凸显了理想人物的人格魅力。周克文和乔占林的塑造寄寓着作家深厚的家国情怀，家国情怀是儒家传统文化中最为引人入胜的部分，它强调个人命运与家族、国家命运的同质同构，将个人的修身与齐家、治国、平天下紧密相连。在《绝秦书》中，周克文是"修身"的典范，他能坚守农人的本分，以土地为本，事事亲力亲为。虽

---

① 徐卫民：《秦立国关中的历史地理研究》，《西北史地》1998 年第 4 期。

② 张国俊：《中国文化之二难（下）——〈白鹿原〉与关中文化》，《小说评论》1998 年第 6 期。

然知道罂粟的种植会带来可观的收入，但他选择舍弃，而是种植小麦或棉花。而且在他身上有一种儒家文化衍生而来的民间智慧，当个人和家庭面临危机时，他常常能够运用这种民间智慧巧妙地化解。比如在小说的开篇，周家被抢，周克文以许诺给土匪银圆周旋换来了一袋烟的时间，借此机会为土匪们讲述《虬髯客》的故事，土匪被感动，最后竟将抢来的银圆留了下来。在与土匪的较量中，周克文全面展现了其理想人格的魅力，折服了土匪。除此之外，在与长工、邻里的日常相处中，他都能恪守"重义轻利"的道德准则。小说通过一个"换工"细节的描写，彰显出周克文的仁义之心。同村人黑丑，父亲去世后，剩下他们孤儿寡母，自家的五亩地无法耕种。在这种情况下，周克文主动提出换工，帮助黑丑家播种。第二年夏天，又将黑丑叫到麦场里手把手教他"技术活"。后来，周家的棉花成熟之际，周克文又亲自去全寨每家每户说好话，央求换工。特别是，对偷盗其田地里棉花的连城媳妇，周克文不但替她掩饰偷盗行为，还赠送最好的棉花助其过冬；在全家人都想不通的情况下，他还让儿媳妇为没吃饭的连成媳妇送去一大盆油泼辣子面，致使"连城媳妇脸皮那么厚的人，见了这一盆油泼辣子面竟然流下了眼泪"。

"达则兼济天下，穷则独善其身"是儒家传统文化为个人出路框定的文化选择。在与长工、邻里的交往中，周克文严格恪守"重义轻利"的道德准则，达到了儒家理想人格中"修身"层面的自我完善。达到"修身"层面的自我完善后，周克文作为周家寨的一族之长，他能做到恪尽职守，在对抗天灾人祸时显现出强大的人格魅力。小说描绘了一个典型场景——祈雨，这一具有浓重神秘色彩的民间活动让读者感受的是极大的情感触动。周克文在体力不支的情况下坚持舞龙的举动，让人感受到在无法驾驭的强大的自然面前，关中人呈现出的敢于自我牺牲的豪气和勇气。正是族长榜样的力量，才使乡民们能够聚拢在族长周围，向天灾人祸抗争。

与周克文相比，乔占林显得更为接地气。小说通过他在日常生活中的一言一行来体现他身上具有的儒家传统文化精魂。作为一个普通的农民，对土地有着深厚的感情。他是农村各项生产活动的行家里手，对一切农事活动都非常熟悉。他也是乔家的一家之主，他分别以三月、四月、五月、六月等月份名称为子女取名，表现出一种对天地、自然的敬畏和感恩。他教导子女阅读《弟子规》《朱家训》《孝经》等儒家典籍，带领孩子在每一个农历的节日感受民风习俗，带领他们演目连戏、扮社火、唱祈雨歌，让他们在日常生活中感受"慎终追远""受恩莫忘，施惠毋念""性中自有大光明"等道理。在孩子眼中，他是一个温和有礼的父亲。他不但给了乡村儿女生命，同时也是他们精神灵魂的培养者，是他们人生道路上的引路人。作为一个乡亲邻里，他是村民眼里的"大先生"，他为乡亲们送灯、写对联，自编自演《目连救母》《天官赐福》等各类戏剧，既让村民们感到欢乐，同时也让他们受到启发和教育。在乔万林的身上，寄托着作家对自然纯朴、和谐自治，有着儒家传统文化投影的乡土文明的赞扬。

最后，为了使儒家理想人格的形象更趋完善，作家不约而同地选择了通过"他者"的形象来对主体形象进行对比和映衬。在《绝秦书》中，周栓成作为儒家理想人格的毁弃者和破坏者的形象而存在。周栓成对待养女所表现出的冷酷无情，在与对手的较量中流露出的阴险、歹毒、狡猾与自私，以及处世准则和人生信条暴露出来的见利忘义与不择手段，这些性格特征与解放区和"十七年"文学中关于"地主"的叙述不谋而合。由此，作为封建伦理道德规范代言人的"地主"被一分为二，一种是规范的执着执行者，一种是以规范为幌子的背离者。在双方的对比中，周克文理想人格得到了淋漓尽致的表现。而在《农历》中，五月和六月与父亲互相映衬。乡间如花朵初绽一样的少年，他们的天真活泼，正好映衬着父亲的踏实沉稳。而他们对世界万事万物，各种节日礼俗所表现出的好奇心，他们时时发出的对世界的疑问，都由父亲来回答。在他们成长的过程中，父亲不仅是一个坚实的港湾，更是一位精神导师。

儒家传统文化是一种农耕文明中孕育而成的思想文化，农耕社会以家庭为主要组成单位，祖辈相传、自给自足的生产经验和生活方式，都是儒家文化产生的温床和土壤。儒家文化以伦理观念为中心原则，讲孝道、重人伦，同时强调对个人的现实理性精神和对社会的和谐稳定职能。在经历了两千多年的历史发展演变之后，儒家文化占据中国传统文化的主流地位。在《绝秦书》和《农历》中，通过周克文和乔万林理想人格的建构，作家巧妙地表达了对儒家传统文化的认知。《绝秦书》的结尾，在罕见的大旱灾面前，当周克文看到洋教施舍粥饭，痛感三秦大地上乡民会因为一口食粮而忘记孔孟之道，下定决心开仓赈灾。然而，他的粥棚被饥饿的灾民踏翻了，整个周家寨也被时代的洪流裹挟而去。周克文的努力在罕见的大灾难面前是徒劳无功的，从这种意义上讲，他是特定历史环境中的悲剧性人物。小说生动表现了他在大旱灾和洋教入侵的"四面楚歌"中坚守自己的立场与信仰，执拗的坚守姿态是孤独的，也是决绝的，深含悲壮韵味。孤独的英雄形象往往能够跨越时代，引起读者的共鸣。张浩文在《绝秦书》中借一场灾难、一个家族、一个人物为整个儒家传统文化唱响挽歌的同时，也让我们重新领悟了儒家传统文化的力量和动人之处。郭文斌在《农历》中，借农历节日的种种习俗和一位谙熟儒家传统文化精髓的"父亲"，传达出他对中国传统乡土文化执着找寻的信念。在乡野田间，在农家小院，在一幅幅生动有趣的节日风俗画中，郭文斌在乡土文化之子与乡土文化之父之间建立起血脉和精神上的联系，他试图弥合现代社会转型中代际之间的思想鸿沟，渴望在乡土传统文化和现代文化之间修建一座沟通之桥。

二　神性英雄与血性男儿

十年新疆生活的经历，让红柯创作了一系列的长篇佳作。在《西去的骑手》《大河》《乌尔禾》《生命树》和《喀拉布风暴》五部长篇小说中，他塑造了一系列极具光彩的男儿形象，"尕司令"马仲英、炊事兵老金、土匪托海、刘大壮以及青年知识分子张子鱼，红柯从小说文本世界的历史和现实两级维度出发，完成了小说人物理想人格的建构，因此，生命神性的塑造更具人的主体性，也更富有人文性和现实感。

红柯曾说："在西域，即使一个乞丐也是从容大气的行乞，穷乡僻壤家徒四壁，主人一定是干净整洁神情自若。内地人所谓的人穷志短，马瘦毛长，仓廪实而知礼节在西域是行不通的。大戈壁、大沙漠、大草原，必然产生生命的大气象。"[①] 正是对这种生命气象的敬畏和尊重，使红柯超越了阶级、民族和政治的历史沟壑，将生命还原为具有永恒光泽的艺术形象。《西去的骑手》中的"尕司令"马仲英，《大河》中的炊事兵老金、土匪托海，《乌尔禾》中的刘大壮，《喀拉布风暴》中的青年知识分子张子鱼，从小说文本世界的历史和现实两级维度出发，红柯完成了小说人物理想人格的建构。

《西去的骑手》是一部充满英雄主义神性气质的作品，在苍凉而厚重的历史和浪漫而旖旎的情怀中，红柯塑造了 20 世纪二三十年代驰骋于大西北战场上中外闻名的骑手"尕司令"马仲英这一传奇形象。红柯说：

---

① 红柯：《西去的骑手》，云南人民出版社 2002 年版，第 2 页。

"英雄关乎人类进步，是对他者的肯定。"① 为了彰显马仲英身上的英雄主义特质，红柯进行了净化处理。一方面，红柯回避了民间传说中关于马仲英与不同女性的情感纠葛，荡涤其所有现代意义上的英雄美人、儿女情长。对马仲英娶妻的情节和后来其妻隐姓埋名蛰居大漠的情节，也进行诗化处理。另一方面，红柯有意剥离史料记述中马仲英杀人如麻的匪性色彩，刻画出一位在金戈铁马、碧血黄沙的战争场景中铁骨铮铮的英雄。在百年难遇的严寒冬天，中亚大地一片银装素裹。在寒光闪闪的战刀下，震耳欲聋的炮声中，头屯河之战一触即发。骑手被炮火击落、被战刀砍倒。然而，他们的精神却永恒地留在辽阔苍凉的中亚大地。战争成就了神采奕奕的生命——"自然生命的力量在这些野性十足的汉子们的狂喊咆哮和刺杀战斗中挥洒得淋漓尽致，如鲲鹏之翅击水三千，又像黄河之水飞泻九天。这些充满血性的骑手跃马天上如一股强烈的冲击波，读来使人不禁血脉贲张，卑琐、柔弱和犹疑不决被一荡而尽，只想长啸九霄，横行天下。"② 这是属于红柯的马仲英，一个"古典游牧民族的英雄"形象，寄托着红柯对英雄的向往和渴慕。

如果说红柯在《西去的骑手》中演绎了一段古典英雄主义的浪漫传奇，那么他在《喀拉布风暴》中则是将小说的故事背景从民国拉回到了当代，主人公也由不同类型的骑士英雄变成了当代新疆形形色色的知识分子。迥异于《西去的骑手》中洋溢着阳刚之气的男性的叙事，《喀拉布风暴》中的红柯变得深情，他讲述了三个青年的成长故事，借助主人公的爱情成长经历，寻求一种本真的生存状态，解放或拯救被压抑的人性。

《喀拉布风暴》中，红柯为一号男主人公张子鱼设置了两个不同的生存空间，少年时期的张子鱼生长于"关陕空间"，而青年时期的张子鱼为寻求救赎来到了"新疆空间。"小说中出现在读者面前的张子鱼，是在叶海亚的望远镜下由远而"拉近""放大"的一个在沙漠戈壁游荡的"幽灵"形象，这个脸被风沙打磨得毫无血色、眼睛空洞而焦灼的"沙漠幽灵"让叶海亚想到了阿拉山口。张子鱼后来以一曲苍凉粗粝的情歌——哈萨克民歌《燕子》，俘获了少女叶海亚的心，两人闪电结婚，而后遁入沙漠深处度蜜月。然后，顺着叶海亚前恋人孟凯的视角，徐徐展开了张子

---

① 张雪艳：《自然与神性的诗意追寻——红柯访谈录》，《延河》2009 年第 11 期。
② 朱向前：《黄金草原——心灵的牧场》，《小说评论》2003 年第 4 期。

鱼在关陕空间的前世今生：从小在郊区生活，体验到城乡之间的巨大差距。虽然通过发奋读书走出了原来的生存之地，但成为他心灵上挥之不去的创伤和阴影。中学至大学时期的张子鱼，不乏漂亮优秀的女性追求者，他凭着自身的魅力赢得了画画少女叶小兰、医生女儿姚慧敏及省城知识分子家庭出身的大学同学李芸等人的好感，然而苦难造就的自卑心理使他没有勇气和信心面对爱情。于是，结局或是女性黯然离去，或是他在紧要关头下意识地采取"保护自己的姿势"而惯性退缩，心里这种"让人不寒而栗的阴影"让他不堪重负。于是，张子鱼来到精河沙漠空间里的"今生"寻求救赎。在遮天蔽日的喀拉布风暴中，他与天地融为一体，变成了真正的"沙漠之子"。他勇敢地收获了"沙漠女儿"叶海亚的爱情，完成了他身心的第一次成长。在叶海亚的精心呵护下，尤其是在情敌孟凯报复似的追溯他的家族渊源、追踪他的少年苦难、回溯他的情感"前史"的历程中，张子鱼终于卸下了身上的重重盔甲，完全清醒地认识到孟凯对他所说的一席话的真正含义：

> 真心爱一个人，毫无保留地爱，就像沙漠，到了沙漠才明白要爱就毫无保留，一点不剩地把自己最真实的东西交出去，梭梭红柳骆驼刺在沙子里吸不到水分就在空气里吸，空气里吸不到就在太阳一起一落的温差里吸，吸到的都是真实的东西，一点假都掺不了，沙漠里都是真实的东西，再没有比戈壁沙漠更真实的地方了。

在叶海亚"快绷不住了"的夜晚，在历经了又一次昏天黑地的喀拉布风暴后，张子鱼向叶海亚完全敞开了他那颗深沉的心，完成了他身心的第二次成长。同样是从关陕空间中走出、西去大漠的农家子弟，张子鱼的身上有着红柯自身的投影。《喀拉布风暴》对张子鱼理想人格的构建，是以张子鱼对爱情完全敞开心扉和重获爱的能力为基础。在红柯看来，生命只有经历黑色的、席卷一切的喀拉布风暴，才能获得真正的成长。作为小说中以配角出现的两个人物形象，孟凯的成长归功于因失恋而重新补回人生苦难的一课，并由此重获生命的激情；武明生的成长焦点落在克服童年的创伤性体验，消解人生过于精明和功利的一面，以及弥补人生的厚重博深。他们成长的人格化过程表现出共性的一面，那就是逃离现代人的生存困境，重拾遗失的自然精神，选择一种"可能成为自己"的生存方式，抵达本真的生命状态。这既是成长的救赎，也是被压抑人性的拯救。

20 世纪 90 年代以来，随着中国消费型社会的渐趋成型，中国大地上，特别是经济文化的中心发展地带，躲避崇高、信仰失落、英雄隐退、道德沦丧，共同构筑了一个精神贬值的文化景观。红柯认为，"内地的成人世界差不多也是动物世界"①，正因为如此，红柯浓墨重彩塑造的理想人物，都是奔涌着血性力量和生命激情的西部汉子，都成长或脱胎于西部游牧民族的文化氛围中，显示出一种异于中原文化中的生命意识。而表现人的神性、血性及其无所畏惧的生命意识和精神气质，正是红柯的审美理想之所在。"理想之为理想就因为它并不现实存在，而只是作为人的一种精神目标来引导，完善和改进人生，使之趋于完美。"② 红柯将自己的理想人格投射于小说人物身上，使他们绽放出无限的激情、华丽和庄严。红柯的写作，是将血性和雄性的血液注入委顿的大地之上，让生命恢复应有的高贵与尊严。

三　澄澈的自然之子

儿童作为独立于成人形象之外的一个群落出现在文学中，大致开始于"五四"文学时期。伴随着启蒙主义思潮之下关于人的发现，鲁迅在《狂人日记》中发出了"救救孩子"的激情呐喊声，丰子恺则认为："成人大都已失本性，只有儿童天真烂漫，人格完整，这才是真正的'人'。"③ 正是在这样一种对儿童极度褒扬的氛围之中，现代文学的作家们关注儿童的命运，塑造出种种性格各异又活泼生动的儿童形象。在这些寄寓着不同理想人格理念的儿童身上，作家们表现出对中国未来的一种期待。

新世纪以来，西部小说中不管是穿越历史迷雾，试图还原历史现场的祛魅之作，还是对即将消逝的乡土文明唱出挽歌的抒怀之作，许多都浮现着儿童的身影。在这些活泼天真、稚气动人，带着其特有天性和个性特征，被作家赋予了灵气的乡间小儿女的身上，寄予着作家对人性美的赞扬与表达。郭文斌《农历》中的五月、六月，红柯《乌尔禾》中少年时期

①　红柯：《西去的骑手》，云南人民出版社 2002 年版，第 4 页。

②　张汝伦：《理想就是理想》，《读书》1993 年第 6 期。

③　丰子恺：《漫画创作二十年》，载《丰子恺文集》（第 4 卷），浙江文艺出版社 1992 年版，第 389 页。

的王卫疆、燕子，《生命树》中的王星火，董立勃《米香》中的波儿等神态各异、性格鲜明的儿童形象，跃动在整个西部小说的形象序列里，构成了成人形象体系之外的又一多元群落。

西部作家关于儿童理想人格的构建，主要是突出儿童的自然本性。红柯在《西去的骑手·自序》中坦言："内地哪有什么孩子，都是一些小大人，在娘胎里就已经丧失了儿童的天性。"西部作家笔下的儿童，是从小都生长于边疆大野的"自然之子"，生于自然，在山野里成长，在民间文化形态中接受教育，他们人性中自然的一面未受到成人社会的浸染。在原始淳朴的大自然的怀抱中，儿童的天性得以良好的保持和发展。

好奇是儿童的一大天性，在每一个儿童的成长过程中，他们对于世间的万事万物，都充满了探索的欲望。郭文斌在《农历》中，书写乡村节日习俗，礼赞安详的民俗人生的同时，塑造了两个乡村少年五月、六月的形象，小说描写了他们在日常生活中，面对万事万物所提出的关于生死、自然、社会、戏剧、生命以及两性的种种问题。比如《元宵》一章中，六月看到母亲和姐姐五月在捏荞面灯盏，就问为啥单单用荞面，为啥荞面是灯命，为啥麦秆上缠了棉花才能当灯捻儿，为啥棉花吸了油才能着？直到把母亲问得笑了，不知道如何回答，只能推说让去问老天爷。娘让五月和六月给卯子家送灯盏，六月又开始发问，为什么要送，什么叫孝，什么叫"慎终追远"？在父亲的解释中，六月明白了孝的含义。在《小满》一章中，小说极富情趣地描写了五月和六月看到嫂子生孩子时，他们性意识的萌动和对两性关系的探究。还有他们关于生命的追问："树死了还能烧，萝卜死了还能吃，人死了呢？""防着时间，时间咋防呢？"在与父亲、母亲、乡亲邻里的一问一答中，乡村小儿女逐渐了解了人情和亲情，掌握了西海固大地上的节日礼俗、长幼尊卑，明白了做人的道理，洞悉了生命的奥秘。乡土社会的传统文化就这样于简单的日常生活和一言一行中，以"润物细无声"的方式进入孩子们的心里，生根发芽，长成精神的参天大树。成人观念中习以为常的看法和约定俗成的规矩，在孩子眼中皆充满着疑问。在他们的质疑声中，人生与世界被重新认识。经由这些疑问，我们看到了一个崭新的、澄澈透明的世界。

率真是儿童的另一个天性。儿童与成人最大的区别在于他们的心灵未经世俗浸染，所以他们的一言一行，都有一种浑朴粗率的生命活力。红柯的《大河》中，女兵与老金结婚后，生了一儿一女。孩子长在大森林边上，森林中的动植物都成了他们的伙伴。哥哥抓到一只小熊，妹妹把小熊当成玩伴，上街带着它，当众人围过来看时，她不允许他们看，还骄傲地宣布自己长大要嫁给小熊。《农历》中，当六月听到长辈死后，需要守孝三年，其间不能结婚时，他理直气壮地要求父亲必须等他结婚后才能死，否则他结不了婚怎么办。这些让人忍俊不禁的语言，恰恰从另一个方面折射出孩子的独有天性。除此之外，这种率真在西部作家笔下还呈现为一种粗率的生命活力，一种带着野性的跃动的生命形态。《喀拉布风暴》中的少年孟凯，《生命树》中的王星火，《米香》中的波儿，他们爬树、打架、下河摸鱼，尽情释放着孩子活泼的天性，无拘无束而又勃发着无限的生机，表现出极富动态的生命特征。

除此之外，在另外一些西部作家的笔下，出现了一类具有特殊禀赋的孩子形象。最典型的代表就是贾平凹《古炉》中的狗尿苔。从外貌上看，狗尿苔眼珠突、肚子大、腿儿细、耳朵乍，而且个子很矮，他本名叫平安，但古炉村的人都叫他狗尿苔。狗尿苔是一个有着特殊禀赋的人物，他听得懂各种花草鸟兽的语言，能够与狗、猪、牛、羊等动物做朋友。燕子在他的肩头和手上自由地起落，而鸡群则邀请他参加它们的生日宴会。他的世界是一个花草树木、飞禽走兽和谐相融的魔幻世界，与贫穷、落后、愚昧、阴险、荒诞、残忍的古炉村形成了巨大的反差。贾平凹将狗尿苔这样精灵式的人物，置于古炉村成人世界的对立面，用狗尿苔的善良、纯真反衬成人世界的残忍和黑暗。借此形象，贾平凹完成了对"文革"历史的批判。

西部作家笔下的儿童形象，由于受西部自然和人文环境的制约较少，因此单纯、原始的天性及独立的人格都得以很好的保存和发展。在新世纪文坛中，当大部分东部作家将书写的重心落到灯红酒绿，在欲望中挣扎与沉浮的成人世界时，西部作家对生长于边疆大野的孩子形象的倾情塑造，成为他们讴歌美好人性的重要载体。

第三节　西部小说文本结构的诗性特征

新世纪以来，中国文学结束了自 20 世纪 90 年代以来一浪高过一浪的文体实验，"表意的焦虑"得到暂时的纾解，中国作家们整体上表现出一种向本土和传统的回归。在长篇小说的艺术形式与审美追求上，他们对自己小说世界的建构，注重从本土文化积淀入手，向民间文化寻求灵感。莫言的《檀香刑》，整部小说一改过去作家对西方魔幻现实主义的钟情，他扬弃了西部现代主义的表达方式，从叙事技巧、审美情趣、语言风格等方面都体现出一种对传统和本土的回归。尤其是整部小说选取"猫腔"这一带有浓厚地域文化符号性表征的地方戏曲，来推动故事情节的发展，营造出小说浓厚的诗意特征。而他的《生死疲劳》则在结构上使用"六道轮回""章回体"等形式，彰显作者对中国经验和中国精神的忠诚。王安忆在《天香》中，展开了一整幅闺阁女子生活的风情长卷，在极富生活质感的细节描摹中，将古典的诗词歌赋、名人典故、野史传说融为一炉，不仅让小说在文字上产生了抑扬顿挫的音韵美感，而且也使整部小说都徜徉在古典诗意的氛围之中。

　　时至今日，西部小说已经走过了一个较为漫长的发展历程。将西部小说放置在整个中国文学的总体格局中来考量，都以其独特的艺术内涵和美学价值引起人们的注意。文本结构是文学作品的形式要素，是指文本各部分之间的内部组织构造和外在表现形态。陈思和曾经对长篇小说的结构提出过具体要求，认为："一部好的长篇必须有一个好的有机结构，以求在相对精小的空间中贮藏起较大的思想容量和艺术容量。"① 新世纪以来，西部作家对长篇小说文本结构的建构，不约而同地表现出一种向西部本土文化资源，尤其是民间文化资源借鉴的趋势。他们在小说中对不同地区、不同民族的神话传说、历史故事、史诗、歌谣的有机融入，以及对传统文学形式的借重，都使西部小说叙事与诗意并重，由此生发出一种摇曳多姿的诗性之美。

一　神话传说、英雄故事及宗教文献的有机融入

　　在西部作家的小说世界里，往往充盈着梦幻和神秘的色彩。小说文本中充满了不同民族，如蒙古族、藏族、回族、哈萨克族、维吾尔族等少数民族以及汉族流传的不同类型的古老神话、传说和历史故事。我们可以读到不同时代人们关于野狐岭、神马谷、色嫫措湖、卡瓦格博雪山、澜沧

---

① 陈思和：《关于长篇小说结构模式的通信》，载胡健玲主编《中国新时期研究资料》（下），山东文艺出版社 2006 年版，第 55 页。

江、凉州等不同地域，以及北极熊、放生羊、大公牛、神龟以及生命树等不同动植物的种种神话传说，可以看到成吉思汗、努尔哈赤、班超、左宗棠等不同英雄的人生故事。这些神话传说和英雄故事以及宗教文献中的经文在文本中的呈现，使小说笼罩着一层神秘梦幻般的诗意色彩，它们或成为整部小说故事的缘起，或担当起小说的叙事母题和故事原形，或作为人物行动的叙事背景，有时还直接或间接地参与到小说故事情节的叙述过程之中，成为小说文本不可分割的组成部分。

红柯的《大河》《乌尔禾》和《生命树》中，西域大地上流传的以动植物为主体形象的各类神话故事都被作家网罗进小说中，成为小说叙事的原型，使红柯的小说具有了浪漫的诗性特征。例如，《大河》中，一只高大健美、洋溢着阳刚之气的神奇的北极熊和像熊一样的男人交替出现在小说文本中。为了突出白熊的形象，红柯在《大河》中对古老的艾力库尔班的民间故事进行了改写。熊劫持了库尔班的母亲之后，生下了他。库尔班长大之后，杀死了熊，救出了母亲。库尔班杀熊救母的故事由此在民间成为美谈。而《大河》中，想要自杀的小女兵正是在白熊的牵引下，在山洞中完成了与土匪托海的结合，生下了儿子。除了与小女兵的奇遇之外，白熊还完成了它从北冰洋沿着额尔齐斯河溯流而上，直至阿尔泰山的神奇之旅，它与棕熊的奇妙情缘，以及最后丧生于猎枪之下，被小女兵的儿子葬在父亲坟墓旁，魂归大地的悲怆结局，与小说中的两位男性老金、土匪托海在形象、命运两方面都相互辉映。在小说中，老金分别得到了湖南小女兵和北京女知青的青睐和爱情，她们都被老金身上的雄性特征所折服。而土匪托海骁勇善战的传奇经历，使黑夫人和白夫人为之倾倒，乃至为其献出生命的原因之一。作为一种神话动物的原形，白熊成为小说中象征男性和雄性的一种图腾，它的出现使《大河》呈现出童话般的诗意色彩。

《乌尔禾》中，草原古老的放生羊的传说成为贯穿全篇的核心意象和主题成分，以失实而得"意"的象征成为提示作品意义和经验的标志符号。全书七章中有四章的题目与羊直接相关——《放生羊》《黑眼睛》《刀子》和《永生羊》。为了避免长篇写作中容易出现的主题游离和结构松散，红柯以羊为核心线索和母题，将基于宗教层面对羊的放生/永生与主人公围绕着羊展开的感情故事娓娓道来。参加过朝鲜战争的退伍军人刘大壮，与王卫疆母亲在夜晚的一次尴尬际遇，使刘大壮与王卫疆一家结下了不解之缘。刘大壮替代王卫疆一家去最偏僻的连队牧羊，羊进入刘大壮的生命，汉人刘大壮从此变成了能听懂兽语的蒙古人海力布。王卫疆在海力布的抚养下长大，在懵懂的少年时期，他放生了两只羊。而长大后他的爱情，也是这两只羊冥冥之中牵引的结果。收养了他放生羊的燕子，后来恰恰成为他的恋人。燕子的爱情在放生羊的王卫疆、杀羊的朱瑞以及像羊一样的白娃娃之间的辗转迁徙，更不是世俗意义上的见异思迁和背叛，似乎一种神秘力量牵引之下的被动选择，而体现的恰恰是女性生命的自由成长。小说的最后，为了化解王卫疆失恋的忧伤，海力布讲了属于自己的"三秒钟的幸福"和西域的古老神话。由此可见，放生羊的传说使小说人物在冥冥之中产生关联，共同成就了《乌尔禾》的诗意存在。

在创作手记《最美丽的树》中，红柯自述："我还记得我在天山脚下第一次听到生命树传说的情景，这是哈萨克人对宇宙起源的解释。哈萨克人没有说这是一棵什么树，只是说是一棵生命树，长在地心，每片叶子都有灵魂。从那一刻起，大地上的树就在我的世界里不存在了……"由此可见，在整部小说中，生命树是一种神话原型。红柯重点发扬了神话原型的隐喻功能，将哈萨克族关于生命树的传说，汉族剪纸中关于树的构图与蒙古族大公牛、乌龟的神话传说有机结合，生发出一种关于生命树的新神话。在小说中，生命树是牛吃了灵芝草生长而成的，而神龟的卵养出了大洋芋，大洋芋与生命树相连。有关生命树的新神话与小说主人公之间产生了一种同质性的关联，前者有时成为后者命运的一种隐喻和暗示。小说中的女主人公马燕红被人强暴，遭遇不幸之后在一个偏僻的小村庄里获得爱情，她与丈夫过着与世无争的田园生活。此后，丈夫被杀，她独自一人养育儿子，也依然将生活过得有声有色。她的人生与生命树何其相似！历经风雨的洗礼，生命才能成长为一棵枝繁叶茂的生命树。

与红柯一样，雪漠在新作《野狐岭》中，将西部民间流传的罗刹的故事、野狐岭的传说以及凉州童谣三者并呈，营造出小说浓厚的神秘色彩，在小说文本中共同构成了"我"追踪两支驼队失踪这一事件的缘起。此后，小说情节的层层递进，"我"与不同亡灵在野狐岭进行的二十七场对话，都是围绕着这一起因展开。在西部的民间故事中，"罗刹是一种凶神，属于夜叉类，总能在宇宙间掀起血雨腥风。一千多年前，神通广大的莲花生大师就去了罗刹国，说是要去调伏夜叉，却没见他回来。后来，一位高人告诉我，从缘起上看，那个想走向罗刹的驼队是不吉的。他说，他们的失踪，定然是罗刹（他说的罗刹，便是那种夜叉类的凶神）干预的结果"①。在凉州大地上一直流传着野狐岭的传说，主要讲百余年前两支队伍庞大、浩浩荡荡的驼队，一支汉驼，一支蒙驼，他们驼着金银茶叶，准备去罗刹（俄罗斯）换回军火，推翻清家。结果，在进入西部沙漠腹地野狐岭后，神秘失踪，谁也不知他们的去向。"野狐岭下木鱼谷，阴魂九沟八涝池，胡家磨坊下找钥匙"②，这是凉州童谣。故事、传说、童谣三者的核心是野狐岭，层层神秘面纱之后对野狐岭的真实面目的寻踪，成为整部小说的起因。雪漠以第一人称自述的方式，将侦破、悬疑、推理等种种元素融入小说，在亡灵与活人之中，将两支驼队失踪的故事讲得云谲波诡，风生水起。除此之外，整部《野狐岭》中，凉州大地上广为流传的英豪齐飞卿的故事，他的传奇人生经历或隐或显地穿插在小说文本之中，成为贯穿小说情节的核心线索。

　　将宗教文献中的经文与人物的命运建立关联，应该是红柯的独创。在《西去的骑手》中，他将马仲英跌宕起伏的人生经历与回族伊斯兰古文献《热什哈尔》建立关联。《热什哈尔》的第一句经文穿行于整部小说，成为支配主人公命运的一种话语仪式。年幼的马仲英，在跟随大阿訇来到神马谷之后，接受大阿訇馈赠的生命之书，读到了那句与他生命历程形影相随的神秘经文："当古老的大海朝我们涌动迸溅时，我采撷了爱慕的露珠。"像是一道神秘符咒，在它的牵引下，马仲英放弃了在河西走廊的安逸生活，率领他的骑手们奔赴新疆。大漠就是西部骑手心灵深处的大海，马仲英和他的骑手们手中的河州短刀如同船桨，在塔克拉玛干沙漠掀起层层波浪。在与苏联部队交战之后，马仲英从大漠来到了黑海。当他在苏联被人暗算服毒后，他和他的大灰马一起跃入黑海之中。生命如同西部高原上烁亮的露珠，虽然短暂，却辉煌绚烂。红柯用苍凉的文笔，将马仲英的传奇人生勾勒渲染得荡气回肠。神秘的经文是贯穿全文的核心线索，支配着主人公的命运，让马仲英的身上笼罩上一层宿命般的迷雾。

　　在青海女作家梅卓的笔下，宗教意象的频繁引入，使她的小说弥漫着一层浓厚的魔幻色彩。《太阳部落》中出现的太阳石戒指和木刻的风马，《月亮营地》中的雪豹，它们自如地在小说文本的现实世界和神灵世界中

---

① 雪漠：《野狐岭》，人民文学出版社 2014 年版，第 1 页。

② 同上。

出入、转换，使虚幻灵异的事物与人物的爱恨情仇相交织，使整部小说虚实相间，亦真亦幻，具有浓烈而极具民族特色的神秘感，因此分外引人入胜。

二 交相辉映的民间歌谣和地方戏曲

西部大地不仅是生长神话传说与英雄故事的温床，它同样也拥有无限丰富的民间歌谣和民间戏曲。新时期文学中，路遥关于信天游的书写，王家达对"花儿"的青睐，雪漠凉州贤孝的文学表达，都使西部小说在"字里行间能飞出一种极富感染力的旋律，这旋律带着浓烈的西北情调，充满了意象和活趣"①。新世纪以来，更多作家将关注的目光投向了西部大地上的种种民间歌谣和地方戏曲，哈萨克族的《燕子歌》、蒙古族的歌谣《波茹来》、维吾尔族的《劝奶歌》、藏族神歌、凉州童谣、岭南木鱼歌以及陕北的信天游、青海的花儿、凉州的贤孝等高亢悲凉的旋律，始终回荡在西部小说中，与小说人物的命运发生关联，人物在小说中的生命之旅始终与其相随。民歌和戏曲不仅成为人物表达爱恨怨怒等情绪的一种载体，也成为凸显人物形象、寻踪他们情感轨迹和人生轨迹的一种特殊标志。

在小说《荒芜》卷中，阿来以一首颇具神秘意味的藏族觉尔郎古歌贯穿全文。"觉"是山沟的意思，"尔郎"是深之义。小说中演唱古歌的歌者叫协拉顿珠，在他喑哑的歌声中，"觉尔郎"是一个这样的地方："在觉而郎峡谷，就像看见天堂，看见了国王的城堡，看见了寺院的金顶，看见了溪水环绕，看见了鸟语花香……就像看见梦中的幸福一样!"为了保护他心目中的觉尔郎，协拉顿珠不惜与伐木工作队对抗。最终，他被抓。古歌的内容也变成了"树冠上的鸟群被惊飞起来，树枝上的鸟巢被震落下去。倒下了，倒下了，那些喷香的柏木，那些树木哗哗响如银币的椴木"。在小说中，古歌的内容隐喻着人物、村庄的命运。同样，在《天火》卷中，阿来写巫师多吉在烧荒之前所唱颂的藏族神歌："让风吹向树神厌弃的荆棘和灌木丛，/让树神的乔木永远挺立，/山神! 溪水神! /让烧荒后的来年牧草丰饶!"这首高亢嘹亮的歌谣与烧荒中孔武有

---

① 蒋子龙:《清凌凌的黄河水·序》，载王家达《清凌凌的黄河水》，敦煌文艺出版社 1994 年版，第 4 页。

力的巫师相互呼应，也与后来多吉的被捕和死亡形成强烈对比。大部分少数民族的童年，都有神歌相伴，阿来用这些神歌的凄凉消逝，为一个民族的人、村庄、文化奏响了一曲挽歌。

"花儿"是一种流行于青海、甘肃、宁夏等地，由东乡族、保安族、裕固族、回族、撒拉族以及汉族等多个民族共同创作的山歌。"作为民间口头创作的山歌，始终伴随着歌唱，它不是经过苦思冥想写成的，而是歌者的口头即兴创作。歌者通过歌唱，抒发自己的情感，撼动人们的心灵。"① 雪漠的《大漠祭》，讲述古老凉州大地上的婚姻、爱情悲剧。将两个花一样的女子莹儿和兰兰的婚姻、爱情悲剧与"花儿"相连，她们用"花儿"表达自己复杂的情感。下述几首"花儿"，均出自莹儿之口：

> 半夜里起来月满天，绣房的尕门儿半掩，
> 阿哥是灵宝如意丹，阿妹是吃药的病汉。

> 叽叽喳喳的噶鸡娃，盆子里抢一嗉米哩。
> 别看我人伙里不搭话，心里头有一个你哩。

> 白萝卜榨下的浆水酸，麦麸子拌下的醋酽。
> 宁叫他玉皇的江山乱，不叫咱俩的路断。

> 三更里梦见好睡梦，我身子花床上睡了。
> 惊得（着）醒来了是你没有，清眼泪泡塌了炕了。

莹儿虽是家中唯一的女儿，但父母"重男轻女"的传统观念，让她只能成为为哥哥换亲的筹码，莹儿嫁给了憨头。在与憨头有名无实的婚姻生活中，莹儿备感压抑。是小叔子灵官让她重拾对生活的勇气和信心。在第一、二首"花儿"中，我们看到莹儿勇敢地向灵官表达自己的爱慕、向往之情。当他们二人的关系有了实质性的进展之后，莹儿用这首歌表达她的喜悦与忠贞之情。与莹儿的不伦之恋，让灵官不堪重负，他准备远走他乡，莹儿就用这样一首"花儿"表达她的痛苦和思念之情。在小说中，

---

① 刘凯：《西部"花儿"中的藏族文化基因》，《西藏艺术研究》1999 年第 3 期。

莹儿和灵官的爱情，从最初的试探、暗示到倾诉、相恋，直至痛苦思念，"花儿"始终贯穿其中。雪漠让情歌成了窥视人类爱情生活、探索人类生命旅途的一扇豁亮的窗口。

在《白虎关》中，莹儿怀着单纯的心愿为爱坚守，可是，残酷的现实却又一次让她的愿望落空。她再次成为哥哥"换亲"的工具，她被迫嫁给了赵屠夫，在热闹的婚礼上，莹儿吞下鸦片自杀。"杠木的扁担闪折了，清水呀落了地了。把我的身子染黑了，你走了阔敞的路了。""花儿"与莹儿的爱情、人生相互映衬，使整部小说都笼罩着一层浓重的悲剧氛围。

"花儿"在西部地区经久不息的流行和传唱，与其音调有着不可分割的关系。"花儿"的音调常常使用徵调，其高亢嘹亮的音调恰如其分地表达出西北人的直白、火辣的爱恨情感。西部小说的精神特质与"花儿"是非常相似的。所以，"花儿"高亢嘹亮、悲怆沉重的旋律，不仅出现在雪漠《大漠祭》这样表达现实关怀的小说中，也出现在红柯具有浓厚的浪漫主义特征的《西去的骑手》中。

如果说，伊斯兰古文献《热尔哈什》的经文在《西去的骑手》中如一道谶语，烛照出马仲英的命运，那么红柯笔下不同唱词、不同类型的"花儿"，则以更为具体的方式，在尕司令马仲英的人物形象塑造中起到了非常重要的作用。马仲英第一次见到未婚妻时心中浮现出著名的河州"花儿"《白牡丹令》，用牡丹的美来暗示马仲英第一次见到未婚妻时的情感反应。小说中更为详尽地描写了马仲英未婚妻为马仲英所唱的两首"花儿"：

> 自从那日你走了，
> 悠悠沉沉魂丢了。
> 瞭见旁人瞭不见你，
> 背转身儿泪花花滴。
> 侧愣愣睡觉仰面听，
> 听见哥哥的骆驼铃。听见路上驼铃响，
> 扫炕铺毡换衣裳。要吃长面妹妹给你擀，
> 要喝酽茶妹妹给你端。
> 做不上好嘛做不了赖，

妹妹给你做双可脚的鞋。

焦头筷子泥糊糊碗，
心思对了妹妹我不嫌。
宁叫他皇帝江山乱，
不叫咱俩的关系断。
怀抱上人头手提刀，
舍上性命与你交。
你死我亡心扯断，
妹子不死不叫你受孤单。

前文与后文的不同"花儿"相映成趣，将马仲英的侠骨柔情、西北女子的忠贞坚韧，都通过"花儿"得到完整体现。除此之外，马仲英在组建队伍时所唱的《杨家将》《千里走单骑》，与敌交战时所吼的："丢下个尕妹子走西口，离河州又过个兰州；血泪债装在了心里头，儿子娃要报个冤仇"。红柯巧妙地将不同"花儿"融入对马仲英人生历程的展示中，使其人物形象更为丰满，更具立体感。

西部长篇小说中关于地方戏曲的文学运用，最为广泛的是秦腔。秦腔起源于陕西关中平原东部最开阔的大荔县，这里气候较干旱，属于开阔的平原地带，一马平川的黄土地养育了粗狂憨厚的秦人，这种性格反映在秦腔中，便让秦腔的唱腔具备了高亢激越、感情饱满、变化强烈的特点。秦腔没有过多的语言修饰，有时甚至用"吼"来表达内心强烈的情感。在高建群、贾平凹的小说中，秦腔成为整部小说中营造叙事和情感空间、塑造人物形象、加强艺术结构的连贯性和完整性的特殊符号。

在《大平原》中，粗狂豪放的大秦之音共三次响彻渭河平原，演唱的都是秦腔折子《苟家滩》中的一段："出了南门上北坡，新坟倒比老坟多。新坟里埋的是光武帝，老坟里埋得是汉萧何。鱼背岭上埋韩信，五丈原上藏诸葛。人生一世匆匆过，纵然一死我怕什么！"第一次和第二次秦腔的演唱者都是高发生老汉，在他带领全家离开故乡和回归故乡时，这苍凉悲壮的秦腔，包含着秦人对生活独特的理解，也使高发生老汉面对生活磨难不屈服的形象跃然纸上。第三次则是在高二去世之后，在高二的坟墓前面，黑健要求侄子唱给他已逝的父亲。在声色雄浑悲凉的大秦之声中，黑健回顾自己父亲艰辛坎坷的一生，寄托着对父亲深切的怀念。出现在杜光辉的《西部车帮》中的秦腔，伴随着吴老大在西部千年古道上循环往复的历程。父亲半道去世，年仅 17 岁的吴老大成了马车帮的主心骨。他用一曲苍凉悲壮的《祭灵》来送别父亲，振奋精神；新中国成立之后，马帮人员凋零，吴老大带领三驾马车踏上古道。在秋雨霏霏、人丁零落、汽车呼啸而过的古道上，他又用一曲秦腔来表达自己对昔日马帮行走古道辉煌的追忆，其无奈、苍凉之情表露无遗。秦腔在两部小说中均成为营造氛围，表达情感的有效媒介。

贾平凹的小说《秦腔》中，对这种古老而极富魅力的地方戏曲给予全面而华丽的呈现。20 世纪 80 年代，贾平凹就曾写过散文《秦腔》，秦腔与老百姓的日常生活紧密融合。一年中的节日庆典，村子里红白喜事，大多有秦腔助兴。

> 每每村里过红白丧喜之事，那必是要包一台秦腔的，生儿以秦腔迎接，送葬以秦腔致哀，似乎这个人生的世界，就是秦腔的舞台，人只要在舞台上，生、旦、净、丑，才各显了真性，恶的夸张其丑，善的凸显其美，善的使他们获得了美的教育，恶的也使丑里化作了美的艺术。

与散文中的叙述类似，贾平凹在小说《秦腔》的开头和结尾，通过秦腔的演出，建构出两个别有深意的叙事空间。小说之始，夏风与白雪结婚，作为秦腔爱好者和研究者的夏天智请来演出秦腔的戏班为儿子和儿媳祝贺。然而，昔日演出《拾玉镯》的漂亮的秦腔演员人老珠黄，被人嘲笑，看秦腔的人也三三两两、稀稀落落，青年人更为流行歌曲所吸引。第一个叙事空间中，以喜事反衬秦腔的末路。小说的末尾，夏天智去世，贾平凹给秦腔提供了一个华丽的舞台，在锣鼓喧天中，秦腔登场，高亢嘹亮的声调中，一代秦腔爱好者驾鹤西去。夏天智的去世，白雪与夏风婚姻的解体，第二个叙事空间中，以悲景暗示古老的传统艺术不可避免地走向没落的结局。

作为植根于古凉州民间的古老说唱艺术，凉州贤孝具有很强的艺术感染力。其演唱者都为盲人，他们手持三弦自弹自唱。顾名思义，"贤孝"所弹唱的内容多是歌颂古代忠孝贤义的人物故事或劝导人多行善事、孝敬老人之意。雪漠的创作受凉州贤孝的滋养很深："我很小的时候，就能大段大段地吼唱贤孝内容。贤孝对我的影响已融入了血液。写作时，我耳边常响着贤孝的旋律，我总能从其中读出灵魂的苦苦挣扎。那种苍凉和悠远里蕴含的智慧，更成为我幼年最好的灵魂养分。"①《大漠祭》《猎原》和《白虎关》中，雪漠对于底层人民日常生活细节的生动呈现，主要来自贤孝对他的启发。"凉州贤孝的内容和精神，竟然跟俄罗斯文学很是神似。它渗透的，也是一种博大的宗教精神；它关注的，也大多是小人物的命运，有许多内容，跟《战争与和平》《安娜·卡列尼娜》很相似，比如吃喝玩乐，描写很细腻。"② 小说中强烈的现实关怀和悲悯情感，也与凉州贤孝有不可分割的关系。"贤孝的叙事方式，也跟托尔斯泰很相似。它也是进入主人公的心灵，叙述他看到了什么、正在想什么、做什么，也以描写生活画面为主。它的风格很古朴，也很优秀，是典型的现实主义叙事方式。"③ 而新作《野狐岭》中生动、辛辣、呼之欲出的西部味道也与篇末凉州著名的贤孝《鞭杆记》的引入有关。由此可见，凉州贤孝对于雪漠小说不仅在文本结构上产生影响，它同时也影响着小说的整体风格。

三　传统文学形式的借鉴

新世纪以来的西部小说，作家对本土民间文化资源的有机融入为小说带来了别样的西部风情，而同时对中国传统文学形式的借鉴，也使西部小说接续了古典美学的神韵，呈现出浓厚的诗性特征。

关于中国传统文学的形式，有学者进行了如下大致的分类：（1）以格律诗为主的传统的诗词曲赋；（2）以章回体为主要形式的传统小说；（3）从先秦的古代戏曲雏形直到宋元时代达到兴盛的戏剧；（4）指汉赋、唐宋古文及以后的八股文等多种多样的散文体。④ 需要说明的是，我们此处所言西部小说中对中国传统文学形式的借鉴，并没有如此严格的体裁区分。在西部作家的笔下，往往将传统的诗词曲赋及小说、散文的表现方式

---

① 雪漠：《当下关怀和终极超越——凉州贤孝与大手印文化对我创作的影响》，《中国比较文学》2014 年第 4 期。

② 同上。

③ 同上。

④ 方汉文：《中国现当代文学史的"替代言说"——传统形式的断流与缺位》，《广东社会科学》2010 年第 1 期。

共同吸收进来，使西部长篇小说形神兼备，体现出一种古典的美学品质。

红柯认为："艺术家首先是个手艺人，手艺人面对材料，不会那么'立体性'，也依物性而动。"① 在小说《喀拉布风暴》中，红柯突破以往英雄与历史题材的书写，开始关注爱情和成长。他接续了中国传统的艺术智慧，用不同的意象结构全文，呈现出小说的诗性意境。《喀拉布风暴》中出现的"冬带冰雪，夏带沙石，所到之处，大地成为雅丹，鸟儿折翅而亡，幸存者衔泥垒窝，胡杨和雅丹成为奔走的骆驼"的黑色沙尘暴，与勇敢飞翔于沙漠瀚海之间的"黑色精灵"燕子相映成趣。两个意象在文中频繁出现，前者凸显了西域自然的荒凉、粗犷和狂暴，折射出伟力和重生等意蕴；后者则成为水与女性的象征，"大西北干旱荒凉，燕子那种湿漉漉的影子与河流湖泊泉水有关，很容易成为一种永恒的集体意象与神话原型"②。哈萨克民间认为："每个男人都有属于自己的燕子。"只有经历人生和爱情的"喀拉布风暴"，男性才能真正成长起来，才能获得沙漠女儿燕子的爱情。而贯穿小说文本的哈萨克民歌《燕子》，也成为主人公爱情的一种媒介和隐喻。

鬼子的《一根水做的绳子》中，一开篇，作家对阿香一头美丽的长发进行了突出描绘——"头发长得好，长长的，又柔又顺，水一样在身后往下流着，一直流到腰下，从后边看，那头发好像还在不停地往下流，只是不知流到哪里去了。"③ 以头发为意象，头发在不同环境、不同情景中发挥着不同的作用，成为男女主人公爱情萌发、发展、深化以及结束的线索。此外，充满诗意的头发意象与冰冷的现实形成鲜明对比，更进一步加深了读者对于小说内涵的理解。

不同意象在小说中的介入，使西部小说散发出迷人的诗意光辉。除此之外，还有一些作家在小说的文本结构上向古典小说学习。杨争光的《从两个蛋开始》在结构上借鉴《官场现形记》，《官场现形记》由"初编""续编"和"三编"构成小说的整体框架，而《从两个蛋开始》则由分离的一、二、三、四共四辑构成。两部小说中的每一编和每一辑都是一个大的结构单元，而其中又有若干个人物故事构成小的结构单元。除了

① 张雪艳：《自然与神性的诗意追寻——红柯访谈录》，《延河》2009 年第 11 期。
② 红柯：《喀拉布风暴》，重庆出版社 2013 年版，第 159 页。
③ 鬼子：《一根水做的绳子》，人民文学出版社 2007 年版，第 7 页。

少数人物活跃于小说的每个大单元，串联起整个小说的历史线索之外，其他人物故事都如走马观花一样，倏忽而来，倏忽而逝。杨争光对这种长篇短制形式的借鉴，让整部小说既充满了日常生活的细节感、故事感，又有较为清晰的历史发展痕迹可寻。

20世纪90年代，贾平凹就表示"以中国传统的美的表现方法，真实地表达现代中国人的生活和情绪，这是我创作追求的东西"。① 新世纪以来，他的大多数长篇小说，都体现出一种向传统文学形式的回归。《秦腔》有明显借鉴《金瓶梅》和《红楼梦》的痕迹，小说以丰富的、富有生活质感的细节书写清风街的故事，形成了一个庞大的网状结构。《古炉》获得首届施耐庵文学奖，贾平凹在《古炉》书写"文革"中的斗争场面，描写"榔头队"与"红大刀"激烈的冲突和斗争，写两派"武斗"的场面，有对《水浒传》的结构手法的借鉴。最值得一提的是小说《老生》，贾平凹在这部小说中试图"以解读《山海经》的方式推进历史，《山海经》在表象上是描绘远古中国的山川地理，一座山一座山地写，各地山上鸟兽物产貌貌神似，真实意图在描绘记录整个中国"②。他的《老生》，记述20世纪中国百年历史中发生在陕南南部山村的故事，将其划分为四个长度均等的故事来完成叙述。时代不同，地点相异，人物千差万别的四个故事，四个故事两两对称。每一个故事叙述之前，都有关于《山海经》的原文和讲解，它又将整部小说主体内容划分为八大板块。所有的故事都由一个身处阴阳两界、长生不死，在葬礼上唱葬歌的歌者来完成叙述。时代、村庄、个人沧海桑田的变化，折射出整个中国的命运。《山海经》与《老生》，形成了一种互文性的关系，"互文性是一个文本（主文本）把其他文本（互文本）纳入自身的现象，是一个文本与其他文本之间发生关系的特性"③。《山海经》的有机融入及对其形式的借鉴，使《老生》具有了稳定的结构。贾平凹从传统文学的形式中获得灵感，使《老生》成为一部体现中国人思维习惯和审美情趣的作品。

---

① 贾平凹：《"卧虎"说——文外谈文之二》，载《贾平凹文集》（第12卷），中国文联出版公司1995年版，第21页。

② 贾平凹：《老生》，人民文学出版社2014年版，封底。

③ 郭名华：《论贾平凹长篇小说〈老生〉的结构艺术》，《当代文坛》2015年第4期。

第四节　语言：西部小说的生命之光

小说是一种语言的艺术，一部成功的小说，不仅需要作家在素材的选择、主题的凝练以及结构技巧上精心琢磨。同时，寻找适合自己的语言表达，以自己的语言方式呈现小说的面貌，传达出一种带有独特个性色彩的审美体验和审美经验，这是许多作家孜孜不倦的追求。作为小说叙述方式的基本要素，语言不仅参与小说叙述的整个过程，甚至决定着小说的叙述方式。究其原因，主要在于语言是一种思维的工具。当代学者认为："现代语言哲学的一个重要特征就是强调语言的思想本体性，认为语言即思想思维，语言即世界观，语言是存在之家，不是人说而是'语言说'，话语即权力，语言与民族精神具有内在联系等等。"① 对于地域性特征极强的西部小说而言，其语言也必然带着浓烈的西部特质。这种西部特质，不仅影响着小说的形式，同时也体现出一种深刻的西部文化精神。西部小说在语言上的成就是多方面的，西部作家将方言、古语、口语、书面语结合，使叙述语言与人物语言相契合，客观描述与主观抒情相契合。西部沧桑的历史，深厚的乡土积淀，都在作家行云流水的叙述中呈现出来，小说语言的多音共鸣，让西部作家建构的小说世界异彩纷呈，令人过目难忘。

一　西部方言的文学运用

方言是民族共同语的地域分支或地域变体，是一种特殊的民俗，在每个人的生活中都发挥着非常重要的作用。恩斯特·卡西尔认为："自我们生命诞生之日，自我们意识之光乍一闪亮时，语言就与我们形影不离。它陪伴着我们智慧前行的每一步履。人不可能离却这一媒介而生存，因为，语言宛如一种精神的气氛，弥漫于人的思维与情感、知觉与概念之中。"② 卡西尔所谓的与我们的生活形影相伴的语言，其实就是方言。西部小说之所以能够以自己鲜明的特色在全国文坛上占据一席之地，与西部作家对方言的重视有着不可分割的关联。新世纪以来，西部作家在创作中继续发扬

---

① 高玉：《现代汉语与中国现代文学》，中国社会科学出版社 2003 年版，第 4 页。
② ［德］恩斯特·卡西尔：《符号·神话·文化》，李小兵译，东方出版社 1988 年版，第89 页。

方言的魅力，由此一个厚重朴实、活泼风趣、充满野性魅力的审美空间得以成功建构。

首先，对于创作主体作家而言，方言与他们的关系更为密切。作家必然是降生在某个特定区域中的人，从出生之日起，他们往往会与某种方言结缘，方言在某种程度上对他的思维方式产生着影响。成年之后的创作，往往受特定思维方式的影响和制约。所以，苏珊·朗格认为："方言的运用表现出一种与诗中所写、所想息息相关的思维方式。"① 其次，作家的创作总是和对一定区域社会生活的艺术描写联系在一起的，而这块土地和他应该是血肉相连的，有了这样一块土地，他才具备了小说创作耕耘的条件，如绍兴之于鲁迅，湘西之于沈从文，呼兰城之于萧红，陕南之于贾平凹，他们都是在这块与他们生命血肉相连的土地上开凿出了文学的深井，语言也是这方水土渗出的声音。韩少功说："根系昨天的，唯有语言。是一种有泥土气息的倔头倔脑的火辣辣的方言，突然击中你的某一块记忆，使你禁不住在人流中回过头来，把陌生的说话者寻找。语言是如此的奇怪，保持着区位的恒定。有时候一个县，一个乡，特殊的方言在其他语言的团团包围之中，不管历经多少世纪，不管经历多少混血、教化、经济开发的冲击，仍然不会溃散和动摇。"② 20 世纪 90 年代以来，中国文坛上先后出现过一批方言小说。这些方言小说的出现，引起了许多评论家的关注："这批方言小说的集中出现确实具有重要的启示意义。它意味着当下中国一批小说家在严肃地探求当代汉语叙事的一种可能。"③ 虽然此文中提到的西部小说甚少，但事实上，西部小说能以自己鲜明的特色在全国文坛上占据一席之地，与西部作家对方言的重视有不可分割的联系。新世纪以来，西部作家在创作中继续发扬方言的魅力，由此一个厚重朴实、活泼风趣、充满野性魅力的审美空间得以成功建构。最后，方言在小说中成功运用，可以为小说增光添彩，也可以促使作家独特的文学风格得以形成。杨争光娴熟地运用关中方言，他的小说《从两个蛋开始》中，充满秦地泥土气息和野性力量的方言贯穿于小说，使秦人粗狂、豪放的形象跃然纸

---

① ［美］苏珊·朗格：《情感与形式》，刘大基、傅志强、周发祥译，中国社会科学出版社1983 年版，第 251 页。

② 韩少功：《世界》，《新华文摘》1995 年第 3 期。

③ 王春林：《二十世纪九十年代以来的方言小说》，《文艺研究》2005 年第 8 期。

上。马步升的《青白盐》和《陇东断代史》中，不追求叙述语言诗意之美，大量民间乡野的方言土语、民歌戏文的使用，让小说充满了机智、幽默与野性之趣，使我们看到了一个充满独特地域文化色彩的陇东世界。雪漠的"大漠三部曲"中，凉州方言的介入，使一个被世人所忽略、所遗忘的腾格里沙漠边缘的沙湾村真实地呈现于文本中，我们可以从小说人物的生死歌哭中了解西部人生的本相，这是乡土中国的真实写照。宁夏作家石舒清的创作更是独树一帜，他的《底片》中，将西海固方言与回族的"经堂语"① 相结合，小说因之带有一种浓厚的西海固文化氛围。尼玛潘多反映当代藏民生活的《紫青稞》，小说使用了大量藏族俗语。如小说中人物经常说的"脸面丢到雅鲁藏布江里去了"，"世上有盛水的器皿，却没有盛话的匣子"，"人老了，饭量减了，干活少了，就是话多了"等。在阿妈曲宗去世之后，她的小女儿边吉伤心哭泣，村长劝说道："别哭了，现在不是眼哭的时候，现在是手哭的时候。"这样的语言，于平淡朴素中蕴含着苍凉隽永的人生感悟，是藏族人生活智慧的一种表达。

在王蒙、刘亮程、董立勃、红柯、阿来、范稳、马金莲等人的笔下，诸如"坎土曼"（维语，一种挖地的农具），"巴郎子"（维语，小伙子），"麦西来甫"（维语，一种娱乐盛会），"糌粑"（藏语，用青稞、酥油等做的藏区食品），"乃玛孜"（波斯语，意为"祈祷""礼拜"），这些来自不同民族语言的汉语音译借词②在文本中的恰当使用，增添了汉语的涩味和陌生感，使西部小说独有的异域和民族风情得到淋漓尽致的展现。

其次，从创作客体方面来看，方言在塑造小说人物形象，凸显小说的整体情调上都发挥着至关重要的作用。作为一种客观存在，人总是受到一定自然和社会关系的制约，同时又可以发挥自我的创造力能动地改造客观世界。对于小说中的人物形象而言，他（她）既是被作家感知和表达的客体，同时，在小说中他（她）又是能感知客观环境、发挥能动作用的主体。一部小说中的人物形象塑造是否成功，在很大程度上取决于人物语言。人物语言使用方言叙述，一方面，可以让作家真实、准确生动地刻画

---

① 经堂语：回族的日常生活与宗教息息相关，回族人在日常说话交流的时候使用汉语，但汉语中夹杂着大量的波斯语和阿拉伯语，称之为"经堂语"。

② 音译借词的概念，参见张向东《新时期"西部文学"的语言地理问题》，《西北师大学报》2006 年第 1 期。

人物性格，凸显人物的精神气质，营造小说的整体氛围；另一方面，也可以使人物形象更加自如自在地、心口一致地与环境发生一种水乳交融的关联，从而使小说的人物形象与地域性、民族性更契合、更对位。

杨争光的《从两个蛋开始》和高建群的《大平原》中，都饶有风趣地写到了关中女人的"骂街"场景：

> "富民哎，我把你个嫖客日下的……"
> "你是你爸的日下的还是全符驮村的日下的嘛……"
> "难道你是农会的日下的嘛……"
> "你不开会哪个乌龟王八要你驴日下的命不成嘛……"
> "你到区上开会你咋不到你妈的大腿洼里开会去嘛……"①

> "我安家大姑娘也不是没名没姓。安村就在高村旁边卧着，那一村的人都是我的娘家弟兄，他们在看着你们高村的人做事！我日你个三辈先人的！"②

这两段话，将关中女性骂街的情形惟妙惟肖地表现出来。《从两个蛋开始》中，富民娘正是凭借不嫌重复、没有花样的骂街语言，让她成为必须写进符驮村村志的传奇人物。也正是因为她的谩骂，让杨富民直接离开了符驮村党委书记的宝座，北村由此进入符驮村的历史。而《大平原》中高安氏的骂街，来自她对高家能否在高村立足的忧虑，她的骂街开启了《大平原》整部小说的叙述。这些骂街的语言，既是对前文的回应，也为后文情节的展开埋下了伏笔。她们粗俗、直率的骂街语言，与她们的身份、性格相符，凸显出关中女子泼辣、爽朗的个性。

马步升在《青白盐》中，马正天使用的三句话不离下半身、生殖器的陇东方言，在与县令铁徒手的较量中，显示出方言的强大力量，"县太爷铁徒手用官话大讲官民礼制、大清律例，马正天却用'邪话正说屁话

---

① 杨争光：《从两个蛋开始》，海天出版社 2013 年版，第 38 页。
② 高建群：《大平原》，北京十月文艺出版社 2009 年版，第 17 页。

嘴说大话小说小话大说'的方式消解了官话威严性"①。

在小说的文体层面上，方言的使用也有其积极的开掘意义。许多地方戏曲、民间小调都是用方言演唱的。如上节所述，许多西部作家将小说与方言戏曲、小调融合，如贾平凹的《秦腔》与陕西当地剧种秦腔的互文性特征非常明显，而雪漠笔下的"花儿"与小说人物尤其是女性人物的命运相映照，使小说具有了"民歌体"的文体特征。

"方言作为一种母语，它承载了一个人从儿时就积累起来的对世界的那种认识、感受和情感体验；作为语言形式，它也不仅仅体现在几个方言词汇上，除此之外，它还包含了由语法和语音形式涵养而成的那种语调和语气。特别需要指出的是：方言还孕育了作家的一种特殊语感。"② 这种"特殊语感"是蕴含于作家的深层心理结构之中的，是一种语言知觉，决定着作家语言运作的能力。这种语言运作能力的高低，是决定小说叙述语言能否与小说的整体氛围、情调契合、对位的关键因素。我们试以甘肃、陕西作家的创作为例来说明，雪漠、马步升、高建群这些作家都拥有各自风格鲜明的创作特色，但朴实厚重又是他们小说共同的特点。

　　①日头爷白孤孤的，像月亮。一团云，在日头下浮着，溅出很亮的光来。云影子在地上飘忽，忽而明，忽而暗。娃儿们就叫"日头爷串庄子了——"

（雪漠《猎原》）

　　②我马正天明摆着为脚户们伸张正义，背地里与官府摸摸揣端，为自个儿谋利，若闹成那样，真叫个背上儿媳上华山，腰累断了，还落了个老骚情的名儿。

（马步升《青白盐》）

　　③吃得最高兴的人，是高发生老汉，他说在这样的年景中，能吃上这样的好东西，那叫口福。他还说，高村平原上，那这种吃食叫麦饭，但是在黄龙山，它叫菜疙瘩，或者叫"叉叉"，而在陕北更北，与蒙地接壤的地方，这种吃食叫"苦软"。

---

① 郭文元：《用民间话语叙述历史——论马步升小说"陇东三部曲"》，《文艺争鸣》2013年第 3 期。

② 吴子慧：《吴越文化视野中的绍兴方言研究》，浙江大学出版社 2007 年版，第 289 页。

（高建群《大平原》）

例①是《猎原》开头的一段关于太阳的描写，例②是马正天在县令铁徒手邀请他进衙门细谈时的心理活动，例③是描写高发生在饥饿年代吃苜蓿菜拌饭时的反应，以及他对这种饭食的介绍。"白孤孤""日头爷""摸摸揣踹""麦饭""叉叉""苦软"等方言词以及"背上儿媳上华山，腰累断了，还落了个老骚情的名儿"等方言俗语的使用，使甘肃、陕西作家的作品表现出来的情调与浑厚朴拙的西北水土情调相一致，小说呈现出一种浓郁的大西北风情。

一部小说成功与否，除了创作主体的本身因素之外，还要考虑读者的接受能力。对于西部读者而言，作家使用各具特色的西部方言叙述，无疑会使读者产生亲近之感，产生共鸣，情感上更易沟通。而对西部方言之外的中东部读者而言，只要不是滥用，没有造成阅读障碍，同样也会带来厚重踏实的、属于西部小说独有的审美感觉。方言作为叙述语言，在西部小说为人物塑形、呈现西部特有的风味和情调上有着重要影响，它使西部小说情景交融、色味俱全，成为西部小说诗性语言建构不可分割的一部分。

二　口头语与书面语的文本融合

具有浓厚地域特点的方言的融入，使西部小说语言呈现出一种野性、粗犷的魅力。除此之外，新世纪文坛上，在全国作家向古典、传统回归的热潮中，西部作家也不例外，他们都显示出一种对于语言雅化的追求。这种雅化，主要表现为小说中精练鲜活的口语、典雅的古文、晓畅的现代汉语的共时介入。

《河套平原》中，向春将河套地区人们惯常使用的口头语言融入小说的叙述语言之中，但是，她并没有将原生态的口头语搬上小说，而是对口头语进行了提纯。小说中浓郁的河套风情，百色的人生世相，都是通过这样的语言生动传神地表达出来。《河套平原》中，向春对口头语言的提纯，主要采用的是将口头语与精妙的比喻相结合的方式，充分展现出语言体物达情的魅力。

①乖乖，这哪里是吃五谷杂粮的人呀，这分明是用细白面捏出来的七仙女，脸皮白得像剥了皮的蔓菁，眼珠是黑梅豆，嘴是两片洋烟

花，那腰软得就是一条条黄米糕。那声音脆铮铮忽颤颤地漾出来，像风吹过一坡荞麦铃铃，碰得男人们的心生疼。

②我们后套的人心像麦稞子一样瓷实，像秤砣一样公正，我们借人麸子还白面，借人糠还米，借人情还心。可有些人是吃草长大的，心肮脏得长蓝毛了。天大的笑话，借走了银子还来了钱。

第一段话中，透过苗麻钱、杨板凳的眼睛，一个美丽动人的花旦形象跃然纸上。而这个形象的凸显，是作家用河套地区常见的蔓菁、黑梅豆、洋烟花、黄米糕、荞麦铃铃等植物、农作物、食物作喻体，来形容亲圪旦的皮肤、眼睛、嘴巴以及腰身。第二段话中，老额吉用一系列的比喻表达自己的愤懑，其豁达善良、心直口快的特点也得到了完美体现。这些以农村风物、日常生活中的物象作喻体的口头语的使用，使小说带有一种自然天成的意趣。

马步升的《青白盐》中，书写铁徒手与泡泡的暧昧情缘，用了"天生仙草""尘埃倦客"等古语词，将他想占有泡泡又瞻前顾后的隐秘心理很好地揭示了出来。而马正天在明媒正娶泡泡后，与泡泡的对话带着荤话酸话的口头语，两个成体系的口头语言的使用，让铁徒手的文人气与马正天的侠气、匪气形成鲜明对比。

迟子建在谈到当代小说的语言问题时，曾有这样的点评："我觉得现在小说的语言是一种倒退。中国小说语言不是今天这个样子的，它特别讲究平白有韵味和对语言的推敲，遣词造句特别精细，而现在的小说语言特别乱。"[①] 事实上，意识到这一问题的不仅是迟子建。新世纪以来，西部作家的小说创作，特别注重在明白晓畅的现代汉语的叙述中加入华美丰赡、典雅动人的古语，使小说冲淡舒缓、含蓄蕴藉，摇曳出华美的古典韵味，重现汉语雅言的传统和中国式的独特韵味。

长篇小说《带灯》中，贾平凹书写秦岭山区樱镇综合治理办公室主任带灯的工作、情感及人生经历。带灯美丽、孤傲，她每天面对和处理着农村的各种问题以及各种鸡毛蒜皮的小事，她内心丰富的情感都通过她写给远方乡人元天亮的信中体现了出来。在整部小说中，贾平凹似有两套笔墨，在书写带灯的日常生活时，充满丰富细节的叙述是平实的。而在她写

---

① 迟子建、阿城、张英：《温情的力量——迟子建访谈录》，《作家》1999 年第 3 期。

给元天亮的信中，秦岭山地的日光、月光、云朵、花草树木都充满了诗情画意的古典韵味和氛围，带灯在故乡的山间树谷中找到了灵魂的栖息之地。此处列举一段为例：

> 你是懂得鸟的，所以鸟儿给你飞舞云下草上，给你唱歌人前树后，对你相思宿月眠星，对你牵挂微风细雨。你太辛苦了，像个耕者不停地开垦播种，小鸟多想让你坐下来歇歇，在你的脚边和你努努嘴脸，眨眼逗一逗，然后站在肩上和你说说悄悄话。

此处，带灯借鸟儿诉说衷情，对仗工整的类似对联似的排比句的使用，将带灯对元天亮的仰慕之情淋漓尽致地表达了出来。在小说叙事中，这些语言通过书信表现出来的极富个性化的抒情风格，使整部小说具有诗的修辞特征，带来一种清新的美感。贾平凹认为自己的这部小说，采用了与《秦腔》《古炉》不一样的写法。他认为："几十年来，我喜欢着明清以至三十年代的文学语言，它清新，灵动，疏淡，幽默，有韵致。我模仿着，借鉴着，后来似乎也有些像模像样了。"[1] 虽然他说自己想要发生一些转变，想要有意学学西汉品格，可是，他自己也认为这种转变是艰难的。在《带灯》中，在对农村日常生活细节的叙述中，我们可以看到这种"沉而不靡，厚而简约，用意直白，下笔肯定"的西汉风格，而在带灯的一封封书信中，我们又可以看到明清古典美学韵致的复活。

雪漠的《野狐岭》中，关于两支驼队失踪的故事被他渲染得扑朔迷离、风生水起。在追寻真相的过程中，通过一个个人物的出场，在紧张、充满悬疑的叙述语言之中，作家在文本中设置了大量的悬念。同时，故事的叙述中又夹杂着"天上一轮浅浅的弯月，洒下淡淡的清气似的光"，"那光一亮，星光就隐了。同时隐了的，还有那一个个想倾诉的灵魂"这样清新雅致的描述性语言。语言的交错使用，使所有追寻的情节线索并没有进行抽象的逻辑推理和思辨性的理性演绎，而是在"悟"与"参"中让我们体会"言有尽而意无穷"的诗学意味。

纵观新世纪西部长篇小说的创作历程，无论是对西部植物、动物和对自然与人关系的诗意书写，还是对理想人格的建构；不论是文本结构对民

---

① 贾平凹：《带灯》，花城出版社 2013 年版，第 54 页。

间文化资源和传统文学形式的借鉴，还是语言上方言、口语、古语及现代汉语的多音共鸣，都指向作家对小说诗性建构的审美追求。而这种以"诗性"为主体的审美追求，既是小说实现自身发展和自我价值的内在要求，也是时代赋予文学的责任。在这个热闹喧嚣的时代，充满诗意的文学世界，成为人类精神与灵魂的栖息之地。

第六章 西部长篇小说的文学
价值与创作困境

从对西部长篇小说历史演变轨迹的探究入手，在"历史""乡土"和"生态"三类题材中挖掘新世纪西部长篇小说在创作资源、主题表现、艺术技巧、文体形式、叙事结构、语言类型、精神气质和美感神韵等方面具有的表现形态与发展趋向的基础上，本章重点总结新世纪西部长篇小说体现出的独特文学价值及其面临的创作困境。

从"五四"新文化运动开始至20世纪80年代的新时期文学，整个20世纪中国文学，自始至终蕴含着一种对社会的强烈干预意识、可贵的理性精神和对底层社会的人文关怀。这种意识、精神以及关怀，使20世纪中国文学在激情四射的启蒙运动和风起云涌的文学革命中一路凯歌向前，实现着自我的蜕变与新生。然而，新世纪以来，随着中国消费型社会的逐步形成，20世纪中国文学中的理性精神和人文关怀逐渐消弭。大多数作家的叙述立场都发生了转变，从针对共同社会理想的叙事转入个人化的叙事。文学"共名"时代的消失，网络时代的到来，文学被商业化、利益化，一些作家因受到利益的驱使，逐渐投入通俗文学的创作中。在这样一个众声喧哗的时代，西部作家执着于自己内心的声音，他们以笔为旗，在向文学庸俗化和利益化发出抗争的同时，以自己傲然屹立的理性写作，对底层民众深入而深刻的人文关怀。以及在全球化潮流中对西部意识的坚守，成为新世纪中国文坛中一道明亮的阳光，为我们提供了必要的温度和亮度。

同时，面对新世纪以来转型期的历史文化语境，西部作家不管是对历史的切入，还是对乡土现实的书写，都以长篇小说的形式进行着一种"历史重建"和"乡土怀旧"书写的努力，创作中也体现出一定的困境与难题。本章尝试对西部作家面临的创作困境进行总结，以期廓清创作的迷雾，寻求突破的可能，并探讨西部长篇小说在未来可能的发展。

第一节　西部长篇小说的文学价值

进入新世纪以来，国家西部大开发战略的实施有力推动了西部经济和社会的日趋向好，客观上促进了西部文学在新世纪的全面开花，在小说、散文、诗歌、戏剧等领域均卓有建树，并逐步呈现出鲜明的特质和发展动向。西部长篇小说更是步入了一个蓬勃发展期，老中青三代作家同时绽放异彩，西部小说以其深沉犀利的现实主义理性精神，对底层社会的人文关怀，以及全球化潮流中强烈的西部本土意识等独特的文学价值，成为新世纪文坛中不可或缺的重要组成部分。

一　众声喧嚣中的理性坚守

首先，西部作家虔诚严肃的写作态度，是他们理性写作的先决条件。事实上，西部文学从命名之始，作品中一直灌注、流淌着的就是一种理性精神，而这种理性精神的根源，就是作家的创作态度。甘肃作家邵振国在20世纪80年代就曾表明自己的写作态度："我视文学事业为一项伟大的事业，堪与人类各学科并齐的事业……""一部真正意义上的文学作品，其本质绝不是什么非理性的或反理性的，而是经过了心灵的洗礼，以它的理性光辉照亮人们的灵魂。"① 新疆作家杨镰也认为："只有写出有深刻历史感，鲜明时代感的作品，只有站在中华民族的发展和进化的角度上认识新疆、反映新疆，才能称之为新的西域文学。"② 他们的作品，正体现了他们的这种创作态度。

20世纪90年代以来，社会文化转型带来的大众文化成为新型的意识形态，经济指标成为社会主导和价值评判的唯一标准。文学在获得自由的同时，也走向了被边缘化的状态。虽然边缘的文学是文学的一种正常状态，但这种状态不可避免地带给作家生存的尴尬境遇。于是，为了迎合并能够在这趟经济快车道上获得自身的利益，文学创作开始转为文学生产。作家们纷纷放弃了所坚守的艺术至上的原则，转而迎合大众的审美口味，无论是在题材、样式，还是在价值观与艺术观等方面，都以迎合大众消费

---

① 邵振国：《我的文学自白》，《飞天》1988年第4期。
② 杨镰：《柳暗花明又一村》，《飞天》1984年第6期。

性心理、情感性宣泄、猎奇性期待为标准，文学在轰轰烈烈的繁华表象之下，其实隐藏的是其颓废与萎靡的本质。

在这样的社会群体性心理期待下，最为基本的题材选择就成为是否能够顺利进入市场的首要标准，至于文学对人类终极命题的思考和关注，却变得无暇顾及也无从谈起。正如雪漠对当下文坛的批判，"生活的惨白，人格的萎缩，责任感的丧失，思想的缺少钙质，使本该塑造灵魂的文学，堕落为颓废者的自慰"①。相比之下，西部小说的作家却集体表现出对文学严肃而虔诚的姿态。正如西部作家杜光辉在其新作《西部车帮》的自序中所言："真正能够书写一个时代，代表一个时代的作家，肯定会在喧嚣的时尚潮流远处，默默独行，身影踽踽，进行着孤独的观察、思考、写作。"② "一切有能力思考的人，都应该对社会发言，何况作家"，"关于土地和苦难——谁也不能否认，这两样，是文学的基本母题。生活在西部的作家，距离土地和苦难更贴近，因而写得更多，这不应该受到非议。对于他们来说，这样的情形更是命运，而非策略。"③ "作为作家，我们是没有能力帮助他们怎么样会好一点，或变成什么样就更好了。作家的本事就是写出能引起读者共鸣，甚至震撼的作品来"。④ 从这些作家自述中我们可以看出，西部作家总是将为"谁"而写放置在首位，正是基于这种认识和创作理念，虽然身处边地的偏僻地隅，西部作家却始终以"地之子"般的诚挚与热情，观照着本土民众的人生百态和人世沧桑，并将这种深沉的思考化为精益求精的文学锤炼与艺术思考。他们以宗教般的虔诚对待小说写作这一精神创造，无论是对主题的挖掘、人物的塑造、结构的编排还是语言的运用，都以固执的姿态在喧哗中守卫着精神的高地，思考着人类生存与小说创作之间的内在隐秘，成为当下以迎合市场的普遍性文学心态蔓延局势下的一群拙朴而勤劳的本土书写者。

其次，面对市场经济带来的人的异化的种种现实，与许多中东部作家冷静、客观及不带任何个人价值评判的叙述不同，西部作家将这种现实看

---

① 雪漠：《谈作家的人格修炼》，载《雪漠短篇小说集——狼祸》，中国文联出版社 2004 年版，第 2 页。

② 杜光辉：《西部车帮》，花城出版社 2003 年版，第 3 页。

③ 陈继明、漠月：《对真正的文学性的坚决靠近——答〈朔方〉问》，《朔方》2006 年第 1 期。

④ 董立勃、李海诺：《对话作家董立勃》，《西部》2006 年第 12 期。

作一种道德的扭曲和价值体系的崩溃，因此，他们的小说中均以不同程度对此予以批判和反思。

事实上，西部文学中的理性批判精神，就其根源来看，自然离不开"五四"启蒙精神的影响。而这种精神最为集中的表现，开始于 20 世纪 80 年代。张贤亮、张承志、路遥、贾平凹、陈忠实、王家达、邵振国、柏原、浩岭、雷建政、李本深等在自己的小说中，都冷静地审视各自生活的土地。以关注人性的觉醒为基点，对麻木卑琐的国民心态和愚昧落后的思想文化意识进行着严肃而清醒的批判。新世纪以来，西部作家进一步拓宽了写作的题材范围。西部作家由最初对西部世界的深情歌咏逐渐过渡到冷峻的深度反思，以自觉的文化批判意识面对西部的乡村世界，力求在艺术的传达中去揭示转型期社会农民的价值观念的转变。贾平凹以 50 万字的《秦腔》为故乡"树碑立传"，同时也传达古老的村庄即将被现代化、城市化进程所碾压的悲剧，而在这一不可避免的进程中，是故乡人心、人性的变异，社会结构的变化和人际关系的变化。雪漠的"大漠三部曲"，看似平静地叙述着西部沙漠边缘地带的老顺们如何为了生存而辛苦地劳作，面对物质生活的困顿、精神生活的贫乏表现出的"认命"与"忍受"，但我们能在作家不动声色的平静叙述的背后，读出他的不平静与沉重，以及对"生之艰辛，爱之甜蜜，病之痛苦，死之无奈"的追问。高建群的《大平原》，在对一个家族成长历程的回顾中，传达出对于整个即将逝去岁月的缅怀之情！阿来的《空山》系列，对一个藏族小山村在社会转型期命运变迁的真实生动的原生态叙写中，将自己全部的同情和深重的忧虑给予了自己生长的土地和土地上的父老乡亲。在对乡民人生和生活的谛视中，传达出作者对利益和金钱驱使之下人性扭曲和异化的反省与深思。此外，史生荣的《所谓教授》《大学潜规则》等"大学系列"小说，将高校和学术界官场化，将金钱对科技人文精神的挤压和权利、美色对学术的掠夺和腐蚀，淋漓尽致地表现了出来。作者以犀利的笔触反思大学教授和大学体制，展示了知识分子精神的堕落。王家达的《所谓作家》以作家为核心，涉及社会的各个层面，触角深入作家这一特殊群体的灵魂和核心，有力地剖析了引发知识分子命运巨变的病灶，暗示了那些社会要发展不得不抛弃的东西。

最后，因为作家们拥有的"西部经验"和地缘文化身份的不同，西部作家对西部历史和现实的书写因之有了各自不同的选择。虽然作家们所秉持的写作观念和审视历史、现实的角度不尽一致，但他们都从各自特定的角度掀开了遮蔽西部历史和现实的异域性文化想象的面纱。正是这种理性精神的彰显，使西部历史、现实的多种面相在小说中被重构、复活。杨争光、向春、马步升、杨显惠、张存学、张学东、郭文斌、冉平等作家也因此成为西部历史的重新发现者和表达者。而尼玛潘多、马金莲、央金等作家对西部乡村现实的理性书写，都使西部日益从一种以往被遮蔽、被误解的文化想象中走了出来，逐步找回真实的自我，回到"西部本身"。

藏族女作家尼玛潘多在新世纪出版了她的长篇处女作《紫青稞》，讲述的是喜马拉雅山脉附近一个叫普村的小山村中，曲宗阿妈一家人在转型期社会的生活与情感的变迁。尼玛潘多曾经对小说的创作动机做过详细的说明，她认为，在大多数人的眼中，西藏是一个神秘的、带有浓厚宗教风情的异域存在，人们对它抱有强烈的猎奇心理，对于真实的西藏和西藏人的生活，大家都很陌生。而《紫青稞》的创作，主要在于通过书写西藏人真实的情感和生活，还原一个充满烟火气的西藏。[①] 正是在这样一种创作目的的牵引下，女作家以严谨、平实的现实主义笔触，书写藏族普通人的生活，还原了一个真实的西藏。《紫青稞》写曲宗阿妈一家几个孩子的人生经历，以大姐桑吉为核心，通过桑吉从普村出走来到城市寻找恋人的艰辛历程，写出了古老的西藏小山村，年青一代在快速变化的时代的人生选择、情感状态和心路历程。大姐桑吉与同村的小伙子多吉恋爱，多吉后来离开普村去城市。桑吉发现自己已经怀孕，被逼无奈之下于是进城寻找多吉。在城市遭遇许多磨难，后来得到藏族阿妈的帮助，才在城市中站稳了脚跟。一个偶然的机会，她找到了多吉。然而，此时的多吉，赌博、酗酒，并试图利用桑吉的善良骗取金钱，丑恶的本性显露无遗。桑吉与他分道扬镳，却在磨砺中收获了另一份爱情。二女儿达吉向往城市生活，一心想离开贫穷的普村。后来，她过继给阿叔次仁，在次仁的带领下，她来到了城市边缘的桑格村。达吉由一开始的不适应，到逐渐在桑吉村站稳脚跟，并开了自己的小茶馆。在曲宗阿妈去世后，三女儿边吉孤苦伶仃，她来到二姐身边，在茶馆帮达吉打理生意。可是，由于她年纪小，受到桑吉村其他年轻姑娘的蛊惑，逐渐在众多的茶客中迷失了自我。在尼玛潘多的笔下，塑造出了时代变革之中形形色色的藏族普通民众的人物群像：固执

---

① 尼玛潘多:《紫青稞》，人民网（http：//people. tibecul. com.）。

保守的曲宗阿妈，美丽善良、勤劳朴实的大姐桑吉，聪明伶俐、有商业头脑的二姐达吉，以及不谙世事、单纯的小妹边吉，还有围绕在她们身边的众多男性。作家书写了他们如何在城市找寻自己的出路，实现自己的价值，以及在这一过程中遭遇的种种辛酸、无奈、痛苦。由此，一个褪去神秘色彩的、属于底层民众的原生态的西藏世界得以呈现。

《紫青稞》以宏大的时代转变为背景，在现代文明的进程中去看待藏民族前行过程中艰苦的蜕变，以一种理性精神对民族传统文化心理进行新的审视。"紫青稞"在作品中充满了象征色彩，代表的是一种苦难、一种坚忍、一种生命的顽强。"普村是嘎东县各自然村中，离县城最远的村庄，这里恶劣的自然条件，使紫青稞这种极具生命力的植物，成为这里的主要农作物。"① 这里的自然条件是那样的恶劣，然而这里却洋溢着最热烈的生命力："只要男人的扎年琴弹起来，女人的歌声就会和起来，连足尖也会舞蹈起来。无论日子多么窘迫，他们的歌声从来没有断过，他们的舞步也从没停过。"② 正是在这样一种刚健的民族精神的哺育下，普村的男男女女从来都是达观地对待生活，即使被洪水冲毁了家园，他们也会很快从困苦的阴影中走出，放声歌唱。藏传佛教和民族传统精神中的粗犷豪放使藏族人能够达观地对待生命中的苦与乐。

同样，宁夏回族女作家马金莲的长篇小说《马兰花开》，主人公马兰是一名当代回族女性，她接受过一定程度的教育，对生活、人生有自己的理解和追求，但是命运严酷，当她被迫辍学回家后，面对着生活的种种考验，她没有畏缩，而是以一种隐忍而持久的耐力默默地撑起了生活的重担，她就像一株生长山间路畔的马兰花，饱经风雨而不倒，开出了一朵娇美的女人花……马兰定亲、嫁人，以及如何在婆婆家生活的诸种人生经历，也让读者了解到真实的宁夏回族普通民众的生活。在马兰结婚、生孩子、自己创业养鸡等一幅幅极富生活质感的画面中，一个贫瘠但充满温情的西北回民小山庄的生活图景跃然纸上。如果说，张承志的《心灵史》让我们洞悉了回族人民的历史和他们的精神，那么在石舒清、马金莲的笔下，我们得以窥视回族人民的真实现实生活。

早在 20 世纪 80 年代，有作家就对西部文学作出过如此评价："西部

---

① 尼玛潘多：《紫青稞》，作家出版社 2010 年版，第 2 页。
② 同上书，第 3 页。

未来的文学不仅应该而且可能对中国未来的文学作出特殊的重大的贡献。这个贡献不一定表现在这块土地上产生的作家、作品对其他地区而言有多么的出类拔萃，而是以西部独特的地理地貌、民情民俗、历史和现实、自然和人、生和死、理想和幻想、成功和毁灭、痛苦和欢乐、卑污和崇高做了审美化的提供和丰富。"① 这个评价，对新世纪的西部小说而言，也是切中肯綮。

二　"底层叙事"的人文关怀

"底层"一词最早是在葛兰西的《狱中札记》，因为身陷囹圄，所以葛兰西不得不用"底层"这个属于经济范畴定义的概念取代"无产阶级"。在"革命"合法的年代，"底层"的概念即被富有政治内涵的"无产阶级"或"革命阶级"所取代，逐渐淡出了人们的视野。20 世纪七八十年代，"底层"一词重新浮出历史的地表，印度的古哈等六位从事南亚史研究的学者赋予底层以新的能指，在 1982 年出版的《底层研究》中，"确立了一种批判精英主义，强调'自主的'底层意识的历史观"②，他们站在起义农民被遮蔽的价值立场上，来重新阐释那些官方文本中关于农民起义的叙事，并从中寻找底层自主知行的证据。古哈等人的研究的确打开了一种崭新的视野，建构了另一种价值体系。进入 20 世纪 90 年代，随着中国现代性转型的逐步深入，消费文化的渐次形成和市场意识形态的主流化，下岗工人、失地农民等社会现实状况的出现，使"底层"一词越来越频繁地进入人们的视野，越来越多的中国作家开始关注底层民众在社会转型期的生活状态、思想情感以及他们的人生理想，"底层文学"由此产生。作为一种命名，"底层文学"主要是指 90 年代以来的一种特殊的文学现象，是由身处社会底层的作者撰写或非底层作者再现底层经验的文学表述，是现代性转型中直面底层民生的写作。应该说，"底层文学"在聚焦底层、书写底层，使原本被遮蔽、被遗忘的民众重新进入人们的视野这一创作行为本身，有着非同寻常的文学史意义。然而，"底层文学"创作却往往受到学者的批评，如对其追求猎奇的"传奇"叙事，单一化、极端化"苦难"叙事的诟病，对二元对立的简单道德评判的批评，等等。

---

① 赵学勇、王贵禄：《西部作家视野中的西部文学》，《当代文艺思潮》1986 年第 2 期。
② 赵树凯：《"底层研究"在中国的应用意义》，《东南学术》2008 年第 3 期。

这种批评是中肯的，的确指出了"底层文学"中存在的一些问题。新世纪以来，在全国性的"底层叙事"的热潮中，西部作家也表现出了对底层民众这一弱势群体的强烈关注。事实上，从 20 世纪 80 年代开始，西部作家就已经将底层民众的现实生活和精神世界作为重要的书写对象。张贤亮的《邢老汉和狗的故事》中，虽然此时作者仍然身处底层，但是小说中却流露出对底层人物的欣赏、同情和赞美之情。路遥在物质生活极其贫乏的状态中度过了他的青少年时代，这使他对底层民众和底层生活有着深入的了解和深厚的情感。他在其一系列中短篇小说中，对底层民众的生活和心灵世界都进行了生动的展示，他的叙述常常能够超越人物的性格形象而进入人生哲学的高度。他荣获茅盾文学奖的长篇小说《平凡的世界》，对处于改革开放时期农民的生存境遇、心灵历程均给予热忱的书写。他在小说中探索着西部农民的人生出路和未来前景，孙少平这样一个进城当煤矿工人的男性形象可谓深入人心。陈忠实曾说，路遥是"中国当代作家中最能深刻理解这个平凡世界里的人们对中国意味着什么"① 的作家，这个评价可谓一语中的。张承志以自己一腔的浪漫情怀，表现出底层民众在苦难和不幸面前倔强的反抗，他们身上令人折服的豁达与韧性。张承志的小说，有一个明显的叙事结构——"出走与回归"，即对主流社会的逃离与对底层社会的回归。这个离开故乡的游子，当他风尘仆仆，满面尘灰地回到草原，回到母亲的怀抱时，他才能够放声痛哭。与上述作家不同，藏族作家扎西达娃则通过营造种种似真似幻的宗教文化背景，以魔幻现实主义的方式来表现人生的悲剧和荒诞，因此，他的底层叙述显得更为的空灵、缥缈而意味深长。在《西藏，系在皮绳扣上的魂》中，他笔下的人物常常被一些宗教信仰所规约，却依旧活得没有尊严，没有自我。他们为了虚无的信仰而付出沉重的代价，甚至丧失了生命。扎西达娃在冷静的叙述中夹杂着悲凉的反讽意味，因此，他的底层叙述，有着强烈而热忱的启蒙冲动。

新世纪以来，伴随着社会现代化转型的加速，当代中国社会的结构发生了深度裂变，地域差距、贫富差距、城乡差距呈现出无限蔓延的趋势。以底层叙述为表现对象的西部小说，自然对这一社会现象表现出极大的关注。当西部农民也纷纷涌入城市，西部作家对转型期现代化思潮冲击之下

---

① 陈忠实：《悼路遥》，《小说评论》1993 年第 3 期。

底层民众的现实生活境况予以深切的表现，小说中始终灌注着一种强烈的人文关怀。正是在这样一种悲天悯人情怀的主导之下，西部作家能够突破窠臼，真正站在底层民众的立场上深入思考，对他们生存的尴尬、困窘的现实处境予以关注和同情。在书写他们在金钱、欲望洪流中人性之恶堕落的同时，显豁出人性至真、至善、至纯的一面。诚如评论家李建军所言：西部作家"关注社会现实和历史灾难；重视善的价值，有极强的道德感和道义感，同情弱者和底层人；是一种求真的写作，具有去伪存真的史传意识；是一种为人生的写作，认同现在文学的启蒙精神及'人的文学'理念；是一种质朴、淳厚的写作，具有清新可喜的诗性意味"[①]。

首先，在新世纪西部长篇小说的底层叙事中，作家改变了以往知识分子写作或者精英写作的立场，对底层民众的生活，不再采取自上而下的观照视角。相反，他们站在了底层民众的立场上，与民众同呼吸、共命运。在裸呈西部民众苦难、困窘的生存现实时，不是做"苦难的展演"或"仇恨叙述"，而是在对底层民众生活进行深入、透彻了解的基础上，写出他们悲欢离合，他们灰暗生存现实中的温暖微光。

20世纪70年代，贾平凹曾以《山地笔记》蜚声文坛，2008年，他推出了以城市拾荒者为叙事主体的长篇小说《高兴》，在将近40年的漫长创作生涯中，贾平凹始终坚持底层表述，始终站在底层的美学立场上，书写社会沧海桑田的巨变和人心的瞬息万变。将他的文本串联在一起，可以清晰地看出中国当代社会的发展历程，在这之中，包含着中国当代现代性巨变中底层人生的命运流变，以及在这一过程中底层人所经历的惶惑犹疑、欣喜满足、迷茫抗争等诸多复杂的情感纠葛。而他的作品风格，也由初期的明朗纯真一路演化为现在的沉郁凝重，这种风格的变化，也与他底层意识的调整有着千丝万缕的联系。

2008年出版的长篇小说《高兴》，聚焦农民工的生活和情感状态。小说的主人公刘高兴，是一个在城市以拾破烂为生的农民工。小说通过他的眼睛，向我们徐徐展开了一个城市拾荒者的世界。这是一个冰冷而残酷的世界，有我们想象不到的黑暗和残忍。这里光怪陆离而且等级森严："大拿"和"破烂王"属于城市拾荒者中的统治者，属于整个拾荒者世界的第一阶层。他们独霸整个城市的垃圾资源，靠收取保护费而获得高额收

---

① 李建军：《论第三代西北小说家》，《朔方》2004年第4期。

益。居于这个世界第二阶层的是分包居民小区、不再跑街，负责一个大区域而得进贡者。可以说，这两个阶层形成了一个寄生者群体，小说中的韩大宝就属于这个群体。其他的如"提着口袋翻垃圾的，拉着架子车或蹬个三轮车走街过巷"这样一个庞大的拾破烂者群体，则处于这个世界的底层，刘高兴、五富、黄八、杏胡夫妇就是这个庞大群体中的一分子，他们受人歧视，被人层层奴役。与他们有同样处境的还有沦落为妓的打工妹孟夷纯，以及以乞讨为生的石热闹。在对他们平凡琐碎的底层生活的描绘中，作家展示了他们以拾破烂、卖破烂为主的周而复始的机械的人生状态，由此呈现出一个以城市拾破烂者为主人公的陌生的底层世界。

　　贾平凹从刘高兴的视角出发，不仅写出了底层生活世界"恶"的一面，同样也写出了其"善"的一面，写出冰冷世界中的温暖微光。小说通过大量的日常生活的细节描写，写出他们在恶劣环境中相互扶持、相互照应的动人场面。为了帮助孟夷纯打官司，居住在"剩楼"的刘高兴、五富、黄八、杏胡夫妇等人齐心协力，他们每天每个人给孟夷纯资助两元钱。小说详细描写了刘高兴和五富拾破烂的过程中，刘高兴即使渴得嗓子冒烟也舍不得喝一瓶水，五富即使再饿也从不在外面的餐馆买一碗饭吃，就是为了节省下钱给孟夷纯。贾平凹认为，刘高兴不是城市中的"恶之花"，而是"恶中花"。"恶之花"象征着一种绝望，而"恶中花"则是希望的象征。通过《高兴》，贾平凹达成了他与自己厌恶的城市的一种和解，而这种和解，正是建立在以刘高兴为核心的底层人物形象的成功刻画上。

　　其次，西部长篇小说的底层叙述，经历了一个从苦难叙事到心灵叙事的转变过程。西部作家对底层民众精神和灵魂的书写，表现出一种可贵的人文关怀。

　　贾平凹的《高兴》，塑造了一个进城打工农民刘高兴的典型形象。这是一个乐观幽默的拾破烂者的形象，他的身上时时闪烁着阿Q精神胜利法的影子。进城之前，刘高兴就已经将一只肾卖给了城里人，因此，城市在刘高兴未进入之前就已让他成为一个残缺的人，这本身就是一种苦难。当刘高兴带着残缺的身体来到城市之后，他只能做一个城市里最苦最脏的拾荒人。显然刘高兴的城市之旅充满着苦难和艰辛，但是，刘高兴并不像以往进城打工的农民那样仇恨城市。相反，他热爱城市，希望在城市中站稳脚跟。他跟孟夷纯的爱情，本是两个底层人在底层世界中产生的一种患难与共的感情，与浪漫无缘。可是，由于刘高兴的那些在他看来浪漫的行为，为这段爱情染上了鲜亮的色彩。小说的最后，刘高兴背着五富的尸体决定踏上回乡的路途。离去，意味着刘高兴做一个城里人的愿望彻底破灭。但是，在贾平凹的小说中，我们毕竟看到了一个区别于以往的进城农民的形象，他对城市生活的热望，占据了他精神世界的主要位置。刘高兴的出现，改变了底层叙事中只对苦难的、消极的强化和对城市的抵触和抗拒。刘高兴对城市的亲近、眷恋，其实代表着一代农民工对城市的感情。进入新世纪以来，越来越多的农民涌入城市，城市文明以一种新的面貌和气息对他们形成强大的吸引，因此，融入城市，成为城市中的一员，是他们最真实的想法。从这个层面上讲，贾平凹的《高兴》，是为一代农民工心声代言的作品。

如果说刘高兴是一代进城农民的典型代表，那么，刘亮程的《凿空》中的张旺财和玉素甫则是坚守在西部大地上一代农民的悲剧命运的集中体现者。小说《凿空》讲述的是一个颇为荒诞的故事，在新疆阿不旦村，张旺财和玉素甫两个人各自抱着不同的目的挖洞，却都以失败告终。张旺财自 16 岁从内地来到阿不旦村落，在这里安家之后，他就萌生了一个念头，要在自家地底下挖个洞，住在洞里。同村的包工头玉素甫，固执地认为地底下可能埋葬着古董，可以发大财。于是，两人怀着不同的目的开始挖洞，整个阿不旦村都被他们凿空了。然而，小说中刘亮程没有仅停留在两个人挖洞这一现象本身，而是透过挖洞这一行为，讲述了背后的原因。对于张旺财而言，他背井离乡来到新疆，虽然阿不旦村的人并没有歧视他，但他的生存状态和他偏执于挖洞的生存方式，足以表明其复杂痛楚的生存事相。张旺财试图通过挖洞来与已经越来越远的故乡取得精神上的联系，获得一种存在的安全感。而玉素甫想通过挖到古董挣到大钱，从而完成对自己作为成功的大包工头形象的塑造。然而，事实证明，这只是一种自欺欺人的妄想。他们都想通过挖洞证明自己的存在，都想在地下的黑暗世界中找到自己的生活之路。整部《凿空》，刘亮程对两个人物并没有做简单的描述，对他们的生活也没有过分的苦难渲染，而是在平静的叙述中，凸显出人物潜藏在"挖洞"行为背后的深层心理机制，从而真实生动地书写了他们在西部现代化进程中的心路历程。

从"五四"新文学开始，对底层民众生活的关注和书写，苦难占据了底层叙事的主流。接续这种创作传统，在左翼文学、解放区文学以及

"十七年"文学和新时期文学中，苦难总是与底层生活如影随形。西部小说从 20 世纪 80 年代命名诞生之初，就形成了一个可贵的传统，即为底层代言。西部作家的笔下，流淌着对底层人民不倦的热情和永不停歇的表达热望。他们以自己富于正义感的声音为底层人民境遇欣喜欢呼，悲痛呼吁，他们与底层休戚相关，荣辱与共。新世纪以来，西部作家不仅书写底层民众苦难生活的现实际遇，而且叙事视角的转换、悲悯情怀的注入，也烛照底层人物的精神和灵魂，他们的写作，穿透历史的厚壁给底层人民带来勇气和力量，应该说，西部小说完成了从苦难叙事到灵魂叙事的一种超越。

三　全球化潮流中的西部意识

"全球化"这一概念源自经济领域，指"资本主义生产体系在新的历史条件下和技术条件下所作的新一轮合理化调配。这个过程必然带有很强的选择性，势必引起区域差异和发展不平衡等问题。它也会在民族国家内部，按照国际分工的需要制造出新的社会秩序和观念形态"。① 所以，全球化首先是经济的全球化，是全球范围内经济发展和跨国资本运作的总体竞争态势。然而，新世纪以来，全球化已经远远超越了经济的范畴，各个国家、地区的政治、经济、文化等都处在不断的相互冲撞、渗透或融合中，世界的整体性在逐步加强。在这一迈向整体性的过程中，发达国家凭借其雄厚的经济、文化实力，一步步蚕食着发展中国家的文化：

> 第一世界掌握着文化传媒和知识生产的绝对权力，把自身的意识形态视为"永恒"的和"超越"的世界性价值，把自身的偏见和想象编码在整个文化机器之中，强制性地灌输给第三世界。而第三世界的文化则处于边缘的、被压抑的地位上。他们无力在文化工业上占据中心的位置，只能处于被动的客体的位置上。他们的文化传统面临威胁，母语在流失，深受西方意识形态的贬抑和渗透。这样，在文化领域中，第一世界对第三世界的控制、压抑和吸引以及第三世界的认同、拒斥和逆反已成为一个时代主题。②

---

① 张旭东：《全球化时代的文化认同》，北京大学出版社 2005 年版，第 1 页。

② 张颐武：《第三世界文化：新的起点》，《读书》1990 年第 6 期。

文化传统的断代、母语的流失，使整个发展中国家面临严重的文化同质化威胁。为了缓解文化同质化带来的危机，新世纪以来的长篇小说总体上表现出一种"后撤"式发展潮流，作家们注重本土文学和文化资源的挖掘，本乡本土的种种寓言、掌故、各类野史、传说，以及形式各异的戏曲、方言、俚语皆可入文。在这一潮流中，西部作家强烈的西部本土意识得以激发，他们以自己的方式，在小说中确立"西部"形象，使"西部"不再是贫瘠、偏远和落后的代名词，而是成为一个丰赡动人、内涵深厚的文学形象，这也为暴力、矫情、性感的新世纪小说提供了一种新的发展可能。

西部作家西部本土意识的勃发，首先来自他们对自己身份的认同。新时期以来，在巨大潮流的裹挟下，"惯性"的作用使西部作家不可避免地融入新时期的合唱主旋律之中。因此，西部作家走过了一段相当被动的道路。然而，正如余斌所言："内地文学在七十年代后期浪头迭起，一个接一个，而包括西北在内的边远地区则龙尾随龙头般地追赶着，十分吃力。1980年以后，偏处西隅的人们慢慢明白，与其吃力地追，倒不如另走自己的路。"① 在"走自己的路"的驱动下，西部作家开始深入思考自身的前途和命运，开始对社会和本民族的传统文化进行再思考和再理解。在这一过程中，他们形成了对自己西部本土身份的认同感。新世纪以来，身处全球化潮流中的西部作家的身份认同感进一步加强，刘亮程、贾平凹、雪漠、红柯、高建群、郭文斌、石舒清、阿来在不同访谈和创作手记中，不止一次地强调过对自己的西部身份，尤其是对其"地之子"的身份和"少数民族"的身份的认知。而新世纪文坛上，行政体制有意对文学创作的扶持及种种文学口号的树立，如"甘肃八骏"、宁夏"三棵树"和"新三棵树"等，以及西部作家多次获得各大文学奖项，都可以看成主流文学对西部文学的认可，而这种认可，进一步加强了西部作家对其西部本土身份的认知。

其次，西部小说对西部地域，尤其对西部乡土的书写，充分显示出作家西部本土意识的自觉。在老一辈作家的引领之下，新生代西部作家从生存体验和生活思考中作出了自觉选择。尽管他们的艺术策略、美学表达、主题构思等有着自己的思考与特点，但他们对生于斯长于斯的这片西部热

---

① 余斌：《西部文学可以提倡》，《中国西部文学》1986年第10期。

土却投注着同样的深情与热情。乡土世界中的人事变迁、人情冷暖，以及乡民们在变革社会中的心路历程，都成为他们文学书写的聚焦点。尤其是跟中东部城市化进程日新月异的快节奏相比，西部边地明显缺乏与之相类似的较为成熟和完整的城市文明，少了城市鬼魅的诱惑与欲望，西部作家却获得了中东部作家所遗失的宁静心态。西部乡土小说呈现出的在浮躁时代下的一抹绿色树荫，成为域外及本土读者想象西部和观照本土的一种艺术途径。他们全方位调动着自己的艺术想象力，在西部的塞外烈风、大漠斜阳、古树孤烟、骤雨狂风中书写西部的历史和现实，张扬着西部人的人性魅力。在对逐渐逝去的乡土世界的不断挖掘中，他们在小说中保存了较为完整和原始的乡土记忆。西部作家由此建构了一个由西部独特的自然地理条件、悠久的历史文化积淀、相同的风土民情和因袭的生老病死观念等组成的"西部性"的文学空间，从而丰富了中国文学的版图，有效地抵抗着"文化同质化"的蚕食，从这个意义而言，西部作家"守土有责"。

最后，西部小说中对西部本土声音的传达，使西部小说在新世纪的混音合唱中拥有了独属于自己的旋律。虽然正处在日益加剧的全球化进程，并与这一进程发生着强烈的碰撞和冲击，新世纪以来的中国文坛却表现出本土意识的觉醒和向汉语写作传统的回归。这种觉醒和回归，表现在西部作家的创作中，主要体现为他们的作品中对西部方言俗语、民间歌谣戏曲的娴熟运用。西部小说中这些本土元素的文学融入，不仅是作家使用的一种文学技巧，更是一种西部文学精神和美学经验的传达。它们丰富了汉语叙事的可能性，为新世纪小说开辟了新的美学空间，带给我们独具西部风情的文学景观。美国学者弗·杰姆逊认为，在第三世界与第一世界的边缘与中心的对立关系中，应该关注第三世界的文化命运，实现两种文化的真正对话，这样才有可能打破第一世界的文化霸权，确立世界的多元化格局。作为经济落后地区的文学创作，西部小说中本土文学声音的传达，也有助于长期处于边缘地位的西部文学增强其自信心，确定自己在民族文化和当代文坛中的独特意义。

应该说，在喧哗骚动的新世纪文坛，在固有的价值体系崩塌陷落之后，西部作家依然以其对理性主义的坚守，执着地谛视脚下的土地，书写身边的世界，始终将关注的焦点放在西部人身上，它们审视现代化进程中西部人的命运变迁与世事更迭，在光怪陆离的世界之外，构建着属于自己的纯净的文学世界。"他们把根深深地扎在西北黄土地上，写出了这片土地上生长出的生命之歌和独特味道。他们的文学世界中既有对美好生活的诉求和奋斗，也有对人性弱点的揭示，更是着意刻画了市场经济大潮下的众生相"，"他们没有回避历史进程中所遭遇的诸多问题和弊端，而是描述了全球化语境下多重社会形态、文化形态共时存在下的人生境遇和生活情态，写出了现代化进程中西北大地上人的某种生存状态，揭示了这一历史进程中对人们心理和观念的冲击，以及伴随着的忧伤和希望、痛苦与理想所引起的精神的道德的波澜。并给予这种嬗变以人文的关怀"①。

　　"全球化"的步伐已经势不可当，进入新世纪的西部小说必然面临着从传统到现代的艰难转换，对西部作家而言，关起门来写作的历史已经成为过去，必须在吸收外来文化精华的基础上，融合本土的文化资源和文化传统，努力完成西部小说的重新构建。红柯说："西部小说一直沉默着，它的崛起是必然的，真正的本土化的现代派文学将是它的未来，非理性文化的复兴和建设是它的唯一选择。"②"全球化"带来了世界文化的重新整合，也意味着民族文化获得了重新走向现代的宝贵契机。新世纪以来西部作家的种种努力和探索，是西部小说走向全国、走向世界的可靠保证。

第二节　西部长篇小说的创作困境及其突围

　　进入新世纪之后，西部社会的加速转型，促使西部作家的长篇小说创作发生了较为明显的转变。一方面，西部长篇小说显现出鲜明的理性意识、本土意识和地域意识，成为新世纪文坛格局中另一幅文学美学世界；另一方面，西部小说创作也面临着如何突破、如何获得进一步深化与提升的艺术困境。西部小说需要面对叙事资源重整、艺术表现形式的创新，同时面临着价值理念重建方面的挑战。对西部长篇小说创作困境的探究，有助于廓清写作迷雾，寻求突围的可能途径与出路，以获得更好的发展。

　　就题材领域而言，这一时期西部长篇小说主要集中于"历史""乡土"和"生态""城市"等几个方面。比之 20 世纪，虽然城市题材的书写有所增加，但这一类作品，无论内容还是形式，其西部性的特征都不十

---

　　①　范玉刚：《苦难的升华与大地的守护——论宁夏文学精神的生成》，《朔方》2007 年第12 期。

　　②　红柯：《敬畏苍天》，上海人民出版社 2002 年版，第 300—301 页。

分明显。因此，城市题材的西部长篇小说不在本书的研究范畴之内。因此，本书关于创作困境的阐释，主要集中于"历史""乡土"和"生态"三个题材领域。

一　叙事资源及艺术表现形式的困境与突围

西部长篇小说的创作，在新世纪这一历史时期面临的首要问题是如何解决叙事资源匮乏的问题。虽然自 20 世纪 80 年代以来，西部作家的努力使西部从一种"异域性的文化想象"，日益回到对西部本身的重新发现，逐步改变了"自古以来就代表着罗曼司、异国情调、美丽的风景、难忘的回忆、非凡的经历"① 的西部，改变了西部被"他者"化的命运，西部作家建构了一个属于自我的"真正的西部"。然而，新世纪以来，西部作家无论是对西部历史的追踪，还是对西部乡土的回顾，抑或对西部生态现状的关注，依然是从西部独特的地域环境、文化特征出发，书写自己熟悉的人事生活、历史变迁，本无可厚非。文学史上许多流芳百世的作品，也有以自己的故乡或生活过的地域为背景的，比如马尔克斯的《百年孤独》、福克纳的《喧哗与骚动》。然而，西部作家对西部的观照，由于缺乏一种更为宽阔的视野，最终陷入了叙事困境。这种困境，在历史、乡土题材方面的表现尤为突出。

首先，西部历史的书写呈现出一种风格化倾向。所谓"风格化的历史"，主要是指"一种历史的经验陈述，这一经验由事实、材料、客观叙述甚至是个人记忆所组成"②。这种风格化的历史，在不同作家的作品中有着不同的体现。向春和马步升的笔下，关于河套平原、陇东大地历史的叙述，都有着浓厚的地域文化底色。他们小说中最引人入胜之处，也恰恰在于地域自然和人文自然的交相辉映。而张存学、张学东、贾平凹关于"文革"历史的描述，由于受到西部浓厚宗教文化的影响，有一种神秘化的倾向。如《古炉》中狗尿苔天生的异秉，虽然身体残缺，他却有着能够预知天灾人祸的鼻子。《妙音鸟》中出现的"妙音鸟"这一象征着光明

---

① ［美］爱德华·萨义德：《东方学》，王宇根译，生活·读书·新知三联书店 1999 年版，第 1 页。

② 杨庆祥：《历史重建及历史叙事的困境——基于〈天香〉、〈古炉〉、〈四书〉的观察》，《文艺研究》2013 年第 8 期。

与救赎的意象，与宁夏本地的佛教文化有着密不可分的联系。应当说，这种风格化的历史恰恰反映了西部作家的一种特色，正是这种独特性，形成了西部小说在新世纪文坛上卓尔不群的原因。因此，将历史书写风格化，并不是一种缺陷。而真正的缺失是，西部作家风格化的历史呈现恰恰阻碍或遮蔽了小说对历史的客观判断。所谓历史的判断主要是指长篇小说"不仅仅是要还原历史的现场和细节（如果有所谓的现场和细节），更需要从当下生活着的情势出发，去重构历史各种细部的关系，将历史理解为一种结构而不是一种过去的事实，发现其内部逻辑与当下现实之间的隐秘关联"[①]。而西部作家的历史书写，无论是杨争光、董立勃、叶广芩呈现的个人性历史的书写，还是向春、马步升关于区域历史的书写，抑或是张存学、张学东关于"文革"历史创伤的书写，都只是基于个人经验和个人想象的历史书写。因此，这种书写缺乏一种对历史和现实之间关系的评判。也就是说，历史书写在呈现历史"是什么"的同时，也应该考虑历史"为什么"的问题。从这个层面上讲，西部长篇小说对历史书写的终极意义的追问是不够的。恩格斯在讨论理想戏剧时曾经提出"较大的思想深度和意识到的历史内容，同莎士比亚剧作的情节的生动性与丰富性的完美的融合"[②] 的观点，遵循这样的思路，我们认为新世纪西部长篇小说在反映历史的沧桑巨变，穿透历史的迷雾和假象，把握历史发展的规律等方面是不够的、欠缺的。当然，西部作家关于饥饿历史创伤的书写并不存在此类问题，尤其是杨显惠的《定西孤儿院纪事》和《夹边沟纪事》中，作家对历史表象的陈述以及历史创伤原因的追问，都是非常深入的，其历史书写的意义是显而易见的。因此，历史不仅只指向过去，它同时也指向当下和未来。

其次，乡土题材西部长篇小说的创作，地域性的局限越发明显。大致自"寻根文学"开始，从西部作家如贾平凹对故乡商州独特地域自然和人文环境的描述在文坛引起轰动时开始，西部小说中往往存在着以奇崛诡异的文字，对边地社会奇特的自然地理环境，异域色彩浓郁的民俗风情，

---

　　① 杨庆祥：《历史重建及历史叙事的困境——基于〈天香〉、〈古炉〉、〈四书〉的观察》，《文艺研究》2013 年第 8 期。

　　② ［德］恩格斯：《致斐迪南·拉萨尔》，载《马克思恩格斯全集》第 29 卷，人民出版社1972 年版，第 583 页。

浪漫的民间故事和传说进行浓墨重彩的书写和渲染，使西部小说洋溢着鲜明的地域风情和色彩，成为当代文坛上独特的"这一个"，这是西部小说的独特魅力，也是其独特的价值所在。然而，在新世纪转型期的社会文化语境中，西部作家继续坚持这种写作模式，以对西部边地独特地域风情的书写来吸引读者的眼球，满足"他者"的好奇心和窥视欲。如此一来，整个西部不可避免地陷入被观看、被书写，以至被"他者"化、孤立化的命运，西部永远只能成为偏远、落后、保守的代名词。在文化同质化威胁日益严峻的今时今日，西部的民族文化和宗教文化有着逐渐被分解乃至消失的可能。除此之外，以"苦难"为写作母题，外辅之以"传奇"，基本上构成了西部小说的又一叙事模式。在杨争光、赵光鸣、董立勃、红柯的笔下，边地农民、流浪者、屯垦戍边者的人生经历，总是在无尽的苦难中夹杂着常人百年难遇的传奇，这些小说往往以新颖奇特的美学风貌吸引着大批读者。这些作家的成功，在潜移默化中影响着其他作家的创作，使西部小说被过早地规定了发展的路向。而且西部小说对人生苦难的叙述，除了少数作家之外，大部分作家还仅仅停留在对苦难的表层描写上，没有进行深入挖掘，没有看到新的时代背景下个人苦难与民族、国家的关联。事实上，随着全球化、城市化进程的加剧，相比于20世纪80年代，西部"苦难"的内涵早已发生了变化，已经由以往物质的、生存的苦难转化为精神的、心灵的苦难，城市文明正以前所未有的速度和力量侵入乡土文化，乡土文化之根逐渐断裂，许多西部人尤其是西部农民正面临着从哪里来、到哪里去的深层精神困惑。对于这种深层的精神伤痛的追问与写作，大部分西部作家显得力不从心。

上述西部作家在叙事资源上面临的种种困境，也带来了他们艺术表现形式的困境。无论是红柯的诗意彼岸世界，董立勃的"下野地"，还是雪漠的"凉州"，以及郭文斌的苦难与诗意并存的"西海固"，都陷入了自我重复。正如李建军所言："从整体上看，他们的作品虽然不乏新意和诗意，不乏朴实的情感和健康的道德内容，但是，缺乏境界阔大、思想成熟、技术圆练的大作品。更为严重的情况是，他们写到一定程度，一旦被社会认可，就不自觉地在已经形成的模式里进行复制性的写作，写出来的作品给人一种彼此雷同、似曾相识的印象。"[1] 因此，如何实现地域性与

---

[1] 李建军：《论第三代西北小说家》，《朔方》2004 年第 4 期。

世界性、民族性与人类性的沟通与突围，成为当下西部作家尤其是乡土小说作家所面临的较为突出的一个挑战。

那么，面对这些挑战，西部作家该如何应对呢？

首先，不可否认，西部独特的自然地理景观和民俗风情孕育形成了西部小说神秘、独特而又浑朴厚重的总体风格，这是西部小说能够独步于文坛的一个重要因素。然而，过分沉溺于地域性的写作，使西部小说往往成为一种单纯的风景画、风情画、风俗画的展示，仅带给人强烈的视觉奇观。这种视觉奇观在 20 世纪八九十年代，能够满足读者的好奇心，引发读者较为强烈的反响。然而，时至今日，西部作家面对的西部已经是多元化的西部，作家本身也是一个多元化的聚合体。因此，西部小说需要从呈现视觉奇观向表现心理奇观、开掘人性深度、体验文化冲突的思维转换。作家需要以平等的、尊重的姿态去看待西部的人生世相，需要深入至西部的内部，发现西部在地域性之中蕴含的普遍性、共同性。在对西部传奇与苦难人生的书写中，发现人类共同的际遇、苦难、命运，从而达到对人性的书写，使西部小说成为被认可和具有持久阅读内在力量与魅力的作品。

其次，西部作家应该有创造经典的意识，陈忠实谈到自己创作《白鹿原》是曾说："我在进入 44 岁这一年时很清晰地听到了生命的警钟。我突然强烈地意识到 50 岁这年龄大关的恐惧，如果我只能写写发发那些中短篇，到死时肯定连一本可以当枕头的书也没有，50 岁以后的日子不敢想象将怎么过"①，正是有了这种写作的紧迫感和使命感。所以，他才能创作出《白鹿原》这样的作品，被评论家认为是"上一世纪九十年代，中国长篇小说创作的重要收获之一，能够反映那一时期小说艺术所达到的最高水平。把这部作品放在整个 20 世纪中国文学的大格局里考量，无论就其思想容量还是就其审美境界而言，都有其独特的、无可取代的地位"②。而要创作这样的经典，还需要有"十年磨剑"的精神和勇气。西部作家在浮躁喧哗的新世纪文坛上需要继续屏气凝神，保持沉静安详的创作心态。写作是一个孕育的过程，是一个"创造生命"的过程，也是一个需要不断创新的过程。作家必须面对时间、精力和精神上严格的锻造，

①　陈忠实：《我的文学生涯》，《小说评论》2003 年第 5 期。

②　何西来：《关于〈白鹿原〉及其评论——评〈白鹿原〉评论集》，《小说评论》2000 年第 5 期。

做到"三戒""三忍"。"三戒":"一戒心气浮躁,养得平心静气;二戒急功近利,培养耐心韧劲;三戒好高骛远,知己而量力而行。三忍:一是忍耐寂寞,淡出场面;二是忍耐诱惑,淡泊名利;三是忍耐艰辛,不可游戏。"① 我们同样以《白鹿原》为例,陈忠实在创作《白鹿原》时,历经四年,他大多数时间是在偏僻的乡村度过的。他说:"写作《白鹿原》时,我觉得必须躲开现代文明和城市生活的喧嚣,需要一个寂寞乃至闭塞的环境,才能沉心静气完成这个较大的工程。从 1988 年 4 月搭笔,到 1992 年农历腊月二十五封笔,其中,草稿和复稿中的近百万字都是在其祖居的乡村的家里完成的。那个村子因为房屋紧靠着地理上的白鹿原的北坡坡根,电视信号被挡住了,电视机只能当作收音机听'新闻联播';村外有七八里土石路通长途车站,一旦下雨下雪,村里便没有人出门了。"②

在做到"三戒""三忍"的基础上,西部作家还需要通过积累充分的阅读储备并不断提高自身的理论修养,使自身拥有一种大气魄、大视野,从而摆脱自己的小格局,摆脱自我重复和故步自封。而要达到这样的目的,不仅需要作家对自己的生活能够进行入乎内、出乎外的关照,还需要有博大的襟怀和气度,不仅对本土生活、本土文化做到了然于心,同时还能够吸收异域文化。能够广泛涉猎中外经典文学名著,同时还需要了解历史、政治以及哲学的诸种知识。唯有这样,创作出的作品才能既是独特的"这一个",又能洞悉人类成长的悲喜历程、人性的明亮与黑暗,其文学视界是广阔的,使"越是民族的,越是世界的"不再只是一种口号,而是成为西部小说林立于全国乃至世界文坛的一杆标尺。

最后,白烨说:"作家不是记录社会现象就够了,他应该有更深刻的思考和观点,有更高远的目标和理想,这是作家必须具备的一个品质,也是对人类社会的终极关怀。这种关怀的建立,不仅仅要写实,要反映现实,而且还要对现实有一种质疑和反省的态度,也就是要有批判精神。"③ 新世纪以来,相比中东部作家,西部作家不仅需要继续保持这种批判精神,而且还需要具备别尔嘉耶夫所谓的知识分子的精神——灵魂由于人类的苦难而受伤,也只有在这种大悲悯之心的烛照之下,西部小说才能走得

---

① 竹松:《决战"长篇"》,《广西日报》2014 年 1 月 6 日第 11 版。

② 《陈忠实和〈白鹿原〉》,中新网 (http://www.chinanews.com)。

③ 《中国作家为何失去了批判的勇气》,中国网 (http://www.chinesecio.com)。

更远。除了知识分子的批判精神之外，西部作家还需要一种宽广博大的历史意识和哲学意识。当一个作家拥有丰富的哲学意识和深厚的历史意识，他才能建构自己博大的精神世界。有了这样的精神世界做基础，才能在变幻莫测的当代社会和喧嚣嘈杂的新世纪文坛，拥有甄别与辨识的能力，从而创作出既有此岸意识，又有彼岸情怀的好作品。

二 价值理念的困境与重建的可能

在中国社会整体上由传统向现代转型的进程中，由于经济发展水平的制约和传统文化的束缚等自身原因，以及长期以来处于发展弱势地位等客观现状等的影响，相比于东部社会尤其是东部城市，世纪之交西部社会的转型显得尤为缓慢和艰难。但是，这一转型却在以不可逆转的势头逐步推进，并引发了经济结构、消费者与生产者行为、价值观念的巨大变化。新世纪以来，西部长篇小说创作主体的价值取向表现出显著的多元化特点，小说叙事对象的价值理念由此也呈现出新旧交替、多元并存和相互冲突的态势。在这样一个马克斯·舍勒所谓的"价值颠覆"的时代，西部长篇小说的创作主体和叙述对象都在价值理念上呈现出一种游移和彷徨不定的姿态，而这种游移，正好体现了西部长篇小说价值理念的困境。想要摆脱这种困境，西部作家需要在目前已有价值理念的基础上，寻求价值重建的新途径。

(一) 价值理念的困境

自新时期以来，西部小说业已形成了两种较为恒常稳定的价值理念，即传统价值理念和现代价值理念。传统价值观念的核心特征是道德至上，主要表现为以伦理为中心，重群体、轻个体，天人合一、知行合一，重道轻术，以宗法为主导，重义轻利、家国一体。作为西部小说中一种固有的价值理念模式，传统价值观念对小说创作有着深远的影响。诸如在《人生》和《平凡的世界》中，高加林、孙少平在作家笔下表现出同途而殊归的结局。究其原因，主要是由于孙少平的形象体现了作家的传统价值观念，而高加林身上则有着 20 世纪 80 年代以来刚刚萌发的现代价值观念。陈忠实 90 年代的长篇巨著《白鹿原》，塑造出"关中大儒"朱先生这一人物形象，生动地反映了陈忠实的传统价值观念。西部作家对农耕文明的眷恋，让他们选择了向传统价值观念靠拢。新世纪以来，在《农历》（郭文斌）、《秦腔》（贾平凹）、《空山》（阿来）、《底片》（石舒清）、《绝秦书》（张浩文）等小说中，作家重点书写了对"田园牧歌"世界的追忆和向往，以及对农耕社会淳朴古老乡风民俗的推崇。同时，作家们也抒发出传统民族文化被现代政治、文化切割的痛楚，他们因此以传统的价值观念来反衬、批判现代文明之恶。

与传统价值观念相比较而存在的，西部小说中第二种固有的价值理念是现代价值理念。在这种价值理念中，传统的农业文明往往被认为是落后的，相反现代工业文明则被看作先进的。这一价值理念的产生，有着其深厚的哲学、文化基础。人的依赖性社会、物的依赖性社会和个人全面自由发展的社会，是马克思所谓的三大社会形态。在他看来，这三大社会形态是依次上升、不断进步的。① 以自然经济和小农生产方式为基础的农业社会，是人的依赖性社会，它朝着物的依赖性社会转型，意味着农业社会向工业社会的转型。在丹尼尔·贝尔的文化理论中，他认为工业文明优于农业文明②。在这种背景下生成的现代价值观念，表现出了以新取代旧的强烈愿望，对传统农耕文明中的落后、愚昧往往是口诛笔伐。

作家认为，世纪之交西部社会现代转型缓慢滞重的主要原因是，西部从农业社会向工业社会的转型中，面临着一系列需要解决但当前现实情况下却一时无法得以解决的问题。西部作家关注到这些现实问题，以现代价值观念批判传统农业社会的落后因素，表现出一种高度的责任感。在"大漠三部曲"中，雪漠"真实地记录一个历史时期老百姓如何活着"③。小说描写了腾格里沙漠边缘老顺一家人的生活，在河西物质生活非常贫乏的情况下，由物质而导致的精神贫困与愚昧：儿子娶不起媳妇，就采用以女儿来"换亲"的方式来延续香火；认为女儿是狐狸精转世，就将女儿领进沙漠活活饿死；老一辈的人相信神灵，动辄问巫求神。透过小说，读者可以体味到作家对故乡乡民们愚昧、麻木、愚昧的批判。杨争光以现代人的眼光观照符驮村的历史变迁，在《从两个蛋开始》中，将历史的荒谬与人生荒诞奇妙地结合在一起，在表面戏谑、幽默的叙述背后隐藏着作家犀利、辛辣的嘲讽。除此之外，董立勃、东西、鬼子、黄佩华等人的小

---

① ［德］马克思：《马克思恩格斯全集》（第 46 卷），人民出版社 1979 年版，第 104 页。

② ［美］丹尼尔·贝尔：《资本主义文化矛盾》，赵一凡等译，生活·读书·新知三联书店 1989 年版，第 199 页。

③ 雪漠：《大漠祭》，上海文化出版社 2001 年版，第 1 页。

说中，也常常浮现出现代价值理念的魅影。

　　然而，新世纪以来，不管是西部作家以传统价值观念为尺度批判现代文明的入侵，还是以现代价值观念批判落后的乡土文明，他们都表现出一种游移和惶惑。贾平凹的《秦腔》中弥漫着浓重的伤感，这种伤感既源自一种对越来越远的乡村文明的挽歌情怀，也有对现代文明进入乡村的追问和疑惑。在谈到《秦腔》的创作时，贾平凹曾说："我在写作过程中一直是矛盾的，痛苦的，不知道该怎么办，是歌颂，还是批判？是光明，还是阴暗？以前的观念没有办法再套用，我并不觉得我能站得更高来俯视生活，解释生活，我完全没有这个能力了。"① 这种能力的丧失，使西部作家在表现其书写的乡土题材时，再也无法像 20 世纪八九十年代那样，可以在坚守传统价值理念的前提下去批判、去歌颂。时事的变化，让西部作家丧失了这种自信。雪漠也说，他对故乡人没有"恨"，只有"哀其不幸"。而这种"哀"，更多的是建立在一种对故乡感情的矛盾纠葛之中，因此，小说中丧失了如鲁迅那样一种对故乡的批判锋芒。事实上，西部作家在创作时，"并非不想找出理念来提升，但实在寻找不到"②。转型期的社会现实已使旧有的观念趋于解体，西部长篇小说忠实地表现了这种观念的解体。然而，如何在小说中建构一种新的价值观念，是西部小说家面临的主要困境。

　　（二）重建价值理念的可能途径

　　面对价值理念重建的困境，西部作家不断寻求着突破，西部小说也在步履艰难地探寻着价值重建的新途径。这种探索，主要针对的是随着西部社会转型的深入，中国西部出现的贫富两极分化和城乡差距拉大等社会问题。面对短时间内无法逾越的鸿沟，人们的价值观念发生了变异，对权力、金钱的渴望和崇拜，让"权利本位"和"拜金主义"一时甚嚣尘上。在金钱利益的驱使和寻求自身发展的牵引下，开始了对大自然无止境的掠夺，让西部社会也日益陷入严重的环境污染和生态危机的窘境。日益盛行的权力腐败和顽固的"权力本位"意识，加上"拜金主义"观念的盛行，使生态危机持续加剧。西部作家进行的多角度的"权力批判""金钱批判"和"生态批判"，是西部长篇小说中出现的新的价值理念。

---

　　① 贾平凹、郜元宝：《关于〈秦腔〉和乡土文学的对谈》，《上海文学》2005 年第 7 期。
　　② 同上。

"权利批判"主要是针对由封建社会延续下来的"权力本位"的价值观念所展开的批判。在中国，国人对权力一直是顶礼膜拜的，不管是在高度集权的封建社会和计划经济时代，抑或市场经济时代，人们对权力的热望不因时代、环境的变化而有所减弱，一切价值最终都要换算成权力来衡量。因此，中国社会最严重的公害，莫过于权力的腐败，这是造成整个中国社会，尤其是农村社会苦难的直接根源。对"权力本位"价值观念的批判，是在历史与现实两个层面展开的。首先，将政治权力与人性批判相结合，书写有权者对无权者的欺凌。西部广大的乡村，在不同的历史时期，都存在着乡村极权者。那些不同来源的乡村干部，是乡村王国的领主，掌握着农民的生杀大权。《妙音鸟》中的虎大，《从两个蛋开始》中的北存，《秦腔》中的君亭，都是此类人物的典型代表。一方面，他们打着为乡村建设如修桥、铺路、修水库等堂而皇之的旗帜，不断满足自己的私欲，尤其是为自己的政治野心架桥铺路；另一方面，权力成为他们满足性欲望的有效工具，村庄中略有姿色的女性都难逃其魔掌。其次，对有权者和无权者国民劣根性的批判。这些乡村极权者，在普通乡民面前耀武扬威，而一旦遇到比他更高级别的掌权者，就极尽逢迎谄媚之能事。但是，一旦权力被剥夺，其狐假虎威的本色就显露无遗。而大部分乡村无权者，或者为了自身的经济利益，或者为了自身的前途，他们都臣服于权力之下。这些无权者有朝一日成为掌权者，则会重新陷入权力的怪圈轮回之中。

"拜金主义"是资本主义的核心价值观念。中国由计划经济向市场经济转型，市场经济对利益、金钱的推崇，让"拜金主义"随之泛滥成为社会狂潮。在这种社会潮流中，人的"各种欲望由于不再受到迷失方向的舆论的制约，所以再也不知道哪里是应该停下来的界限"[1]。西部长篇小说主要从两个角度展开对"拜金主义"的批判。第一，以传统的重义轻利观念为基本价值评价尺度，对各种见利忘义、损人利己等有违传统道德或人类基本准则的行为进行批判。诸如《秦腔》中，贾平凹以细腻的笔触书写清风街的人生世相，却发现清风街早已不是昔日的棣花镇，金钱已经使清风街的生活方式、人伦情感、人际关系都发生了巨大的变化。贾平凹正是以传统的价值观念去观照清风街的变化，因此，小说中带有浓厚

---

① ［法］埃米尔·迪尔凯姆：《自杀论》，冯韵文译，商务印书馆1996年版，第234页。

的挽歌情调。贯穿阿来的《空山》系列的主线，就是现代性无所不在的入侵、冲撞、改造、破坏着藏族宗教文化和伦理道德，为将尽的机村（藏文化）唱响了一曲忧郁伤感的悲歌。金钱是诸种现代性质素中非常重要的一种，正是对金钱的渴望，让机村人放弃了多年坚持的生态平衡原则，将屠刀伸进了原始森林。第二，站在人道主义立场上，作家书写金钱对人的异化，尤其侧重于展示转型期社会现实。在金钱和利益的驱使下，人性变异和丑恶的诸多面相。雪漠的《白虎关》中，当白虎关变成金矿区之后，许多人由此发家致富。金子的出现，让传统的劳动致富受到极大冲击，人们的财富观、道德观都发生了改变。小说的主人公猛子也被裹挟进这种潮流之中，他参与野蛮的破坏性的金矿开采中，完成自己的发财梦，结果被现实碰得头破血流后才醒悟过来。在小说中，雪漠站在人道主义立场上，肯定了乡民们想要发家致富的合法性，对他们发财梦破灭后的境遇，也表现出了深深的同情。

随着西部社会的转型，在经济增长和社会发展的同时，环境污染及生态危机日趋严重，西部作家站在"生态整体主义"价值观念的立场上，从不同的角度进行了批判。"生态整体主义"价值观念首先建立在对"人类中心主义"价值观念批判的基础上。现代社会的发展，很大程度上依赖于人类对大自然的开采。这种站在自身发展立场上对大自然漫无边际、永无止境的攫取，把自然推到了人的对立面。人与自然平衡与和谐的关系被打破，种种生态问题的凸显，说明自然界正在对人类的贪婪进行有力的报复。郭雪波的《银狐》、杨志军的《藏獒》、雪漠的《猎原》等小说就是此类以批判为主题的典型代表。其次，以传统价值观念中的"天人合一"和西方后现代主义的"生态伦理观"为基点，"生态整体主义"价值观在西部小说中主要体现为：西部作家逐步改变以往小说中以人为主的叙事模式，建立以植物、动物为主体形象的小说模式，侧重表现、张扬人与自然的和谐关系。红柯的《大河》和《生命树》、姜戎的《狼图腾》都是此类以歌颂、肯定的姿态书写人与自然关系的代表作。

由上可知，面对转型期西部社会的新现实，西部长篇小说的价值理念"变异"的一面非常突出。正是在这一"变异"之中，西部小说步履艰难地探寻着价值重建的新途径。虽然这种探索有时会让西部小说陷入某种价值理念的游离、错位乃至失语的尴尬境地，但它毕竟昭示出世纪之交西部长篇小说创作寻求价值重建的勃勃生机。

结　语

进入新世纪以后，中国社会延续着 20 世纪 90 年代的惯性前行，市场经济商品经济的持续发展，大众文化消费文化的流行，社会主义核心价值的提倡等，使新世纪的中国社会逐渐进入一个相对稳定的新常态中。在这种"新常态"的历史文化语境中，西部长篇小说创作不仅取得了数量上的丰收，书写水平也有了显著提升，其影响力和知晓度日益凸显，已逐步成为新世纪中国文坛不可或缺的重要组成力量。在 2000 年至 2014 年近 15 年的时间里，西部作家的长篇小说创作可谓佳作迭出，在各级各类评奖中捷报频传。可以说，新世纪西部长篇小说的创作，在对西部本土进行审美观照的基础上，作家逐渐突破新时期以来对于西部"异域"性的想象和"他者"化的描述，以自己独特的话语方式，构建起与现实西部、文化西部互相投射的文学世界，在不断构建自身的同时，也为新世纪中国文坛带来了迥异于中东部的雄浑苍凉的美学风格，以及海纳百川、淳厚深广的西部精神。本书将新世纪以来的西部长篇小说作为研究对象，在整合与深化西部小说研究既有研究成果的基础上，从历史祛魅、乡土怀旧和诗性建构三个最为显著的文学特征入手，探究与挖掘了西部长篇小说在精神品质、主题意蕴、审美追求、艺术形式等方面具有的文学特质，分析并提炼出西部长篇小说创作中蕴含的文学史意义，同时在梳理西部长篇小说发展脉络的基础上厘清了其可能的发展方向。

在全面梳理新中国成立初期至 20 世纪末的西部长篇小说的历史变迁，并归纳总结其文学特征的基础上，新世纪长篇小说中纷繁复杂、类型多样的历史叙事首先进入本书的研究视野。在百年中国文学中，作家们对历史叙事表现出了持续的热情。1949 年以后，当代长篇小说的历史叙事经历了从 20 世纪 50 年代革命历史叙事、新时期以来的新历史主义叙事以及90 年代以后的后新历史主义叙事等阶段，历史叙事在不同时期的变革都为民族历史的认同积累了丰富的经验。新世纪以来，讲述西部的历史成为作家一个言说不尽的话题。西部作家对西部历史的追踪、呈现，表现出一种"祛魅"的冲动。他们都侧重于从"小历史"出发，从个人史、家族史、区域史，民族史、宗教史、信仰史，创伤历史、饥饿历史等不同的角度，建构起多元化的西部历史。西部作家对于西部历史的重构，不仅在于对当时具体历史现场的反顾和场景的还原，更重要的是对历史表象背后复杂的社会政治、经济和文化原因的探求。同时，从日常生活的细节出发，作家们展现了特定历史情境中的人性之善与人性之恶。通过对历史的真理性和神圣性的解构，西部作家力图还原西部历史的真实面目。

在西部小说的发展过程中，已经形成了乡土书写的传统。新世纪以来，西部作家坚持这一创作传统，出现了许多以乡土为题材的代表性作品。与20世纪八九十年代作家对西部乡土爱恨交织的感情基调有所不同，在新的历史文化语境中，西部作家对乡土普遍表现出了一种浓重的怀旧情绪。因此，怀旧成为本书研究西部长篇小说的第二个切入点。西部长篇小说的怀旧书写，与工业化、城市化、全球化进程的加剧有着必然的联系。工业化、城市化的发展，使中国东部与西部出现了明显的差异。东部地区，经济的快速增长、都市文明的迅猛发展，城市逐渐取代了农村，城市文明逐渐成为东部文化的主旋律，东部的文学创作也呈现出了明显的都市化倾向。而西部地区，市场经济之风也逐渐侵蚀这片古老而贫瘠的大地。西部的乡村，也面临着陷落的危机。在现代性的焦虑之中，乡土又一次成为西部作家表达情感的最好载体。他们纷纷把目光投向边疆地区，在远离繁华与喧嚣的西部地带，寻觅自己的精神归宿，怀旧由此亦成为西部乡土小说的主要情感基调。他们在小说中塑造出昔日曾经熟悉的"村庄形象"和"最后一个"系列人物形象，通过村庄的变迁，人物命运的变迁，诉说着西部的村庄、传统文化即将消逝的危机。以追忆方式，叙述乡土社会美好安详的民俗人生，充满宗教习俗的乡土风物，氤氲在一幅幅风俗画与风物画之中，是作家的挽歌情怀。

在日益深入的全球化进程中，西部也不可避免地卷入这一进程中。为了缓解和消除这种焦虑，西部作家通过对乡土地域、传统文化的重新发现和再审视，寻求到自我认同的归属感。西部作家对西部乡村自我身份的认知和确立，是在全球化浪潮中西部维系自我历史、现在和未来，防止历史中断可能的一种有力保障。

作家红柯曾说，新疆是自己生命中的彼岸世界①。事实上，不管是西部本土作家、流寓作家或是客居作家，西部的生活经历都在其生命中留下了不可磨灭的印记。因此，他们对于西部的书写，具有浓厚的诗性特征，这主要表现在他们对于西部动植物灵性形象的塑造，对人与自然和谐关系的书写；以及在文本中建构起一系列的理想人物形象来表达对西部的认知。除此之外，小说文本中对西部神话传说、英雄故事、宗教文献、方言，以及传统文学形式的引入和借鉴，也使本时期的西部小说在文体上具有浓郁的诗性特征。

从"历史祛魅""乡土怀旧""诗性建构"三个关键词入手，通过文本细读，本书重点阐释了新世纪西部长篇小说的明显特征，这些特征都事关转型时期新世纪文学的发展，事关如何缓释世界潮流影响下本土性文学与文化诉求所形成的巨大张力，以及西部小说在未来的可能发展路向。因此，其文学价值是不言自明的。本书的最后一章阐述新世纪以来长篇小说的文学价值，并对其表现出的书写困境作出尝试性的总结。问题意识的存在与研究视野的选取，表现出本书对新世纪西部小说乃至中国当代文学的深层思考及探寻。

针对新世纪以来西部长篇小说创作中几个典型特征的分析，也涉及对转型期的社会变革、历史文化语境、西部作家的主体身份以及地域文化因素等方面的阐释。但对西部长篇小说的其他一些题材，如城市题材，以及日益兴盛的网络小说的创作未做分析，同时对于西部长篇小说艺术形式的创新还需要进一步系统研究，对其不足与局限性，以及未来的发展等方面还需进一步深入研究。

首先，西部长篇小说的作家群体较为庞大，且每个作家的人生经历、知识储备、艺术修养等都有所不同，小说创作也呈现出不同的写作个性和审美风格。因此，西部长篇小说的研究可以就具体的作家和作品的专门研究，以进一步探讨其文本世界的建构、发展。同时，西部作家群体的组成在不断变化，在关注成就卓著的作家的同时，对正在成长中的作家和新的作品也应该给予关注。这样，可以为西部长篇小说的发展创造一个良好的研究平台，以便促进西部长篇小说不断发展。

其次，新时期以来，西部作家借鉴过一些西方文艺理论来丰富其小说

---

① 红柯：《西去的骑手》，云南人民出版社 2002 年版，第 3 页。

的艺术表现形式。新世纪以来，在全球化影响的焦虑之下，西部作家均表现出了向本土化回归的倾向。未来，西部小说在艺术形式、审美追求上如何发展，用什么样的方式讲述"西部故事"，这是研究者值得关注的一个话题，也是拓宽西部小说研究的一种思路。

再次，在新世纪以来多种媒体共存的传播语境中，西部长篇小说如何获得读者，如何在影视、广播、网络之间获得发展的新机，在精英化与通俗化之间如何走自己的路，这也是研究者需要不断关注的问题。

最后，不断发展的西部长篇小说研究，不仅需要研究者具有丰富的理论储备和跨文化、跨学科的知识，也需要研究者既能够入乎内，又能出乎外。需要根据自己对西部生活的切身体验，同时超越个人视域与地域囿限，静观审视，对西部长篇小说中出现的新现象、新问题，及时作出反应和评价，以期获得西部长篇小说创作与评论的共同繁荣。

让我们用西部诗人李老乡的《西照》结束本文："鹰也远去/又是空荡荡的/空荡荡的远天远地//长城上有人独坐/借背后半壁斜阳/磕开一瓶白酒一饮了事/空瓶空立/想必仍在扼守诗的残局//关山勒马也曾/仰天啸红一颈鬃血/叹夕阳未能照我/异峰突起。"写作，本就是一项孤独和寂寞的事业，西部作家当然也是一个承受孤独与寂寞的群体。西部作家正在努力转变自己业已成型的写作方式，背起行囊，面向未来，找寻文学的创新之路。虽然未形成气候，但已经上路行走。虽然还没有看见可以抛锚登岸的旗帜，但相信他们会不断行走和挖掘。

附录 部分西部长篇小说作品

雪漠：《大漠祭》，上海文化出版社2000年版。

雪漠：《猎原》，北京十月文艺出版社2003年版。

雪漠：《白虎关》，上海文艺出版社2008年版。

雪漠：《野狐岭》，人民出版社2014年版。

李学辉：《末代紧皮手》，作家出版社2010年版。

向春：《河套平原》，作家出版社2012年版。

马步升：《青白盐》，敦煌文艺出版社2008年版。

马步升：《陇东断代史》，敦煌文艺出版社2008年版。

张存学：《轻柔之手》，敦煌文艺出版社2009年版。

杨显惠：《定西孤儿院纪事》，花城出版社2007年版。

杨显惠：《夹边沟纪事》，花城出版社2008年版。

杨显惠：《甘南纪事》，花城出版社2011年版。

郭文斌：《农历》，上海文艺出版社2010年版。

郭文斌、韩银梅：《西夏》，人民文学出版社2010年版。

张学东：《妙音鸟》，作家出版社2008年版。

张学东：《西北往事》，河南文艺出版社2007年版。

石舒清：《底片》，阳光出版社2012年版。

董立勃：《白豆》，新疆美术摄影出版社2014年版。

董立勃：《白麦》，新疆美术摄影出版社2014年版。

董立勃：《静静的下野地》，新疆美术摄影出版社2014年版。

董立勃：《米香》，新疆美术摄影出版社2014年版。

董立勃：《青树》，北京十月文艺出版社2008年版。

董立勃：《暗红》，广西师范大学出版社2008年版。

红柯：《西去的旗手》，上海文艺出版社2013年版。

红柯：《乌尔禾》，上海文艺出版社2013年版。

红柯：《生命树》，上海文艺出版社 2013 年版。

红柯：《大河》，云南人民出版社 2004 年版。

红柯：《喀拉布风暴》，上海文艺出版社 2013 年版。

刘亮程：《凿空》，作家出版社 2010 年版。

刘亮程：《虚土》，浙江文艺出版社 2013 年版。

王蒙：《这边风景》（上下卷），花城出版社 2013 年版。

贾平凹：《秦腔》，花城出版社 2013 年版。

贾平凹：《古炉》，花城出版社 2013 年版。

贾平凹：《高兴》，花城出版社 2013 年版。

贾平凹：《带灯》，花城出版社 2013 年版。

贾平凹：《怀念狼》，花城出版社 2013 年版。

贾平凹：《老生》，人民文学出版社 2014 年版。

张浩文：《绝秦书》，太白文艺出版社 2013 年版。

杨争光：《从两个蛋开始》，人民文学出版社 2003 年版。

贺绪林：《兔儿岭》，太白文艺出版社 2005 年版。

贺绪林：《马家寨》，太白文艺出版社 2005 年版。

贺绪林：《卧牛岗》，太白文艺出版社 2005 年版。

高建群：《大平原》，北京十月文艺出版社 2005 年版。

叶广芩：《青木川》，北京十月文艺出版社 2015 年版。

阿来：《格萨尔王传》，重庆出版社 2015 年版。

阿来：《空山》（1），人民文学出版社 2005 年版。

阿来：《空山》（2），人民文学出版社 2007 年版。

阿来：《空山》（3），人民文学出版社 2009 年版。

阿来：《瞻对》，四川文艺出版社 2015 年版。

范稳：《水乳大地》，北京十月文艺出版社 2011 年版。

范稳：《悲悯大地》，北京十月文艺出版社 2011 年版。

范稳：《大地雅歌》，北京十月文艺出版社 2011 年版。

黄佩华：《生生长流》，长江文艺出版社 2002 年版。

杨志军：《藏獒》，人民文学出版社 2013 年版。

杨志军：《西藏的战争》，人民文学出版社 2012 年版。

姜戎：《狼图腾》，长江文艺出版社 2014 年版。

井石：《金梦劫》，作家出版社 2009 年版。

梅卓：《月亮营地》，敦煌文艺出版社 2013 年版。

鬼子：《一根水做的绳子》，人民文学出版社 2007 年版。

东西：《耳光响亮》，江苏文艺出版社 2011 年版。

郭雪波：《银狐》，漓江出版社 2006 年版。

郭雪波：《狐啸》，百花洲文艺出版社 2002 年版。

郭雪波：《大漠狼孩》，中国文联出版社 2003 年版。

冉平：《蒙古往事》，人民文学出版社 2005 年版。

马丽华：《如意高地》，北京十月文艺出版社 2006 年版。

陈继明：《一人一天堂》，花城出版社 2006 年版。

麦家：《暗算》，浙江文艺出版社 2009 年版。

麦家：《风声》，浙江文艺出版社 2009 年版。

麦家：《解密》，中国青年出版社 2002 年版。

李冯：《孔子》，太白文艺出版社 2007 年版。

京夫：《鹿鸣》，上海人民出版社 2007 年版。

唐达天：《沙尘暴》，现代出版社有限公司 2010 年版。

尼玛潘多：《紫青稞》，作家出版社 2010 年版。

白玛娜珍：《拉萨红尘》，西藏人民出版社 2002 年版。

白玛娜珍：《复活的度母》，作家出版社 2006 年版。

格央：《拉萨故事：让爱慢慢永恒》，太白文艺出版社 2006 年版。

马知遥：《亚瑟爷和他的家族年版》，宁夏人民出版社 2000 年版。

查舜：《月亮是夜晚的一点明白》，人民文学出版社 2007 年版。

查舜：《青春绝版》，上海文艺出版社 2001 年版。

马金莲：《马兰花开》，宁夏人民出版社 2014 年版。

李进祥：《孤独成双》，宁夏人民出版社 2003 年版。

阿舍：《乌孙》，中国国际广播出版社 2011 年版。

杜光辉：《西部车帮》，花城出版社 2003 年版。

罗伟章：《饥饿百年》，重庆出版社 2008 年版。

简明：《佛痒痒》，重庆出版社 2011 年版。

路天明：《黑雀群》，湖南文艺出版社 2008 年版。

参考文献

著作类

［德］马克斯·舍勒：《价值的颠覆》，罗悌伦等译，生活·读书·新知三联书店1997年版。

［英］安东尼·吉登斯：《现代性的后果》，田禾译，译林出版社2000年版。

［德］马克思：《马克思恩格斯全集》（第46卷），人民出版社1979年版。

［美］丹尼尔·贝尔：《资本主义文化矛盾》，赵一凡等译，生活·读书·新知三联书店1989年版。

［法］埃米尔·迪尔凯姆：《自杀论》，冯韵文译，商务印书馆1996年版。

［日］菊池宽：《文学创作讲座》（第1卷），光华书局1931年版。

［美］鲁滨逊：《新史学》，何炳松译，广西师范大学出版社2005年版。

［美］海登·怀特：《后现代历史叙事学》，陈永国、张万娟译，中国社会科学出版社2003年版。

［英］迈克·克朗：《文化地理学理论》，杨淑华、宋慧敏译，南京大学出版社2003年版。

［美］理查德·罗蒂：《筑就我们的国家：20世纪美国左派思想》，黄宗英译，生活·读书·新知三联书店2006年版。

［日］池田大作：《我的人学》，铭九、潘金生、庞春兰译，北京大学出版社1992年版。

［英］埃里克·霍布斯鲍姆：《史学家——历史神话的终结者》，马俊亚、郭英剑译，上海人民出版社2002年版。

［美］海登·怀特：《话语的转义——文化批评文集》，董立河译，北

京出版社 2001 年版。

　　［德］斯宾格勒：《西方的没落：世界历史的透视》（上），齐世荣、田农等译，商务印书馆 1995 年版。

　　［美］宇文所安：《追忆——中国古典文学中的往事再现》，郑学勤译，上海古籍出版社 1990 年版。

　　［美］爱德华·希尔斯：《论传统》，上海人民出版社 1997 年版。

　　［德］斐迪南·滕尼斯：《共同体与社会：纯粹社会学的基本概念》，林荣远译，北京大学出版社 2010 年版。

　　［德］瓦尔特·本雅明：《启迪：本雅明文选》，汉娜·阿伦特编，张旭东、王斑译，生活·读书·新知三联书店 2008 年版。

　　［英］安东尼·吉登斯：《现代性的后果》，田禾译，译林出版社 2000 年版。

　　［英］安东尼·吉登斯：《现代性与自我认同：现代晚期的自我与社会》，赵旭东、方文译，生活·读书·新知三联书店 1998 年版。

　　［美］戴维·哈维：《后现代状况》，阎嘉译，商务印书馆 2003 年版。

　　［英］齐格蒙特·鲍曼：《共同体：在一个不确定的世界中寻找安全》，欧阳景根，江苏人民出版社 2003 年版。

　　［美］斯维特兰娜·博伊姆：《怀旧的未来》，杨德友译，译林出版社 2010 年版。

　　［德］海德格尔：《海德格尔选集》，孙周兴译，上海三联书店 1996 年版。

　　［德］恩斯特·卡西尔：《符号·神话·文化》，李小兵译，东方出版社 1988 年版。

　　［美］苏珊·朗格：《情感与形式》，刘大基、傅志强、周发祥译，中国社会科学出版社 1983 年版。

　　［英］弗吉尼亚·伍尔夫：《论小说与小说家》，郭小凌、白皖强译，上海译文出版社 2000 年版。

　　［捷］米兰昆·德拉：《小说的艺术》，董强译，上海译文出版社 2004 年版。

　　［法］丹纳：《艺术哲学》，傅雷译，河南人民出版社 1998 年版。

　　［英］汤因比：《历史研究》（插图本），郭小凌、王皖强译，上海人民出版社 2005 年版。

［德］阿莱达·阿思曼：《回忆空间：文化记忆的形式与变迁》，潘璐译，北京大学出版社 2016 年版。

［德］哈拉尔德·韦尔策：《社会记忆：历史、回忆、传承》，北京大学出版社 2007 年版。

［英］迈克费·瑟斯通：《消费文化与后现代主义》，刘精明译，译林出版社 2000 年版。

洪子诚：《中国当代小说史》，北京大学出版社 1999 年版。

曹文轩：《20 世纪末中国文学现象研究》，北京大学出版社 2002 年版。

王诺：《欧美生态文学》，北京大学出版社 2003 年版。

郁达夫：《郁达夫文艺论集》，浙江文艺出版社 1985 年版。

赵世瑜：《小历史与大历史：区域社会史的理念、方法与实践》，生活·读书·新知三联书店 2006 年版。

何怀宏：《道德、上帝与人》，北京大学出版社 2010 年版。

陈思和：《当代文学史教程》，复旦大学出版社 1999 年版。

费孝通：《乡土中国》，人民出版社 2008 年版。

陈丹燕：《上海的风花雪月》，作家出版社 1998 年版。

赵稀方：《小说香港》，生活·读书·新知三联书店 2003 年版。

周宪主编：《文化现代性与美学问题》，中国人民大学出版社 2010 年版。

刘沛林：《古村落：和谐的人居空间》，生活·读书·新知三联书店 1997 年版。

郜元宝、张冉冉编：《贾平凹研究资料》，天津人民出版社 2005 年版。

杨义：《中国叙事学》，人民出版社 1997 年版。

贾兴安：《村庄里的事物：中国民间的乡土文化情绪》，河北教育出版社 1996 年版。

童庆炳：《现代心理美学》，中国社会科学出版社 1993 年版。

鲁迅：《鲁迅全集》（第 4 卷），人民文学出版社 2005 年版。

周作人：《永日集》，岳麓书社 1988 年版。

户晓辉：《现代性与民间文学》，社会科学文献出版社 2004 年版。

李杨：《抗争宿命之路——"社会主义现实主义"（1942—1976）研

究》，时代文艺出版社 1993 年版。

高玉：《现代汉语与中国现代文学》，中国社会科学出版社 2003 年版。

吴子慧：《吴越文化视野中的绍兴方言研究》，浙江大学出版社 2002 年版。

丁帆：《中国西部现代文学史》，人民文学出版社 2004 年版。

丁帆：《中国乡土小说史论》，江苏文艺出版社 1992 年版。

朱晓进：《山药蛋派与三晋文化》，湖南教育出版社 1995 年版。

李兴阳：《中国当代西部小说史论》，安徽大学出版社 2006 年版。

肖云儒：《中国西部文学论》，青海人民出版社 1988 年版。

马丽华：《雪域文化与西藏文学》，湖南教育出版社 1998 年版。

管卫中：《西部的象征》，青海人民出版社 1992 年版。

韩子勇：《西部：边远省份的文学写作》，百花文艺出版社 1998 年版。

唐燎原：《西部大荒中的盛典》，青海人民出版社 1992 年版。

余斌：《中国西部文学纵观》，青海人民出版社 1992 年版。

马丽蓉：《20 世纪中国文学与伊斯兰文化》，安徽教育出版社 2000 年版。

赵学勇、孟绍勇：《革命乡土地域：中国当代西部小说史论》，山西教育出版社 2009 年版。

陈晓明：《表意的焦虑——历史祛魅与当代文学变革》，中央编译出版社 2002 年版。

陈继会：《中国乡土小说史》，安徽教育出版社 1999 年版。

彭岚嘉、陈占彪：《中国西部文化发展战略研究》，中国社会科学出版社 2008 年版。

李继凯：《秦地小说与三秦文化》，湖南教育出版社 1997 年版。

赵学勇：《文化与人的同构》，兰州大学出版社 2000 年版。

刘晓林、赵成孝：《青海新文学史论》，青海人民出版社 2007 年版。

丁朝君：《当代宁夏作家论》，宁夏人民出版社 2007 年版。

陈晓明主编：《现代性与中国当代文学转型》，云南人民出版社 2003 年版。

陈平原：《小说史：理论与实践》，北京大学出版社 1993 年版。

陈平原：《中国小说叙事模式的转变》，北京大学出版社 2003 年版。

许志英、丁帆：《新时期小说主潮》，人民文学出版社 2002 年版。

王又平：《新时期文学转型中的小说创作潮流》，华中师范大学出版社 2001 年版。

应锦襄、林铁民、朱水涌：《世界文学格局中的中国小说》，北京大学出版社 1997 年版。

程文超：《新时期文学的叙事转型与文学思潮》，中山大学出版社 2005 年版。

黄伟林：《中国当代小说家群论》，中央编译出版社 2004 年版。

黄忠顺：《长篇小说的诗学观察》，华中师范大学出版社 2002 年版。

吴义勤：《长篇小说与艺术问题》，人民文学出版社 2005 年版。

樊星：《当代文学与地域文化》，华中师范大学出版社 1997 年版。

王先霈主编：《新世纪以来文学创作若干情况的调查报告》，春风文艺出版社 2006 年版。

吴义勤：《中国当代新潮小说论》，江苏文艺出版社 1997 年版。

王平：《中国古代小说叙事研究》，河北人民出版社 2001 年版。

林建法主编：《2007 年文学批评》，春风文艺出版社 2008 年版。

白烨主编：《2005 年文学批评新选》，文化艺术出版社 2006 年版。

谢有顺：《从俗世中来，到灵魂里去》，郑州大学出版社 2007 年版。

王德威：《想像中国的方法：历史·小说·叙事》，生活·读书·新知三联书店 1998 年版。

王素霞：《新颖的"NOVEL"——20 世纪 90 年代长篇小说文体论》，光明日报出版社 2006 年版。

王岳川：《后殖民主义与新历史主义文论》，山东教育出版社 1999 年版。

雷达、王达敏、王春林：《新世纪小说概观》，北岳文艺出版社 2014 年版。

王春林：《新世纪长篇小说地图》，北岳文艺出版社 2014 年版。

王春林：《新世纪长篇小说风景》，作家出版社 2013 年版。

中国作家协会创作研究部：《长篇小说艺术论：长篇小说艺术暨文学发展趋势研讨会论文集》，作家出版社 2012 年版。

中国作家协会创作研究部：《世界视野中的中国文学与中国精神》，

作家出版社 2016 年版。

李敬泽：《为文学申辩》，作家出版社 2009 年版。

刘再复：《文学十八题》，中信出版社 2011 年版。

贺绍钧：《建设性姿态下的精神重建》，作家出版社 2012 年版。

赵静蓉：《怀旧：永恒的文化乡愁》，商务印书馆 2009 年版。

李建平、黄伟林：《文学桂军论》，中国社会科学出版社 2007 年版。

学术论文类

耿传明、李国：《"标新"与"立旧"——新世纪小说的双动向》，《山西大学学报》（哲学社会科学版）2011 年第 34 期。

李云雷：《2006 "底层叙事"的新拓展》，《文艺理论与批评》2007 年第 1 期。

南帆、郑国庆、刘小新等：《底层经验的文学表述如何可能？》，《上海文学》2005 年第 11 期。

雷达：《新世纪十年中国文学的走势》，《文艺争鸣》2010 年第 3 期。

贺绍俊：《大众文化影响下的当代文学现象》，《文艺研究》2005 年第 3 期。

李兴阳：《"新世纪"的边界与"新世纪乡土小说"的边界——新世纪中国乡土小说转型研究之一》，《扬子江评论》2008 年第 1 期。

李兴阳、朱华：《"后乡村"时代的民俗文化与风物追忆——新世纪乡土小说中的"民俗叙事"研究》，《湖北师范学院学报》（哲学社会科学版）2015 年第 5 期。

李兴阳：《安详的民俗人生与成长中的天问——郭文斌新世纪乡土小说论》，《南京师范大学文学院学报》2008 年第 4 期。

李兴阳：《新世纪乡土小说的叙事取向与"在乡农民"形象》，《南京社会科学》2013 年第 4 期。

李兴阳：《新世纪乡土小说中的"村庄形象"初论》，《甘肃社会科学》2014 年第 4 期。

李兴阳：《轻柔之手指向存在的深渊——张存学长篇新作〈轻柔之手〉论析》，《飞天》2007 年第 1 期。

李兴阳：《崛起的西部新小说家群》，《写作旬刊》2006 年第 19 期。

李继凯：《西部作家的西部梦——以阿来"博文"为例》，《甘肃社会科学》2015 年第 1 期。

杨辉、马佳娜：《本土经验、现代意识与中国气派——论贾平凹的文学观》，《南方文坛》2015 年第 5 期。

黄伟林：《艰难的突围——论广西长篇小说的现状、存在的问题和发展途径》，《南方文坛》2004 年第 2 期。

唐小林：《论新世纪四川长篇小说创作》，《小说评论》2008 年第 3 期。

杨剑龙：《新世纪新常态语境与长篇小说创作》，《社会科学辑刊》2016 年第 3 期。

许峰：《新世纪以来宁夏长篇小说创作考察》，《小说评论》2014 年第 2 期。

王鹏：《新世纪以来陕西长篇小说创作论》，《扬子江评论》2012 年第 2 期。

黄毅：《走向多元的贵州民族文学长篇小说创作——从三部长篇看贵州少数民族作家创作的走向》，《贵阳学院学报》（社会科学版）2005 年第 2 期。

李继凯：《中国西部文学研究三十》，《文学评论》2008 年第 4 期。

丁帆、李兴阳：《中国乡土小说：世纪之交的转型》，《学术月刊》2010 年第 1 期。

李星：《西部精神与西部文学》，《唐都学刊》2004 年第 6 期。

满建：《大众文化语境与新世纪长篇历史小说创作》，《当代文坛》2015 年第 2 期。

何言宏：《当代中国的见证文学——"文革"后中国文学中的"文革记忆"之一》，《当代作家评论》2016 年第 6 期。

程金城：《地域文学的蜕变与新生——甘肃小说创作略论》，《扬子江评论》2012 年第 5 期。

张贺楠：《建构一种立体历史的努力——论新世纪十年历史小说创作》，《当代作家评论》2014 年第 6 期。

陈晓明：《历史尽头的自觉——新世纪中国长篇小说的艺术流变》，《社会科学》2012 年第 8 期。

王富仁、柳凤九：《中国现代历史小说论（一）》，《鲁迅研究月刊》1998 年第 3 期。

王富仁、柳凤九：《中国现代历史小说论（二）》，《鲁迅研究月刊》1998 年第 4 期。

王富仁、柳凤九：《中国现代历史小说论（三）》，《鲁迅研究月刊》1998 年第 5 期。

王富仁、柳凤九：《中国现代历史小说论（四）》，《鲁迅研究月刊》1998 年第 6 期。

王富仁、柳凤九：《中国现代历史小说论（五）》，《鲁迅研究月刊》1998 年第 7 期。

马振方：《历史小说三论》，《北京大学学报》（哲学社会科学版）2004 年第 4 期。

黄惠焜：《神话就是巫话——三论神话》，《云南民族大学学报》（哲学社会科学版）1994 年第 2 期。

满建：《论新世纪长篇历史小说的叙事策略》，《当代文坛》2013 年第 6 期。

王春林：《乡村、历史与日常生活叙事——对新世纪长篇小说一个侧面的考察》，《南京师范大学文学院学报》2006 年第 3 期。

王春林：《乡村与边地的双重变奏——2006 年长篇小说一个侧面的考察与分析》，《南方文坛》2007 年第 2 期。

周景雷：《从人的历史的维度出发——新世纪长篇小说创作考察》，《当代作家评论》2008 年第 4 期。

李兴阳、丁帆：《新世纪乡土小说的"历史叙事"与现实诉求》，《福建论坛》（人文社会科学版）2013 年第 6 期。

李兴阳、丁帆：《新世纪乡土小说的"抗战叙事"与现实焦虑》，《小说评论》2013 年第 5 期。

刘铮：《"返乡"之路——关于新世纪乡土小说中"返乡"主题的思考》，《扬子江评论》2011 年第 1 期。

梁波：《新世纪乡土小说的"城乡"价值迷思》，《兰州大学学报》（社会科学版）2010 年第 3 期。

郭茂全：《垦殖文化的历史画卷与河套儿女的命运传奇——评向春的长篇小说〈河套平原〉》，《黄河文学》2013 年第 9 期。

雷达：《雷达专栏：长篇小说笔记之二十——范稳的〈水乳大地〉》，《小说评论》2004 年第 3 期。

黄海阔：《历史的谎言与民间精魂的重塑——范稳〈水乳大地〉解读》，《小说评论》2004 年第 4 期。

陈晓明：《"凿空"西部的神秘——试论三位西部作家的"生活意识"》，《文艺争鸣》2012 年第 12 期。

雷鸣：《突围与归依：礼失而求诸野的精神宿地——论新世纪长篇小说的边地书写》，《当代文坛》2010 年第 4 期。

陶东风：《文化创伤与见证文学》，《当代文坛》2011 年第 5 期。

王欣：《创伤叙事、见证和创伤文化研究》，《四川大学学报》（哲学社会科学版）2013 年第 5 期。

徐英春：《一种故事两种说法——革命历史小说与新历史小说比较研究》，《学习与探索》2004 年第 6 期。

徐英春：《文学、历史与时代精神——革命历史小说与新历史小说比较研究》，《华东理工大学学报》（社会科学版）2004 年第 4 期。

张薇：《响彻信仰高地的晨钟——从〈西藏的战争〉综观杨志军的理想主义写作》，《青海社会科学》2015 年第 3 期。

金理、杨庆祥、黄平：《新世纪以来的历史想象和书写——80 后学者三人谈（之二）》，《南方文坛》2012 年第 2 期。

金理、杨庆祥、黄平：《以文学为志业——80 后学者三人谈（之一）》，《南方文坛》2012 年第 1 期。

雪漠：《当下关怀和终极超越——凉州贤孝与大手印文化对我创作的影响》，《中国比较文学》2014 年第 4 期。

魏育鲲：《"凉州贤孝"初探》，《音乐天地》2005 年第 4 期。

欧阳健：《历史小说论纲》，《厦门教育学院学报》2003 年第 1 期。

王佐红：《论〈底片〉的文体问题及几点文学价值》，《朔方》2013 年第 9 期。

郭名华：《论贾平凹长篇小说〈老生〉的结构艺术》，《当代文坛》2015 年第 4 期。

张广芳：《陕北"信天游"在电视剧〈血色浪漫〉中的审美价值》，《泰山学院学报》2010 年第 1 期。

肖云儒：《西部热和现代潮——谈谈西部文化心理的现代潜质》，《人文杂志》2000 年第 4 期。

刘起林：《新世纪长篇小说的审美境界与精神态势》，《求索》2014

年第 11 期。

王黎君：《中国现代文学中的儿童形象论》，《浙江社会科学》2008年第 5 期。

许文郁：《自卑情结与艺术人格——甘肃小说家文化心理剖析之二》，《小说评论》1997 年第 6 期。

于京一：《边缘的意义——对新世纪"边地小说"的一种解读》，《扬子江评论》2014 年第 3 期。

贺绍俊：《悲悯与精神容量》，《小说评论》2006 年第 6 期。

马梅萍：《清洁精神烛照下的悲悯与神圣——论石舒清文学作品中的宗教情怀》，《北方民族大学学报》2010 年第 1 期。

魏建亮：《穿越信仰与大爱——范稳小说综论》，《中国作家》2013年第 5 期。

贺绍俊：《从宗教情怀看当代长篇小说的精神内涵》，《文艺研究》2004 年第 4 期。

周景雷：《民族身份的超越与现代性的救赎——近十年少数民族生活长篇小说论》，《当代作家评论》2011 年第 6 期。

颜炼军：《挽歌与传奇——试谈新世纪汉语长篇小说中的"蛮夷戎狄"之风》，《创作与评论》2013 年第 6 期。

雷鸣：《新时期以来汉族作家"边疆叙事"的文学史意义》，《中国石油大学学报》（社会科学版）2014 年第 1 期。

邵燕君：《"纯文学"方法与史诗叙事的困境——以阿来〈空山〉为例》，《文艺争鸣》2009 年第 2 期。

王玉春：《艰难的"超越"——论阿来〈空山〉史诗叙事的诠释与建构》，《文艺评论》2012 年第 1 期。

伍宝娟：《〈空山〉的历史叙事策略》，《小说评论》2012 年第 6 期。

高玉：《〈瞻对〉：一个历史学体式的小说文本》，《文学评论》2014年第 4 期。

丁增武：《"族群边界"与"历史记忆"双重视域下的国家认同——评〈瞻对〉及阿来的"非典型西藏文本"》，《民族文学研究》2016 年第 1 期。

李长中：《"重述"历史与文化民族主义——当代少数民族文学重述历史的深层机理探究》，《中央民族大学学报》（哲学社会科学版）2012

年第 2 期。

王迅:《万史化·神性退位·精神修剪——关于"神话重述"的几点思考》,《南方文坛》2011 年第 1 期。

于宏、胡沛萍:《立足乡村　坚守西部　开掘民族精神——论新世纪西部作家的创作资源》,《西藏民族学院学报》(哲学社会科学版) 2013 年第 1 期。

李清霞:《西部精神与生态意识——论新世纪甘肃乡土叙事长篇小说的精神内质》,《甘肃社会科学》2009 年第 6 期。

王贵禄:《为谁写作:论西部作家的底层意识》,《创作与评论》2010 年第 3 期。

赵学勇、王贵禄:《地域文化与西部小说》,《陕西师范大学学报》(哲学社会科学版) 2007 年第 5 期。

樊义红:《民族认同与文学建构——以阿来小说〈格萨尔王〉为个案》,《延安大学学报》(社会科学版) 2011 年第 1 期。

宋先梅:《文化的气脉与古歌的余韵——评阿来长篇小说〈格萨尔王〉》,《当代文坛》2010 年第 2 期。

王春林:《现代性视野中的格萨尔王——评阿来长篇小说〈格萨尔王〉》,《艺术广角》2010 年第 5 期。

洪治纲、肖晓堃:《神与魔的对话——论阿来的长篇小说〈格萨尔王〉》,《南方文坛》2010 年第 2 期。

梁海:《新世纪长篇小说创作的诗性建构》,《吉林大学社会科学学报》2013 年第 6 期。

张柠、行超:《当代汉语文学中的"边疆神话"》,《文艺研究》2011 年第 2 期。

付艳霞:《浮士德式的一代天骄——读〈蒙古往事〉》,《南方文坛》2006 年第 2 期。

汪荣:《民族古典史诗的现代演绎——以再平〈蒙古往事〉为中心的讨论》,《中国比较文学》2014 年第 4 期。

邓经武:《民族文化生态悲歌——以四川少数民族文学为例》,《西南民族大学学报》(人文社科版) 2010 年第 12 期。

彭学明:《民族文学的民族品格》,《小说评论》2010 年第 6 期。

白烨:《雄浑的现实交响曲——2005 年长篇小说巡礼》,《小说评论》

2006 年第 2 期。

钟海北：《论汉族作家藏地小说的美学价值——以杨志军小说〈西藏的战争〉为例》，《湖北函授大学学报》2014 年第 13 期。

雷达：《这边有色调浓郁的风景——评王蒙〈这边风景〉》，《中国现代文学研究丛刊》2016 年第 2 期。

王春林：《沉郁雄浑的人生"中段"——评王蒙长篇小说〈这边风景〉》，《当代作家评论》2014 年第 1 期。

张才刚：《政治语境中叙事矛盾与意义建构——王蒙小说〈这边风景〉文学价值的一种解读》，《小说评论》2015 年第 6 期。

温奉桥、李萌羽：《噤声时代的文学记忆——王蒙新作〈这边风景〉略论》，《小说评论》2014 年第 3 期。

王蒙、刘颋：《让生活说话，让文学的规律说话——王蒙〈这边风景〉访谈录》，《朔方》2013 年第 10 期。

季红真：《循环历史与宿命人生——读郭文斌、韩银梅的长篇历史小说〈西夏〉》，《当代作家评论》2011 年第 4 期。

李子慧：《历史、权力与身体——评杨争光的〈从两个蛋开始〉》，《创作与评论》2006 年第 2 期。

闫雪梅：《一个村庄半个世纪——读杨争光的〈从两个蛋开始〉》，《小说评论》2006 年第 5 期。

刘俐莉：《裸露生存本相 勘探深层人性——浅论杨争光〈从两个蛋开始〉》，《小说评论》2004 年第 3 期。

王春林：《在政治与日常生活之间——〈创业史〉与〈从两个蛋开始〉的对读比较研究》，《山西大学学报》（哲学社会科学版）2006 年第 2 期。

罗良金：《论新时期以来西部文学的发展走向》，《贵州文史丛刊》2005 年第 4 期。

何清：《社会转型期西部文学的路径选择》，《江苏社会科学》2013 年第 4 期。

学位论文类

马为华：《中国西部文学论》，博士学位论文，复旦大学，2003 年。

孟绍勇：《革命讲述、乡土叙事与地域书写》，博士学位论文，兰州大学，2006 年。

　　于京一：《想象的"异域"——中国新时期边地小说研究》，博士学位论文，山东大学，2010 年。

　　王贵禄：《高地上的文学神话》，博士学位论文，陕西师范大学，2011 年。

　　金春平：《边地文化视野下的新时期西部小说研究》，博士学位论文，南京师范大学，2011 年。

　　徐兆寿：《当代西部文学中的民间文化书写》，博士学位论文，复旦大学，2013 年。

后　记

　　本书的主体部分出自我的博士学位论文，我对其小部分的内容进行了修改和扩充，基本上保持了我学位论文的原貌。在兰州大学文学院攻读博士学位的三年，是一段忧伤与快乐并行的岁月。现在回首，也是一段需要铭记与感恩的岁月。

　　我出生在甘肃陇中的一个小县城中，童年和少年时期的暑寒假，基本上都是在乡下大伯家度过。朝花夕拾，那大概是人生中最温馨美好的一段时光！我至今还能回忆起故乡蓝得近乎透明的天空，夏日的果树林散发出的阵阵香气，冬日午后异常鲜美的烤洋芋。高考结束后，我来省城求学，转眼间已过二十余年，与故乡的联系日益稀少。可是午夜梦回，故乡依然是往昔的面貌，醒来后往往惆怅不已。读到《秦腔》《农历》《空山》之时，往往能引起我强烈的共鸣。是的，在全球化、现代化浪潮的席卷之下，故乡注定从形式到精神上都离我们远去，并且一去不复返！选择以新世纪的西部长篇小说为研究对象，出于自己的研究方向，也出于自己的私心和爱好，我深知自己没有生花妙笔，无法为故乡树碑立传，只能借着对西部小说的整理和研究，完成自己精神上的还乡之旅。

　　论文从选题、撰写大纲、初稿写作乃至定稿，都倾注了导师彭岚嘉先生的大量心血。与老师相识于 2004 年，倏忽之间，十余年的时光已经过去了。在这十多年中，我找工作、评职称、读博，几乎每一件人生大事，都得到了彭老师的关心和帮助。犹记得当初我将近 20 万字的初稿交给老师后，几乎不到一周的时间内，大到谋篇布局，小到一个注释、标点，老师都给出了无比详细的修改意见。我知道，老师想让我立于西部文学之巅，一览众山小。而我却还身在此山，没有识得山之真面目。但是，正是因为老师，我才能前行，并且走得踏实，希望未来有一天，我能走出属于自己的路。

　　在兰大读书的三年，让我领略了这所百年老校的风采并为之深深折服。而给我这种感受的，是文学院中国现当代文学研究所的各位导师，程金城老师的睿智博学、古世仓老师的风趣幽默、李利芳老师的清丽秀雅、袁洪庚老师的博古通今都给我留下了深刻而难忘的印象，感谢各位老师！

论文最后得以成型并出版，需要感谢的人很多。感谢同门的师兄师姐，师弟师妹，与大家的相识相知，是我莫大的荣幸。感谢与我一起走过读博日子的吴双芹、邱田、贾东方、王海林、白文硕等同学，因为有你们，这段求学之路尽管辛苦，却也异彩纷呈，妙趣横生。感谢西北民族大学文学院的张天佑老师、张向东老师、陈烁老师、李冬梅老师、张雨老师，感谢你们在工作、生活中的支持与帮助！感谢西北民族大学甘肃省双一流学科"中国语言文学"的负责人多洛肯先生，感谢中国社会科学出版社任明先生，感谢你们为本书出版的辛劳付出，谢谢你们！

感谢我的家人，我的父亲李江元先生，母亲苟丽霞女士，我在此郑重写下他们的名字，他们是中国最普通父母中的一员，含辛茹苦养育儿女长大。数年来，我读书、工作，父母从家乡来省城给我带孩子、照顾我的饮食起居，父母之恩，山高水长！

感谢我的爱人林强先生，作为我论文的第一位读者，他以工科生特有的严谨给我提修改意见，甚至自己上阵操刀修改。他的理性、严谨、自信适时地弥补着我的感性和自卑。朝夕相处的二十年中，我们把人生中最好的年华都给了彼此。他也成为这个世界上最了解我的人，感谢他的包容、理解和鼓励！感谢我的女儿林蔚然小朋友，你的到来，让我的生命如此完整、充实！

最后，我要感谢我自己，读博的过程，我跋涉过自卑、迷茫、痛苦、焦虑的种种迷障，虽然还远未达到"蓦然回首，那人却在灯火阑珊处"的美好境界，可我已经感受到了生命的柳暗花明，这对我而言，的确是一种愉悦的生命体验！

李小红

2019 年 4 月于金城兰州